新时代 新生活

吴俊华 著

倡导积极心态
传播健康理念
树立文明风尚
用手机捕捉新生活的美好
用文字书写新时代的华章
分享快乐、感悟幸福

enjoy my beautiful life !

生活是多彩的梦
生活里有诗
生活里需要幽默

NEW ERA NEW LIFE

红旗出版社

图书在版编目（CIP）数据

新时代　新生活 / 吴俊华著. -- 北京：红旗出版社，2023.7
ISBN 978 - 7 - 5051 - 4598 - 6

Ⅰ.①新… Ⅱ.①吴… Ⅲ.①随笔—作品集—中国—当代 Ⅳ.①I267.1

中国版本图书馆CIP数据核字（2018）第 054302 号

书　　名	新时代　新生活				
著　　者	吴俊华				
出 品 人	高海浩		责任编辑	刘险涛　周艳玲	
总 监 制	李仁国		封面设计	文人雅士	
出版发行	红旗出版社		地　　址	北京市沙滩北街2号	
邮政编码	100727		编 辑 部	010-57274526	
E - mail	hongqi1608@126.com				
发 行 部	010-57270296				
印　　刷	天津爱必喜印务有限公司				
开　　本	710毫米×1000毫米　1/16				
字　　数	265千字		印　　张	17.5	
版　　次	2018年4月北京第1版　2023年7月天津第2次印刷				
ISBN 978 - 7 - 5051 - 4598 - 6			定　　价	55.00元	

欢迎品牌畅销图书项目合作　　联系电话：010 - 57274627
凡购本书，如有缺页、倒页、脱页，本社发行部负责调换。

自 序
PREFACE

随着年龄的增长、阅历的丰富，自我感觉对人生有了更深刻、更透彻的认识、理解和感悟。尤其，看人看事的角度与以前不同了，虽然仍不失固有的本真、个性的观点，但总愿意用欣赏的眼光、宽容的态度去待人处事。茶余饭后，我喜欢用手机捕捉那些灵动的画面，也用手机把所闻、所见、所想记录下来。渐渐地，好似尘封已久的心底闸门被打开，有种不吐不快的感觉。于是，把自己的心境与思考用文字表达出来，与大家分享，传递一份和谐与友善。

无论是快步行走在上下班的路上，还是闲适漫步在街头公园，无论是节假日与亲人、朋友聚会，还是懒懒地躺在沙发上小憩，我都会不由自主地，用心捕捉一切美好、令我感动的人和事，用文字凝练幸福，提升自己，感染他人。有时，会发现一些不和谐的音符，我也用文字善意提醒，鞭策自己，教育他人。或者，在别人看似简单、习以为常的情境里，我都会好奇、傻笑，也许滑稽的行为与年龄不相称，但我心快乐。

人活着就要有一点精神。无论地位高低，能力大小，都要用积极、乐观、向上的工作和生活态度，激励自己，带动他人。我们常说：财富生不带来，死不带去，我们总要给子孙后代留下点什么。再多的金钱也可以一夜挥霍掉，只有精神财富，可以代代传承，生生不息。精神财富是什么呢？勤劳、善良、坚毅、乐观、孝顺、诚信……哪怕一点，只要你做到极致，子孙们想起你都不好意思懈怠，这就不枉来人世走一遭。

人贵在坚持。事儿不论大小或者多少，只要持之以恒，就能积沙成塔。每天写一点，不仅是数字的递增，更是思想的沉淀与提升。携春夏秋冬一丝轻柔的阳光，汇聚成一股心灵流动的热浪，照亮自己，温暖他人。不经意间，一年多的时间，我撰写的文字，除去家人、同学、同事及朋友之间的情感以及旅游纪实外，总结整理成册。分"生活是多彩的梦""生活里有诗""生活里需要幽默"三篇。这就是坚持的力量和成果，自己都觉得震撼，也将激励我前行。

在观察、书写、思考、学习的过程中，我的认知能力得到了进一步提高，我的写作水平有了长足进步，更可喜的是我心宁静、精神振奋。在一个个美丽动人的故事和景色中，我一次次被感动、被融化，也由此使自己的心灵一次次升华。我骄傲，我庆幸，赶上了新时代，踏上了新征程，更要开启新篇章。

我愿做一颗尘埃，为传播中华民族传统文化而拼搏，为建设富强、民主、文明、和谐、美丽的社会主义现代化强国而努力，为实现中华民族伟大复兴的中国梦而奋斗。

目录 Content

|第一篇|
生活是多彩的梦

第一节　美丽人生　　　　　　　　　　/ 2

优雅很简单　　　　　　　　　　/ 2
蝴蝶梦　　　　　　　　　　　　/ 3
我的飞天扫帚　　　　　　　　　/ 4
拥抱今天　　　　　　　　　　　/ 5
洒满阳光的清晨　　　　　　　　/ 6
再见，多彩的2016!　　　　　　 / 7
别样的第一天　　　　　　　　　/ 10
阳光·你好　　　　　　　　　　/ 11
蓝天·你好　　　　　　　　　　/ 12
春分遐想　　　　　　　　　　　/ 14
我愿做一道晚霞　　　　　　　　/ 16
我愿做超级小飞侠　　　　　　　/ 17
红豆果　　　　　　　　　　　　/ 19
真诚的道歉　　　　　　　　　　/ 20
影　子　　　　　　　　　　　　/ 22

1

懒　人	/23
沾　喜	/24
赏梨花	/25
童心未泯	/26
我的菜	/28
新春贺岁	/30
拥抱新时代	/32

第二节　乐观心态　　　　　　　　　/34

角　度	/34
静　心	/35
随遇而安	/36
做最好的自己	/38
做自己的救赎者	/40
愤　青	/41
做今天的强者	/43
视　角	/45
鹅卵石	/46
一只贪婪的蚊子	/48
话说人情淡薄	/50
微笑遇见疑惑	/52
别再把"老了"挂在嘴边	/53
老有老的活法	/56
别怕被人笑话	/57
有　为	/58
你好，崛起的唐山	/60
迷雾中的笔架山	/62
如何把握"钱"这个度	/63
早安，我的城市	/65

晚霞中的杏花	/66
老家的杏花	/66
家乡美	/68
梧桐与凤凰	/70
小布袋	/71
大蒜精神	/73
我的健步走	/76
我的素食一天	/78
挑战不可能	/80
我和小鸟一起歌唱	/82
难忘七·七	/83
我骄傲——《战狼Ⅱ》观后感	/84

第三节 和谐友善 /87

感恩常态化	/87
相信可能·才有真情	/88
饺子·送给你	/89
写在感恩节	/91
朋友·干杯	/93
朋　友	/95
一张友谊的餐券	/97
新　绿	/98
音　符	/99
小　院	/100
喜　雨	/101
送给高考学子	/102
国槐花儿飘	/104
礼　让	/106

4=2	/107
心静自然凉	/109
一丝清凉	/111
尊　重	/112
从众心理	/114
"加塞儿"的苦果	/115
心　愿	/117
慎　独	/119
枣树下的疑惑	/121
真　诚	/122
谈恋爱	/123
婆媳不是"天敌"	/124
婚姻不是"坟墓"	/126
婚姻招惹了谁？	/132
守护婚姻之冷静	/135
婚姻中不可割舍的那点"痛"中之爱	/138
让我们的生活像花儿一样绽放	/140

第四节　亲情如歌　　　　　146

小年的思念与祝福	/146
妈妈比我"矮"了	/148
雨中记忆	/150
写在教师节	/152
雪中倩影	/154
晚　秋	/156
遥望中秋	/157
写在母亲节	/159

我"教"妈妈学说话走路	/160
快乐重阳节	/162
早安·中秋	/163
致情人节	/164
七夕畅想	/167
饺子的情怀	/169
等待也是一种幸福	/171
美好的回忆	/172
腊八情	/173
感恩亲情	/174
情意飘飘	/176
可爱的小宝贝	/179
杏　儿	/180
梦　境	/181
冬日的温暖	/183

第五节　生命如花　　　　　　　　　　　　/185

生命的意义	/185
初春的小花儿	/185
春的召唤	/187
初冬的小花	/188
初冬随想	/190
小　花	/191
夏　至	/192
小蘑菇	/194
蝉　儿	/195
初春的雪	/197
健康是金	/198
珍爱生命	/199

	关爱老人=关爱自己	/201

第六节　生活小趣　　　　　　　　　　　/203

新成员	/203
烦　恼	/204
身　份	/206
境　遇	/207
命　运	/208
小　别	/210
后　记	/211

|第二篇|
生活里有诗

春　雨	/214
雨中花	/215
听　雨	/217
蹩脚的爱	/218
厚重的爱	/219
温暖的爱	/221
小蝌蚪	/222
我与小花对话	/225
思　念	/228
告　慰	/231
湖边遐想	/233
初夏的雨	/236
雨后的清晨	/238
盼	/240

唐山·你好	/242
喜　秋	/245
秋　雨	/247
秋风与小花	/249

| 第三篇 |
生活里需要幽默

变　脸	/254
傻大姐	/254
护　腰	/255
小蛮腰	/255
轮胎丢了	/256
串　位	/257
瞎白薯	/258
愚人节	/259
时尚小伙	/259
我OUT了	/260
糗　事	/261
七夕巧遇	/261
跑"偏"了	/262
我提前"痴呆"了	/263
我让秋风"撞"了一下腰	/264
我有那么"老"吗	/265
我的丘比特之箭	/266

| 第一篇 |

生活是多彩的梦

SHENGHUO SHI DUOCAI DE MENG

新/时/代 新/生/活

第一节　美丽人生

优雅很简单

有人说：优雅是个高大上的词语，不是我们普通人所拥有的。而我认为，优雅很简单。它取决于一个人的内心，只要有一颗清静、淡然的心，流露出来的自然就是清新、淡雅、温暖、友爱。因此，优雅属于平凡、善良、热爱生活的你我。

在人们的眼里，优雅高不可及，似乎离我们太远。像赵雅芝，这个不老的神话。有网友称：温婉、大气、东方之美。可这毕竟是个特例，而且，她又是一位大明星。我们大多数都是普通人，那普通人就要有普通人的标准，要切合实际，不要好高骛远，或拔苗助长。在日常工作和柴米油盐酱醋茶中，挖掘、提升自己，用你的一言一行，把内在的美，坦诚地、朴素地、毫无保留地展现出来，久而久之，形成自己独特的人格魅力，这就是你的优雅，独一无二，不可复制。

优雅很简单，脸蛋儿不一定漂亮，容颜不一定年轻，衣着不一定华丽，但要干净、清爽、整洁。优雅很简单，性格不一定多温和，智商不一定多高，手不一定有多巧，嘴不一定有多甜。但要懂得倾听，并送以微笑。

有人说：女人如花、如诗、如歌……如花，就要绽放，让人赏心悦目；如诗，就要有诗一样的情怀，让人陶醉；如歌，就要唱出优美的旋律，给人以美的享受……

如若完美地诠释女人独具特色的美，这就需要我们多读书、多看报、勤思考。当然，要读好书，看好报。有时间，再练一练瑜伽，可以让这些美的东西，在你的身上，加以融合，使其沉淀、升华，宛如莲花，清香袭人，玉洁冰清。

然而，瑜伽，就是愉悦、静心之王。可以说，你走进瑜伽，就等于一只脚跨入了时尚之门，为你的优雅上档升级。当然，这只代表我个人意见。我不是瑜伽的倡导者、参与者，也不是爱好者，只是一个用心感悟之人。大家知道，一个人的精力有限，不可能亲自体验、感受世间所有美好的东西，但上帝给了我们一双灵动的眼睛，可以洞察和扫描人生百态，并用你的认知，吸纳其美好。上帝还给了我们一颗跳动的心，用其来分享，那些美好带来的愉悦。

优雅很简单。优雅就在你身边，你就是优雅的女人。

今天，你优雅了吗？保持心常态，让优雅贯穿于你的日常工作和生活的每个细节，也就是举手投足之间。你就是最美、最棒的女人！

蝴蝶梦

近日，由于忙碌，尽管空气很清新，阳光明媚，但没能享受阳光的温暖和照耀，更没有呼吸新鲜的空气，多少有点儿遗憾。

然而，今天中午，在路口等待红绿灯时，一只蝴蝶在挡风玻璃上飞舞，好像在对我说：春天来了，别开车了，出来走走吧，呼吸新鲜空气，享受一下春天的温暖吧……

听从蝴蝶的召唤。傍晚，我迎着晚霞，前去给孩子取眼镜，走在路上，晚风吹拂着，尽管还有些凉意，但感觉很清爽。路边花池里的迎春花已经开了，地里的青菜绿了。遗憾的是，这个小区没有柳树，不能欣赏到吐绿的柳芽；小花园里的白桦树，还挂着枯黄的叶子，等待时机……

走在熟悉的街道和市场上，往事悠悠，一晃孩子大学快毕业了，四年前，陪孩子读书的情景历历在目。如今，出租屋安在，市场仍是那样的繁华，学校还是那样的富有生机，但由于扩宽道路，学校周边的老式居民楼已经改造，高楼拔地而起了，宽敞明亮。学校门口的小吃摊位，摆放整齐，给上晚自习的孩子们提供快捷的晚餐，感觉干净多了，多少让家长们有些安心。

取回眼镜，路过一所中学的操场，孩子们穿着整齐的校服，有的在散步，有的在打扫卫生，有的在读书……曾几何时？我也和他们一样，漫步在校园。清晨，坐在教室里，朗朗的读书声，仿佛回荡在耳边……

年轻真好！按照现在的年龄划分，我仍是年轻人，美美滴！

美丽的蝴蝶，不仅使我想起陪伴孩子一起读书的美好时光，愈加激发了我读书的热情，读书使人沉静，读书使人感悟，读书使人明智……总之，读书让人受益终生。

美丽的蝴蝶，我的梦……

我的飞天扫帚

瞧！这像不像扫帚？

清晨，睁开眼，看见屋顶上这束光，便拿起手机拍了下来，与前几日的截然不同，没有了颜色。不用看，今日的阳光不是那么的明媚，可以肯定是被薄薄的云雾笼罩着，这给周末披上了一层神秘的面纱。正好，小别喧嚣，在家享受属于自己的那份温馨与恬静……

看着这像扫帚的光束，不禁想起《哈利波特》手中的飞天扫帚。据载，飞天扫帚是巫师们最常使用的交通工具，也被用于魔法世界的运动比赛，比如魁地奇。横扫系列和彗星系列光轮系列，基本上相当相似。横扫一星以第一只运动专用的扫帚而著称。哈利波特现用的扫帚是火弩箭，是第三部中他的光轮2000被打坏后他的教父小天狼星布莱克送他的礼物。嘻嘻，我也想有一把！

想象着哈利波特骑着飞天扫帚，是那样的神气，多想也有一把属于自己的飞天扫帚呀，那比直升机可方便多了。既可以节能出行，避免每日遭受堵车的烦恼；也可以减轻出游时的奔波劳累；最主要的是，还可以"路见不平，拔刀相助"，实现儿时的"英雄梦"。那该是多么美好的一件事啊！嗖嗖地，飞呀飞……

近日，由于限行解除，城市的道路又开始了拥堵，走在上班的路上，看到两三起两车相撞的交通事故，不仅闹心，还影响交通。在此，温馨提醒朋友们：遵守交通规则，出行注意安全！如遇擦碰，相互理解，和平礼让！

天气似乎也很配合，好像在抱怨着什么？阳光不那么的明媚，天空不那么的蓝，空气也不那么的清新了，不知是自身原因，还是人为因素。不管怎样？人们在极力想办法，积极采取措施，在努力改善与我们息息相关的自然环境，社会要发展，又要保护环境，这需要人与自然相互理解、包容、保护，才能和谐相处，共同繁荣。

可喜的是，在我的城市街道两旁，出现了："免费骑10次，诚信贷为您买单"的绿色自行车。遗憾目前我还没有亲自感受，但看到有人在使用，感觉是个不错的举措，既方便人们的出行，减轻交通压力，又安全环保。同时，也考量着人们的诚信与道德，希望人们爱护它，让它长久地生存发展下去，并生根发芽，成为我们城市的一道文明、和谐、靓丽的风景线。

是啊！多想拥有一把飞天扫帚。可人不能那么自私，我想有，你也想，他也想，大家都有了，岂不跟拥有汽车一样，造成地面拥堵，难道还要让空中再拥堵吗？那样，人类真的无处藏身了。

哈哈，别做梦了，还是回到现实生活中来，让我们从自身做起，爱护环境，保护环境，尽量绿色出行，让飞天扫帚的梦，埋藏在心底，成为对美好未来的向往。让我们共同努力，给子孙后代，留下一束多彩的阳光，一片蓝蓝的天空，一口新鲜的空气吧……

哈喽！你好！我梦中的飞天扫帚……

拥抱今天

"拥抱今天"就像感受天气一样。昨天不管是阳光明媚，还是雪花飘飘，都已经过去了，该潇洒地挥手告别；明天还不知道咋样，虽然现在科技发达了，有24小时卫星天气预报，但它也有失误的时候，我们不可能精确预测，那就不去想明天；只有今天，可以身临其境，感知它的冷暖与喜忧，所以，我们要积极乐观地拥抱今天，才能尽情享受生活！

今天，空气清爽。走在上班路上，有些冷，不爱戴帽子的我，被冻得脑门和耳朵生疼。透过城市高楼大厦的缝隙，远远地可以看到太阳那淡淡的光芒。经过昨日一场雪，驱散了多日的雾霾。雪花挂满了枝头，覆盖了大地。是阳光的照耀与温暖，使路面和树枝上的雪融化了，净化了空气。可阳光照不到的地方，仍残留着积雪，我们应该感谢这些默默无闻的积雪，渗透进土壤，滋养着大地。当我穿过十字路口，看到街角那树时，我惊讶地发现，串串红豆果仍然傲立于枝头，在寒冷的冬日，虽已没有了树叶的陪伴，它们却还在，让更多的人见证了生命力的顽强。

每个人都在努力地工作和生活，不管顺境还是逆境，谁坚持付出了，就会有收获。收获有大小，不是自己能决定的，只要知足就好。知足常乐！是啊，一路走来，身边呼啸而过的汽车、疾驶的电动车和步行的行人；道路上，有穿着黄马甲的清洁工，在严寒中手持扫把清扫着积雪、垃圾，为城市的清洁默默劳作；人行道上，几个卖鸡蛋饼和煎饼果子的摊主，穿着厚厚的棉衣，为给上班族提供着快捷方便的早餐忙碌着。为了生活的美好，每个人都在为社会做着自己的贡献，社会有分工，贡献不分大小，只要靠自己的智慧和勤劳，辛勤耕耘的人都值得我们尊重！

朋友们，请拥抱看得见、实实在在的今天吧，尽管有些寒冷，但阳光明媚，天空晴朗！让我们享受今天的洁净和淡雅吧！带着今日的阳光和温暖入梦！以饱满的热情和旺盛的精力，迎接明天……

洒满阳光的早晨

清晨，睁开眼，借着窗帘的缝隙，透过一缕阳光，照在天花板上、墙壁上、书柜上，像聚光灯，给人以美的视觉与想象。我静静地躺在床上，身体仿佛还在大巴车、飞机上晃动，整个身心却是放松的，心也是踏实的。旅行虽是快乐的，但总在运动，要为赶往下一个景点而绷着根弦，追着吃早餐、赶路。嘻嘻……

由于没有了旅途的夜宵，夜里也没有再起夜，顺畅地一觉睡到七点钟。我安静而懒懒地躺在床上，想象着，今天，我的城市也应是个晴朗的天空。于是，慢慢地起来，当我走到窗前，打开窗帘，耀眼的阳光是那样的清澈，天空也是干干净净的，心情也就愈加的好了。

思绪从旅行中拉回来，经过一天的休整，按照自己的生活习惯，煮碗菜粥，吃个鸡蛋，洗漱完毕，带着愉悦的心情，开始美好的一天了！哈哈，美美滴！

忘了告诉大家，我离开家几天，我家的蝴蝶兰仍在绽放，像是忠实的伴侣，迎接我的归来，和大家一起分享哟！

再见，多彩的2016！

进入倒计时，还有1天，2017年的新年钟声就要敲响了。在即将告别2016年的最后时刻，刚刚忙完工作的我，腰疼病又犯了，庆幸自己没有影响工作。大家是不是觉得我的命"很好"呀！有一种没事找病和秋后算账的感觉呢。哈哈！多年的腰疼病练就了我躺在床上写作的功底，所以，工作总结完成了，生活总结也不能少呀……

说心里话，这一年对我来说，是平淡的、快乐的，也是让我懂得放慢忙碌的脚步，享受生活，开启新征程的一年。在过去的岁月里，我奔波于工作和家庭间，几乎忘记了自我，造成身体透支。要干好工作，维护好家庭，没个好身体是不行的。于是，我及时调整自己的目标，开始修身养性。工作不在多，力求少而精，做到极致。做自己喜欢做的事，想自己所想之人，顺从自己的良知，他人难处多伸手，做一个谦和友善的"老者"，不惹人嫌，坚守岗位，做最好的自己。在家里，不再依附于沙发，青睐于电视，而是远离信息繁杂的环境，转向读书看报，使心灵融入美妙的字里行间，享受一份怡然心情。迈开腿，强身健体，悠闲地走在繁华都市的街头或宽敞的运动场。去野外走走，接触大自然，沐浴阳光雨露，用手机捕捉那山、那水、那花，那一切散发着灵性的万物，在我眼中一切美好的东西，当然也留下我娇小的身影和开心的笑容。

2016年是大美唐山最辉煌忙碌的一年，以"都市与自然·凤凰涅槃"为主题的世界园艺博览会在唐山举办，我有幸两次走进富丽堂皇的唐山大剧院，观看了《第25届中国金鸡百花电影节》的预演和《第十届中国—拉美企业家高峰会》的专场文艺演出。借此盛况，开启了我多彩的2016年……

初春的三月，天气还有些寒冷，为纪念三八国际妇女节106周年，我第一次和我的姐妹们参加游园纪念活动。姐妹们嬉笑着，三五成群走在南湖洁净的甬道上。湖边及甬道两旁的垂柳还没有发芽，带些冷色调的阳光，斜射在平静的湖面上，姐妹们五颜六色的衣裳，无不衬托出节日的气氛，一路留下我们的欢声笑语。更忘不了，四姐妹在大南湖里迷了路，开车绕南湖两圈，靠手机导航才能走出来那有趣、开心的情景。

温暖的五月里，我与30年不见的老朋友相聚唐山世博，走进花的海洋，低碳环保生活馆，异国风情馆，热带植物馆，享受美的世界；走进抗震纪念碑广场，了解纪念碑的由来、结构及其深远的象征意义，感知英雄的唐山人民，在来自祖国四面八方的支援下，重建家园的丰功伟绩；游览开滦国家矿山公园，井下探密中国近代工业的活化石——开滦矿的历史。牵手伴雨同游，亲密相拥留影，促膝畅谈人生。虽然相聚时光短暂，却留下了我们串串的足迹和美好的回忆。

栀子花开的六月，天气变化无常，雨水颇多。对朋友的思念，促使我在风雨交替相对晴好的空闲时段，勇敢地独自驾车前往200多里以外的城市探望，叙说离情别绪。天马行空，孩子般的一起规划如何当一个好婆婆、好奶奶的宏伟蓝图。看着朋友那一颦一笑，仿佛回到了孩童时代一起放学回家路上嬉笑玩耍的场景，身心畅快。

金秋八月，烈日炎炎，没能阻挡我与兄长姐妹畅游泰国普吉岛的冲动与热情。香蕉园里坐骑大象、欣赏奇异的热带雨林风光、亲密接触梦幻般的帝王岛、繁华的大PP岛、洁白的情人沙滩、神秘的燕窝洞、安详宁静的天堂湾……把我们愉快的笑声和些许遗憾留在了异国他乡。在印度洋上的安达曼海，与灵动的海底生物相伴，更是让人流连忘返。

　　丹桂飘香的九月，天气尚有些闷热。带领孩子们一起回老家，到唐山市爱国主义教育基地，凭吊祭扫革命先烈，接受爱国主义教育。让孩子们牢记幸福生活来之不易，要懂得珍惜，懂得感恩，刻苦学习，努力工作，建功立业，无愧于这方热土；享受乡村宁静的夜晚和清新的早晨，登山采摘诱人的大枣，呼吸带有泥土芳香的空气；参加原汁原味的乡村婚礼，吃筒子宴，体验淳朴的乡土民情，与本家的姐妹们开怀畅饮。这个月里，我还乘坐高铁，去阔别已久的天津省亲，挚亲老友重逢，相谈甚欢。恰同学少年！还共享朋友嫁女的喜悦。

　　金秋十月，清爽宜人。回老家，坐在庭院里与老人、孩子及家人们，一起包玉米，庆丰收。也让孩子体验了一次，农民田间地头劳作的艰辛；我还陪伴老妈，探秘兴隆大山深处，住农家院，吃农家土菜，摘野生南瓜。闲看山间溪流淙淙，静闻林中鸟语花香。无论是融入在雾灵山这个天然大氧吧里，还是浸泡在风水湾的温泉里，时时刻刻都在享受着大自然的恩赐。

　　在一次次轻松而愉快的经历中，让我感悟到了人生的美妙。像这样令人欣喜和愉悦的事情就不一一列举了，给自己留些甜美的回忆，也给朋友们留些想象的空间吧……

　　不仅如此，从中还激发了我写点东西的欲望。从第一篇用《长文》图文软件制作的短文《生命的意义》，到后来用《美篇》制作的《初冬的小花》《婆媳不是"天敌"》《童心未泯》《感恩朋友》《拥抱今天》等等，改变的只是工具软件的使用，不变的是与自己内心的交流。虽然文字拙劣，语言平淡，但都是我内心的自然流露，我愿把我的所见、所闻、所感与大家分享，传递一份对生命的体悟。点燃一盏并不耀眼的心灯，用柔和的灯光，引领自己前行的方向，也照亮他人，努力影响他人能用一颗乐观向上的心，告别过去，珍惜今天，期许未来，愉快地工作和生活。不要因为雾霾而忽略了阳光的存在。如果我的文字，能给您带来欢乐，能与您产生共鸣或启迪，这将达到了我的初衷，更是我最大的幸福和快乐。

尤为欣喜的是，在这一年，我与分布在祖国各地的好些个老朋友都取得了联系，而且有的已经见了面，进一步加深了友谊。另外我还又结识了一些新朋友，让生活增加了新的内容。发自内心地感谢新、老朋友对我的陪伴与支持，感谢生命的旅途中有你们，我的朋友们！

再见，我多彩而难忘的2016年。新年钟声即将敲响，让我们携手迎接崭新的2017年吧，相信这一年我们都会续写更精彩的人生！

最后，祝大家新年快乐！幸福安康！

别样的第一天

在告别2016，拥抱2017这辞旧迎新的美好时刻，聆听了习近平总书记的新年贺辞。习总书记那真诚、有力、振奋人心的讲话，使我倍受鼓舞。带着遐想、伴随着悦耳动听的新年钟声，我进入了甜美的梦乡。清晨醒来，打开手机，浏览着来自亲朋好友的新年问候和祝福，我很是感动！朋友们，新的一年开始了，准备好了吗？让我们整理心情，朝着太阳光的方向进发吧……

当我慢慢醒来，蹒跚着走到阳台，隔着窗映入眼帘的是漫天飞雪。那浓浓的云雾，洋洋洒洒的雪花，让人仿佛走进了唯美的童话世界。2017年以一种特别的方式，预示着人们，前进的路上，不会总是一帆风顺，需要用智慧和胸怀，一边前行一边总结，及时调整方向，采取有效措施才能到达成功的彼岸。正如习总书记在新年贺词中讲的：天上不会掉馅饼，努力奋斗才能梦想成真。

是啊！每个人心中都有一个梦想，努力了还不一定实现，何况不努力呢。而且，每一个成功者的背后都会有一段不被人知的艰辛历程。因此，只要脚踏实地，不攀比，不虚荣，给自己制定一个努力就能实现的目标，保持积极向上的动力；给自己寻找一个快乐的理由，保持良好的心态；多给自己一些……就能成功！

瑞雪兆丰年。让我们在2017年1月1日，这个喜庆的日子里，怀揣心中的梦想勇敢地起航吧！我在这里等候好消息，就是一个小小的进步，都会令我欣慰……

祝朋友们：在别样的2017年工作和生活更加精彩！

阳光·你好

阳光，你好！

阳光，你早！

多日不见，十分想念。

今天是周一，不知为什么？定好的6：20分的闹铃，却没有听到。匆忙中，没来得及观察外面的天气情况，就连我最拿手的煮鸡蛋都没有做好，竟然没有煮熟。嘿嘿！就当是西式吃法吧。

当我走出家门，一股清新的空气扑面而来，叽叽喳喳的鸟叫声，萦绕在耳边，行驶在路上，虽然有些拥堵，但望着满眼的阳光，心里还是美美的、暖暖的。她就像顽皮孩子的笑脸无法掩饰，尽管隔着城市的高楼大厦，却仍能捕捉到她放射的光芒，那么亲切、那么酣畅。

中午下班回家，禁不住打开封闭了多日的窗户，让新鲜的空气和温暖的阳光统统进入我的家，把屋内的污浊驱散。坐在沙发上，打开电视，吃着我独家秘制的热气腾腾的乱炖，鼻尖沁出了汗珠。吃完饭懒得洗碗筷，也顾不上刷牙，顺势躺在沙发上小憩。暖暖的阳光隔着玻璃窗照射进来，任由阳光照在我的身上，任由电视"哇啦哇啦"作响，就算是催眠曲吧，我眯着眼睛，被阳光拥着美美地进入了梦乡……

一股冷气袭来，让熟睡的我打了个寒战，惊悚地睁开眼才发现，只顾享受阳光，我却忘记了关阳台门。好久没在沙发上睡着了，感觉懒懒的，好不舒服，睁开惺忪的睡眼，由沙发移到床上已没有了睡意，索性记录下这美好的瞬间。

阳光，你好！我愿与你相伴……

蓝天·你好

今天早晨，6：20分按时起床。打开窗户，见窗外城市的路灯还没有熄灭。不是因为路政工人偷懒忘记了熄灯，而是，冬日里天儿亮的晚些，虽然朝着太阳升起的方向望去，天边已经泛起了红晕，但天色还是有些昏暗，这是地球大气作用的结果，可这黑暗里透着破晓的清亮，和着路灯的光，给早起忙碌的人们依稀照亮着路的方向。

8：00，我收拾妥当，走出家门。站在院子里抬眼望去，发现今天的天空与昨日的天空有些不同，蓝蓝的天空飘着白云，蓝白分明，显得那么的简洁明快。一朵朵白云，像是在蓝色的海洋上乘着快艇疾驶而过，被远远甩在身后的串串浪花，又像是一队队羔羊，朝着远方的家在迁徙涌动。望着久违的蓝天白云，如果你不看周围的高楼大厦和密密麻麻的车辆，微闭着眼，仿佛置身于高高的青藏高原之上，有种抬手就能触摸到天空和白云一样的感觉。

去青藏高原，那是我多年的梦想，每每跃跃欲试想制定出游的计划，还没开口，就被家人和亲朋好友那关切的目光给挡了回来，任凭渴望在心中升腾。有人问我为什么想去这个地方？那里空气稀薄，气候变化无常，早晚温差又大，不适宜去。其实，我也不知道究竟为何，也许是在城市待久了，厌倦了三点一线的生活，想找个敞亮的地方走走看看吧……

久居在城市，不管你站在哪个角度，抬头仰望天空的时候，映入眼帘的都是一块儿边际凹凸的天空，总给人一种残缺的遗憾，有些不舒服。忙碌的时候，也没有这种感觉，说实了，也不是没有，而是没有时间仰望天空，因为每天都在像个陀螺似的转个不停。过去上班时间是早8：00—晚6：00，也没人要求，大家就都会在8：00之前到单位，打水、拖地、抹桌子、之后开始一天的工作。中午一家三口各自吃饭。忙碌一天，晚上才能到家集合。这便是上班族，三口之家的生活模式。而对于我家来说，大多时候三口人还经常见不到面。虽工作和生活在同一座城市，但由于工作性质不同，尤其是爱人常常加了一晚上的班儿，早晨回到家时，我们娘俩已经出了家门，这是常有的事儿。孩子小的时候，也经常问："人家的爸爸都陪着玩，我爸干啥呢？"有个同事邻居还曾半开玩笑地问："一个楼门住着，咋总也见不到你家姐夫？"我说："加班呢。"对方又补充道："真加班还是假加班啊？"每每这时我无法作答，只是微微一笑，你问他呀？哈哈……

说到这儿，想起前几天，与外甥微信聊天。发过来他七个月大宝贝女儿的视频，白白胖胖、可爱的宝宝。外甥问："舅妈，你是怎么一个人把孩子拉扯大的？哪天找您去取经。"我暗自笑了一下，答复："你舅忙。"看了这样的回复，外甥没有了下音，见面时谈及此事，还怪我替他舅开脱呢。说实话，不是开脱，是实际情况。要说经验，我认真地想了想，其实也没什么。当时，也容不得我多想，好像有什么东西在前面牵扯着，后面又像有什么东西推着，就这样拉扯、照顾孩子的事就顺理成章地落在了自己肩上。于是乎，工作不能不干，孩子不能不带，而且都要努力做好。不过，回想起当初自己带孩子，虽然累些，但也挺好、挺有趣的。孩子整天像个小尾巴似的，甩也甩不掉。八小时之外，不论是加班还是值班都跟随左右。想想还得感谢孩子，在我值夜班的时候，面对空旷的大楼和嗡嗡作响的机房，身边有这么个"小大人"陪着我，使我轻松了许多。也恰恰是这样，我才能与孩子朝夕相处，使我们之间形成默契，直到现在我们都能像朋友一样畅快地沟通与交流。

清晰记得孩子上小学二年级的时候，一天，我感冒发烧了，不能像往常一样接送孩子，那天只得爱人去接。爱人接到孩子，本想借此难得的机会，与孩子多聊聊天儿、说说话儿，增进点感情。他心里这样盘算着，骑着自行车放慢了速度，可没想到，坐在自行车后面的孩子却着急地说："爸，快点骑呀，我得回家看我妈去。"无奈之下，爱人只得加快了速度。听到开门声，我知道那爷俩回来了，只见孩子率先跑进屋子，顾不上放下书包，直扑到我面前，急切地问："妈，好点了吗？"随后爱人跟进来，有点嫉妒又有些欣慰地说："你这儿子没白拉扯，我想跟他说说话，骑得慢点就不高兴了。"此时，望着孩子稚嫩而可爱的笑脸，曾经的辛苦和不易都化作了幸福和甜蜜。

我想对年轻的爸爸妈妈们说，人生就像这昼夜往复，熬过了这黎明前的黑暗，才会有拨云见日般的喜悦与满足，享受到的将是光明与温暖。需要自己走的路，不管有多艰辛，都要坚持，不能放弃。即使抱怨也得走，何不坦然面对，欣然接受呢？更不能把坏情绪带到工作中去，因为谁也不欠咱的。孩子是自己的，不要攀比，不要抱怨，有长辈帮忙更好，我们应心存感激。如果他们无力帮助，就把自己带孩子当成一种福利，珍惜与孩子一起成长的时光。这个过程可能漫长些，需要不断的自我调整、咬着牙坚持。可等你回过头来，你却会感觉到这个过程很短，仿佛一眨眼间，孩子就长大了，留下的都是美好的记忆，没有遗憾，岂不美哉！现在生活条件越来越，上班时间和工作日都缩短了，又增加了假日，空闲时间也相对充足了。只要你带着微笑，积极乐观地投入到每天的工作和生活中，你就会发现时间过得很快，每天或多或少的都会有所收获。长此以往，相信总有一天，你也会和我一样怀着轻松闲适的心情惬意地仰望天空，静静的、傻傻的发呆，享受阳光、蓝天、白云！小伙伴们，一定要坚持！

在此，让我们道一声：蓝天，你好！

春分遐想

昨日是我国农历二十四节气中的"春分"。

据载，"二气莫交争，春分雨处行"，《中国天文年历显示》，2017年3月20日18时29分，我们迎来农历二十四节气中的"春分"。

春分时节，冰雪消融，草木复苏，桃红李白迎春黄，我国平均气温稳定在10摄氏度，达到了气象意义上的春天。

因此，昨日老天爷象征性地下了点毛毛雨，说是毛毛雨，也是夸张了，我看倒像是知了撒的"尿"，抑或，还不如女人喷洒的香水或保湿水那么隆重。也许，昨日我城市上空雾霾较大，老天爷在此经过，没能看清地面的情况吧，但不管怎样？老天爷也算完成任务，飘飘洒洒了，也带来一股交替的诚意，算是对冬日正式的告别吧……

　　按照昨晚的势头，今日或许要换上羽绒服，可清晨打开窗户，伸出手感觉也没那么寒冷。只加了件披肩便出了门。俗语说：春冷冻死牛。可在城市里，有高楼大厦包围着，或许阻挡了冷空气的气势，倒是应了"二、八月乱穿衣"这句话，街上偶尔有穿着短裙丝袜的女孩走过，尽管懒懒的阳光，还带些冷色，但已经显出柔和的暖意，空气也清爽了许多。望着羞涩而慵懒的太阳，我在想，她此刻的心情是怎样的？看着她略带狐疑的脸，她是不是在想，祖先们告诉，她管辖的地球原本是山川、河流及一片绿色，人类住在茅草屋里，穿着树叶，或是男耕女织的悠闲自在场景。如今看到的人类，竟然居住在水泥加固的火柴盒里，地面上跑的到处都是甲壳虫，屁股后还冒着烟雾，到处都是忙碌的身影，难道地球迁移了吗？还是站错了岗位？我边走边替古人担忧着，一声刺耳的汽笛声，把我的思绪拉到现实中来，哈哈，告诉你吧—太阳，不是你站错岗位了，也不是地球迁移了，准是你，不敬业，打瞌睡了，我们地球发展太快了，等你睁开眼时，我们就变成这个样子了，你的祖先也没骗你呀！还是打起精神，努力工作吧！抱怨是没有用的。

　　走着、想着，不知不觉，来到上班路上必经的小公园，这里挤满了晨练的人们，有跳舞的、快步走的、唱歌的、练拳、舞剑的等等，与对面市场上嘈杂的叫卖声形成鲜明的对比，这边是为了健康长寿，拼命地运动着，那边是为了生计，辛勤劳作着。抬头看向干涸的水池边，几棵粗壮的垂柳映入我的眼帘，促使我快步走近，看着纤纤细细的柳枝，不禁想起唐代诗人贺知章的那首《咏柳》："碧玉妆成一树高，万条垂下绿丝绦。不知细叶谁裁出，二月春风似剪刀"。眼前随风摇曳的柳条，像无数少女翩翩起舞，稚嫩而羞涩，清静而惬意，仿佛要随她而动，是那样的轻盈、忘我，让周围的花草树木嫉妒。不舍地把视线转向旁边的白杨树，不知何时，杨树吊儿已长得长长的，快要脱落，给急着长出的新芽让位。这就是自然规律，不管你愿意不愿意，都要有节奏地生长变化，时间不等人，不会因为你的停留而放慢脚步。

　　大自然尚且如此，何况我们人类？任何人也阻挡不了前进的车轮，谁阻挡了就会被滚滚向前的车轮撵得粉碎……

近日，我看了国学大师南怀瑾对"最大的自私就是无私"的一段解读。开始翻到此页，看到这句话时，我有些诧异，读着读着，感悟到：不管是自私还是无私都是相对而言的，自私与无私都是人的本性，单纯的自私与单纯的无私，都不会得到真正的快乐。这如我们哲学上讲的，事物都有正反两面。如乐观者说，希望是启明星，即使摘不到，也能告诉人们曙光就在前方；悲观者说，希望是地平线，就算看得见，也永远走不到。

由此，我们在工作和生活中，要学会换位思考，有时教育别人说得很好，条条是道，遇到自己就乱了分寸。当然，有些事情落在自己头上可能就是天大的事，但你若换个角度，哪怕扒开一个小小的缝隙，这个天大的事儿就不算事了。有道是：拨开云雾见天日。就是这个道理，很多时候，很简单的事情，加上我们的思维就变得复杂了。现实生活中，我们往往给自己树立了一个"假想敌"，把自己的想法强加给了对方，越想越气呀，气得头都要炸了。哈哈！想一想，是不是这个道理呢？

是啊，让我们的生活充满阳光，那就先把"自私"从你的心里赶走，你的心中就会充满光明了。

春天总是给人以温暖和希望，让我们踏着春天的脚步，迎着和煦的春风，大步迈向春色满园吧……

我愿做一道晚霞

今天，在公司电梯里，遇见一位老同事，他开玩笑地说：妹子，小红袄，挺红啊！我笑答："嗯，老来俏嘛！"他解释说："不是，我是说——晚霞……"我明白他的意思，于是，接着他的话茬儿笑着说："那就让晚霞更红吧……"

说实话，朝霞与晚霞之间，我更喜欢晚霞。因为，晚霞的色彩更绚烂，气氛是热烈的，对我们的感染更加强烈。每次看到西下的晚霞，不禁联想到，那正在燃烧的火焰，是那样的热烈，又仿佛一个美丽的仙女穿着火红的裙子向你走来，给人以无限的遐想，那样的大方、得体、矜持而优雅。她的颜色有大红、橙红、金黄、杏黄……就是把全世界最好最鲜艳的水彩都洒上去了，也没有晚霞这么绚丽、动人、明亮、色彩浓烈，我喜欢晚霞。

是啊！说笑间，体现了同事间的关怀与温暖。我愿是一道多姿多彩的晚霞，染红身边的你我。

俗话说：相逢是缘。那么，像我这样从二十来岁就跨进一个公司，再没离开过。同时，送走了一拨儿又一拨儿老同事，也迎来了一批又一批年轻人，更见证了公司的发展壮大，在我的心里，早已把公司当成了我的第二个家，这里的每一个成员都像我的兄弟姐妹。

这样说，不光是我们每天八小时都见面，在一个办公大楼里工作，在一个餐桌上吃饭，更重要的是，在共同的工作和生活中，产生的同志情及友谊。我们与自己的兄弟姐妹，各自成家后，有的也只是家中有大事小情，或逢年过节才相聚，尤其不在同一城市的，一年也见不到几次面，相连的是血缘关系。有道是：远亲不如近邻。而同事之间，就是在日常交往中，一点点建立起来的友情，是那样的亲切、温暖。

由此，我们应该倍加珍惜这种来之不易的友谊。工作中，互相配合，互相支持，互相补台；生活上，互相关心，互相爱护，互相帮助。共同维护好部门形象、公司形象，携手共创辉煌！

老同志，要发挥表率作用，站好最后一班岗，真正让晚霞更红，发挥余热！

其实，说晚霞似乎有点儿早，但不管是朝霞，还是晚霞，都要散发出属于自己的光芒，才无愧于这些美丽的称呼。是不是，朋友们，加油吧！

我愿做超级小飞侠

连日来，气温骤然升高，使人们不免有些浮躁。一向怕冷的我，往年秋裤得穿到头伏，才依依不舍地脱掉。而昨天，行走在下班路上，却意外地大汗淋漓，总有一种提前脱掉秋裤的冲动。

　　回到家，显得格外疲惫，迫不及待地换掉已经湿漉漉的衣裳，顺势躺在沙发上。于是，打开久违的电视，偶看中央一台——"动画乐园"节目，那些可爱的超级飞侠吸引了我。恰巧，一个火山欲喷发的画面，超凡飞侠把火山岩引流开，使急于参加比赛的车辆及行人顺利通过。此情此景，我看在眼里，脑海中便浮现出美国动画片里的超人——克拉克。他是《星球日报》的一名新闻记者，有着与生俱来的超能力和极强的正义感与同情心，每每在危机时刻，便穿上蓝色紧身衣，披上红色斗篷，化身超人挺身而出，行侠仗义，拯救世人。而中国广州一家动漫公司参与制作的《超级飞侠》里，一群小飞侠的能力同样吸引了我，该动漫讲述了飞机机器人乐迪与像米莉、金刚、Flip淘淘、酷雷等，具有不同超能量的小飞侠，在环游世界过程中，为小朋友们排忧解难的故事。看着小飞侠们那些无所不能的工具以及和谐友善的义举，我为之感叹。我在想，即使无力做超人，做个超级小飞侠也好啊。那样，我不仅可以帮助那些需要帮助的人，还可以回报那些帮助过或正在帮助我的人。

　　不论是超人，还是超级飞侠，都是人们对抵御外来侵略，弘扬正义，传播友爱的渴望。因为，气温升高，公司人性化管理，也提前开启了空调，可我还是受不了那加着"氟"的空调风，那样的阴凉、刺骨，真的享受不了这样的福利呀。这可苦了同室的小伙伴们，他们正值青春年少，火力旺，加之工作忙碌，热是自然的。每当看到他们楼上楼下奔忙，冒着汗回到办公室，用毛巾擦拭时，我心里很不是滋味。时常主动去按空调按钮，可他们却说：不用开了，也不是那么热。或是，难以忍受高温，在我不在办公室的空隙，他们打开空调。当我回到办公室，他们问："姐，凉吗？"凉就关掉。我答："不碍事，先开会儿吧。"可不争气的我，坐下不一会儿，便不由自主地打了喷气，害得他们又得调高或关掉空调。听着这朴实的话语，看着那熟练的动作，我的心总是暖暖的，多好的同事，多好的年轻人啊！尽管已经习惯了被他们关爱和照顾，但我还是很感动。因此，我在想，如果我是超人或是超凡小飞侠，赋予我唯一的超能量，我愿用在可亲可爱的小伙伴们身上，在炎炎夏季，让空调风绕过我而萦绕着他们。或是，变成一个隐形的小风扇，默默地、悄悄地跟随他们左右，给他们送上一丝清凉，消暑祛热。那样既不影响中央八项规定，又能让小伙子们享受公司福利，驱逐高温给他们带来的苦恼，使他们有精力，更好地为公司做贡献。

今天是5月20日，谐音我爱你！借此，真诚地说一声：我爱你们！我的小伙伴，我的兄弟姐妹。谢谢你们！

红豆果

红豆果是近些年在城市的街头巷尾偶尔可见的一种植物。每至秋末，其枝头便挂满了像红豆大小的果实，一串串的晶莹剔透，几片稀疏的树叶陪衬着，更凸显了红豆果的鲜艳夺目。所谓"红豆果"只是我对它的称呼，它的真实名字一直以来我不知晓。但看到因严寒散落满地的红豆果，让人感到怜惜，也更加敬佩绿叶的顽强、奉献和友爱精神。

红豆果，让我不禁想起诗人王维的诗句《相思》：红豆生南国，春来发几枝。愿君多采撷，此物最相思。读着这脍炙人口的诗句，看着红豆果，浓浓的思念之情涌上心头。闲暇时，不免思念分布在各地的朋友。虽然有的多年不见，失去了联系，但当初在一起学习、嬉笑玩耍的场景，恍如昨日。那种纯真的友谊，令人难以忘怀。多少年过去了，朋友们，你们都还好吗？

近日，与好姐妹儿，谈及找个地方休闲几日，说是这个季节有特色的地方，应该是北方。像哈尔滨的冰灯，令人向往，可零下几十度，想想都浑身打战。还没动身，就要大量的投资去购买御寒衣物、鞋子、帽子、手套啥的，把自己包裹得严严实实，俨然像个大皮球。说得挺热闹，还不一定行动。怕是真去了，还不得与冰雪融为一体，常年"驻守"在那里了。哈哈，不是危言耸听，即使回来，也有可能"瘫"在床上。唉！今生估计是没福观赏那美丽的冰雪世界了。

新时代新生活

说起哈尔滨，70年代末我上学时，结识了两个要好的同学，三个人形影不离，其中之一就是哈尔滨人。记得她父母是军人，她高挑的身材，文文静静，经常穿着橄榄绿的衣服，背一个军用书包，扎着马尾辫，很是神气，很是让人羡慕。可80年代初，我转学之后，她也回哈尔滨了，当时互留了通信地址，开始还有书信来往，渐渐地，由于学习紧张，中断了，至今没有联系。另一个同学，辗转也去了东北工作，可她也不知道这个同学的下落。也不知道她现在变成什么模样，反正我俩除了添了皱纹和白发外，没啥变化，遗憾的是个子没长高！哈哈，竟想美事！

我们要珍惜身边的朋友，尤其是一个单位的同事。说实话，茫茫人海，能在一个单位共事，更是一种缘分。一天八小时在一起，是不是有时比与家人在一起的时间还要长？互相配合，互相补台，帮助他人，快乐自己，还多了份情谊，何乐而不为呢？必倍加珍惜。

在现实工作和生活中，我们要像红豆果和绿叶那样，相互依托，彼此感恩。不管是果还是叶都有坠落的时候，最终回归大地的怀抱，化作尘土。而人类世界是红花少绿叶多，犹如金字塔，塔基一旦动摇，塔顶就会倾斜或倒塌。所以，人与人相互间应该相互尊重和扶持，才能保持平衡，使整个塔体坚而牢固，屹立不倒。

真诚的道歉

时间过得真快，一晃还有18天，即将告别硕果累累的2017，迎来更加充满希望和美好的2018年！

记得2016年，也是在这个时间点，我发现城市的一角，在寒冷的冬日，一串串火红的小果实，点缀着我们的生活。我不知道她叫什么名字，只因为喜欢，凑近她的面前，武断地，根据她的形状，给她取名：红豆果。一些朋友，也附和着：嗯，原来叫红豆果。

今天，我又经过此地，看到了她。此时，我手机里，下载了一种软件，把花拍摄下来，即可查找花的名字。经过对比，我为自己的无知和冒失而惭愧。真诚地说一声：对不起！她不叫红豆果，她叫忍冬。忍冬科忍冬属多年生半常绿缠绕灌木。又名金银藤、鸳鸯藤、左缠藤。花蕾名金银花，又名双花、二宝花；带叶的茎枝名忍冬藤，均供药用。亦作观赏植物。果实红色。

花没有思想，不管你叫她什么？她都以美丽和微笑面对。然而，在我们的生活中，像张冠李戴这样的事时有发生。如果老熟人，见面你认错了，他（她）会说：哎呀！真是贵人多忘事。或者说你看不起他（她）。有甚者，带有讥讽意味的说：你小子升官了、发大财了，不认识我们这些老同学、老朋友了等等。其实，没有必要。如今，我们的生活多姿多彩，过去穿衣打扮，不分男女，一律灰、蓝、黑或白，没有色彩；现在不分男女老少，都花枝招展。有时候，在某个年龄段，你真的分不清年龄大小；或是打远看、从背后看，还分辨不清男女、老少。尤其，时间久不见或本就接触不多的同事或朋友，极有可能突然见面，想不起名字来，这很正常，不存在谁瞧不起谁的问题。

其实，这都是我们自己人为造成的。见面了，既然你认识对方，就别让对方猜了。诚恳地自我介绍一下，不就避免了一些误会？减少一些不愉快吗？有些人偏爱故弄玄虚，看似制造点气氛，实则在找存在感。在这其中，或多或少给自己和他人带来一丝不悦。有时候，不经意间，给自己造成莫名的困惑和不安。

有这么一首歌《生活像一团麻》。歌中唱到：生活就像一团麻，总有解不开的小疙瘩……你瞧！生活本就像一团麻了，我们还人为地给自己增添烦恼，使小疙瘩，变成大疙瘩，甚至成为死扣，岂不多此一举，自寻烦恼？

因此，我们要笑对那些避免不了的小疙瘩，把它当成那晶莹透红的忍冬果实；规避那些不必要的小疙瘩。像喝珍珠疙瘩汤一样，囫囵地吞下去，不必细嚼慢咽、更不必细品，只把它交给"老胃"消化即可。这种小疙瘩，不会造成消化不良。

愿我们：做解扣之人，不做系扣之人。生活就会像忍冬果实一样，串串红……

影 子

影子是由于物体遮住了光的传播，不能穿过不透明物体而形成的较暗区域，就是我们常说的影子，它是一种光学现象。

这是我在一个温暖的初夏，上午七八点钟，风和日丽，阳光明媚，鸟语花香的五月，给自己拍摄的影子。大家看看，是不是显得修长完美呀。如果用比例尺来衡量的话，这个影子大概是我实际身高的一点五倍，更重要的是看不出我的年龄。哈哈，心里美滋滋的，好阳光啊！

其实，影子也不都是美好的，这与光的折射角度有关。比如，走在星光灿烂、华灯溢彩的城市街道上，影子会随着灯光的变幻而变化，有时长、有时短、有时是两个或三个长短、粗细各异的影子，出现在自己的眼前，想踩却又踩不到，那样的神奇、有趣，给人以无限的遐想和乐趣……

这如同我们的生活，有人喜欢你，有人不喜欢，如此的正常，又如此的合情合理。古人云：物以类聚，人以群分；道不同不相为谋，志不同不相为友。说的都是这个道理，这是人类智慧所在，也是前进的动力。

面对修长而美丽的影子，你可能会陶醉。但不能长时间沉浸或躲在自己的影子里，偶尔欣赏、宽慰一下自己，恰当地运用一次"阿Q"精神，还是可以的，避免陷入怪圈或困境，为的是愉快地工作和生活。

我喜欢我的影子，只因它能使我更高大完美，可以弥补我小小的缺憾，也可以满足我小小的虚荣心。然而，只是一时的满足和窃喜而已。始终相伴的，仍是丰富的内涵和积极向上的人生态度。

记得小时候，因为自己个子矮，常常在想，如果一觉醒来，突然发现自己长高了，裤子成为短裤了，该怎么办呀？可无数次的睡梦醒来，我还是——那个小巧的我，这是无法改变的事实。有时候，我们还是要面对现实，有梦想是好事，但要切合实际。有的梦想可以实现，有的不能实现。对于可以实现的梦想，我们要付之行动，不遗余力地去努力。即使通往梦想的路上，会遇到这样或那样的困难，也不要轻言放弃，要坚持，才有可能见到曙光。当你经过努力，站在自己理想的平台，就有机会设计自己的下一个梦想。否则，你将永远停留在原地，那就不是梦想，那是妄想或白日做梦了。

我喜欢影子，更喜欢清晨阳光下，那温暖、柔润、修长的影子……

懒　人

今天，阳光明媚，清爽舒适，心情愉悦，屋子里飞起了小小的粮食虫，它们在粮食袋里、瓶瓶罐罐里待久了，生儿育女，想要趁着气温上升，看看外面的世界。

看到这些小精灵，肆无忌惮地飞舞，俨然没有我的存在。在我眼前飞舞着，像是挑逗。瞧，那些粮食你不吃，我可全祸害了啊！好不嚣张。

看着它们目中无人、得意的样子，我有些难过。那么好的粮食，我舍不得吃，它们竟然敢破坏，真是欺负"懒人"。盛怒之下，我决定勤快起来，把厨房收拾一下。当我意犹未尽，收拾到煤气灶墙角，挪动一直靠在墙上的日常工具时，突然，呼啦一声，几块结实的墙砖掉了下来。着实吓了我一跳，好在瓷砖是技术比较先进的材料制成的，砸在我的手背上，才没有划破。看来懒人不宜勤快，庆幸没有造成"重大事故"。阿弥陀佛……

实践证明，家是用来休闲、遮风挡雨的港湾，不宜擦来擦去；温馨不一定整洁，要由心而定，这是懒人的理论，勤快人是接受不了的。不过，这也是功夫，我多年修炼而成。看来，不宜改变，改变了，家里的精灵们，会不适应，也不会答应的！

哈哈，谢谢精灵们，咱们友好和谐相处啊！有你们的陪伴和理解，我心坦然。

沾 喜

清晨，阳光灿烂，风和日丽，空气温和得像秀女一样，花草树木，都静静地翘首期盼、等待着。两只喜鹊当空滑下，落在楼顶上，喀喀喀，喀喀喀，摇头摆尾地叫着，时不时梳理一下花衣裳。继而，倏地飞走了，有一种喜庆和幸福感，在这里孕育着、涌动着……

隐隐约约，有一轮抢眼的色彩，映衬着小院儿，侧过头看去。噢！原来是隔壁楼道口，不知何时贴上了大红金黄的双喜字，搭设着橘红色的气球拱门。看了看，想了想，不知是谁家的姑娘出嫁或小伙儿娶媳妇。猜想着，不一会儿，院子里来了一队迎亲的花车，车队有秩序地停稳，穿着时尚的迎亲队伍，尽管没有叽叽喳喳的喧哗，但他们的喜悦，感染着周围的一切，花儿、小草、树木、小鸟，即刻精神起来，欢迎迎亲队伍的到来。看着一张张洋溢着喜庆祥和的笑脸，我心随之喜悦。不费脑子了，不管是谁家的姑娘出嫁，还是哪家的帅小伙娶媳妇，也不管认识不认识，开门见喜，理应一起分享喜悦和快乐。

那就从心底默默地，祝福一对新人：莲花并蒂开，心与心相连；相扶又相持，比翼双飞吧！俗话说："赠人玫瑰，手留余香。"在真诚祝福新人的同时，相信我也会沾到新人的喜气！

走出院子，路口的城市共享单车突然多了起来，颜色、形状也增多了，整齐地摆放在街头巷角。走在城市的街道上，虽然阳光有些耀眼，但有树木和高楼大厦的遮挡，时而温暖，时而凉爽，不免有些惬意，幸福感油然而生。

我们的城市，就是我们的家园，每个人都应爱护。尤其，城市共享单车的出现，不仅给人们的出行带来了便捷，更提升了城市品位和文明程度。然而，有些不文明现象和行为，令人不解与痛心。

朋友们，为了家园的美丽、和谐，让我们携起手来，共建美好家园吧！

赏梨花

春天，是花儿的世界，花儿的海洋，花儿的舞台。而我们有幸作为赏花儿之人，如果不来捧场，岂不没有情趣，或者，有负春光呢？

有人说，花开花落，各种花卉每年都如期而至。而我，则以为，每一次赏花都有不一样感受和情愫。花还是那些花，只因陪伴的人不同，心情自然也就不同。不管是哪一次，对我来说，都是一次亲情和友情的浓缩与升华。因此，我珍惜每一次赏花儿的机会，感受不一样的风情。

于是，这个周末，也是四月梨花盛开的日子，我的那个"蹩脚"的他，难得空闲和雅兴，陪我向着温暖的春天走去……

上午，我们来到，有"梨花谷"之称的遵化平安城东梁各庄村。穿过蜿蜒的小路和古朴的村庄，来到山脚下，映入眼帘的是梨花的海洋。洁白如雪的梨花，飘着淡淡的清香，走进她，仿佛置身于花海之中，那样令人陶醉。真可谓，忽如一夜春风来，千树万树梨花开呀！看着每一棵盛开着梨花的树，都难舍难分，真想不走了，干脆坐在梨树枝上，倚着她，透过花儿与花儿的缝隙，追寻阳光、蝴蝶、蜜蜂，看着她们跳舞，倾听她们与飞舞的小精灵窃窃私语；看着飘落的花瓣，闻着她的芳香，静静地享受，该是多么的惬意……

据说，唐太宗李世民三次亲临赏梨花，可想此处梨花的迷人。徜徉在花海中，人人都陶醉着，观赏着，赞叹着。而我，又迫不及待地，抄起我的得力助手——自拍神器。情不自禁地，上下左右，全方位地用手机自拍一通。一时间，来时路上，那红的、紫的、黄的、绿的，耀眼的花草树木，都被这里的梨花覆盖。别笑我，不是我移情别恋，只因她们太美了。

忘情玩耍中，一位兄弟让我吃梨。心想，花还没谢，怎会有梨，是不是我产生了幻觉？循着这位兄弟的声音，强行把"贪婪"的视线拉了回来。噢！不是幻觉，真儿真儿的，饱满的酸梨呈现在我的眼前。一个大大的酸梨，还没吃，只看她一眼，口水就已充满口腔，乃至牙缝里。看着眼前大大的、薄薄表皮的酸梨，可以想象它的果肉该是多么的细腻、香甜。这位兄弟看出了我的疑惑，怎奈，他嘴里品着梨，顾不上开口，只得用手。为此，我顺着这位兄弟举着梨的手，寻觅着梨的来处。突然，那棵传说中的380年"梨树王"和这个千亩梨园的守护者映入眼帘，那是一对老夫妻，他们那布满皱纹的脸和老树一样，记录着他们的辛苦和沧桑。他们用那双长满老茧的手，把精心储藏一冬的梨，递到前来赏花人的手里，带着微笑，带着厚道，带着善良与温度。我的心刹那间收缩了一下，有些酸酸的。他们把梨花的美丽和梨子的香甜送给了赏花人，却把汗水散在每棵梨树下。勤劳善良的人，请放心，有梨花作证，春天我们吃了你们的"圣果"，秋天我们会再来，把你们的果实带走，把收获留在你们手里，把笑容刻在你们的脸上。尽管微不足道，但我们会把温暖传递……

珍重！相约，梨子挂满枝头时，我们来相会。

依依不舍地告别了"梨花谷"，带着那里的梨花情，尚意犹未尽。下午，我和两个兄弟又兴致勃勃地来到一个水库，这里仍是梨花遍野，穿行在崎岖的山路上，两旁的山和梨花，像是迎接远方的客人。我都不知道用什么语言来赞美你，真的是黔驴技穷了，别笑我！

只得借用宋代丘处机的《无俗念·灵虚宫梨花词》与大家共赏了：

春游浩荡，是年年、寒食梨花时节。白锦无纹香烂漫，玉树琼葩堆雪。静夜沉沉，浮光霭霭，冷浸溶溶月。人间天上，烂银霞照通彻。

浑似姑射真人，天姿灵秀，意气舒高洁。万化参差谁信道，不与群芳同列。浩气清英，仙材卓荦，下土难分别。瑶台归去，洞天方看清绝。

童心未泯

昨天，虽然空气质量为良，但风比较大，不适宜室外活动。下午我独自冒着冷飕飕的寒风去逛商场，没有什么购买的欲望和目标，主要是为了达到每天步行

10000步的锻炼指标。

　　来到商场，我一层一层的闲逛，珠宝、化妆品、鞋子、男装、女装等等，"讨人嫌"的拽来试去，没有买意。当我转到三楼童装时，楼层中央赫然在目的是五光十色的儿童乐园。各式各样的游戏机和童话故事里的卡通形象以及它们发出的各种声音，配着梦幻般的音乐，错落有致，此起彼伏，好不热闹。

　　看着孩子们在愉快地玩耍，有的爸爸或妈妈陪着一起玩，有的是在工作人员的陪同或引导下做着游戏，爸爸妈妈们坐在那儿悠闲的等待着，家长们有的专注地看着孩子玩耍，有的三三两两坐在一起聊天，有的玩着手机，很是自在。我忍不住放慢脚步，驻足观看，并用手机拍下这童话般的世界，感觉心旷神怡。我不由自主地绕着游乐场转了一圈又一圈，仍不舍离开，索性坐在外面的椅子上，静静地看，愉悦的心情难以言表……

　　望着可爱的孩子们，不禁想起如今人们常挂在嘴边的一句话：现在的孩子有福，赶上好时候了。是啊，现在的孩子，尤其80、90及00后，在此，暂且称他们为"890"吧。远的不说，咱就以60后为例，60后的经济和物质条件远远不及"890"，而且，"890"大部分享受到了祖辈们抢着看、抢着给花钱的礼遇，穿的、用的、吃的应有尽有。但他们的压力也比60后大得多。比如：60后小时候，放学了，家住在一起的小伙伴们，围坐在一起写完作业后，可以尽情地玩耍，直到天黑才回家，而家长们不必担心孩子的安全；他们虽有时挨饿受冻，但吃什么都是香的；穿的衣服虽然色调单一，大的穿了小的穿，但心里还是知足的，没人歧视和笑话；考不上大学的可以顶替父母的工作，考上大学的，还被称为天之骄子不说，毕业了国家包分配，单位还分给一间宿舍。成家了，尽管论资排辈，但总归能排上，由集体宿舍到一间住房、一间半、两间……逐步改善，总有个奔头，时不时有个小确幸般的惊喜。

　　所以，日子虽然苦些，物质贫乏些，但"60"后在工作和生活中，总是怀着满足感，积极乐观。然而，现在的孩子们，从小到大，看似无忧，一切都是家长安排好了，只管学习就可以了，什么也不用发愁，可他们经受的是心灵的煎熬和束缚，失去了自由的空间，不让干这不让干那的。从娘胎里就实施胎教，出生后，又怕输在起跑线上，各种培训班接踵而至，家长、老师动不动就说，你看谁谁谁或是人家孩子如何如何，等等……大学是考上了，花了不少的学费和生活费，到头来，为找工作而奔波。成家了，动不动几十万、上百万的房子，压得喘不过气来。他们是幸福的一代，也是困惑的一代。

对于当下的现状，不单孩子们困惑，家长们也困惑。所以，我们是不是思考一下，不要只在物质上满足孩子，而忽略了精神的启发和教育。白马王子和白雪公主的故事要讲，中国的革命历程和为中国解放事业及社会主义建设而牺牲的英雄人物的先进事迹也要讲。从小教育孩子，幸福生活来之不易，培养孩子勤奋、善良、节俭、不攀比、不奢华，靠自己的聪明、智慧和勤劳赢得社会地位，不管干什么，都尽我所能，做到极致，这些精神财富，比给他们留下物质和金钱要好得多。一夜可暴富，一夜也可致贫。金钱和物质早晚会被用光，而这种宝贵的精神财富是他们取之不尽，用之不绝的宝库，一代代传承下去，培养出一个个善良、懂得感恩、顽强执着、永不言败的孩子，何愁一个家族不兴旺？

在物欲横流的时代，当你感到迷惘或困惑时，何不冷静下来，给浮躁的心一个宁静的港湾，用一颗平常心看待这个世界，对待撑起这个世界的人和事，有抱怨和慨叹的功夫，不如脚踏实地地做些事，这样的话，不更充实吗？

仅此，送给善良或迷茫的你……

我的菜

偶尔看到，某某卫视相亲节目，听到女嘉宾说：某某男嘉宾不是我的"菜"。

我不明白，如今个性化，竟然把恋爱对象当成"菜"，不知何意。人们不是追求纯洁的爱情吗？为何把这么神圣的对方，称其为"菜"呢！难道是受《舌尖上的中国》影响，以此证明对方和自己的口味。不管她们了，大千世界无奇不有。而我的菜，与她们说的意义不同，它是一种名副其实的菜，而且是纯野生的。

有人养花、养草、种菜，而我却养菜。这是一种野菜，不是我有意种的，为此，称为养菜。我也曾为了吃上真正无公害的蔬菜，找来各种菜籽来种，不知为何？却只长出嫩嫩的小苗，就不再生长，继而枯竭。由此，我发誓不再种菜。自然，自己动手，丰衣足食的美好愿景，也就成了泡影。

不是我不喜欢花、草，也不是我不养花、草，而是，我养不好花、草。买来时，多么鲜艳、美丽、旺盛的花、草，到我手里，超不过两天，就打蔫儿了，而且，无法挽救。无奈，我只得就地取材，啥好活我就养啥，也算是一种缘分吧。

瞧！我这两盆菜，长势多旺盛。一盆是野苋菜。原本养的是吊兰，到了夏天，我想借助一下老天，让其吸收天然雨水。遗憾的是，老天的脸变化无常，时而倾盆大雨，时而骄阳似火……这对于一直生长在温室里的吊兰而言，多少有些暴力，经不住日月风雨的打击，渐渐地夭折了。惊奇的是，却有几粒野苋菜的种子，意外地飘落在我的花盆，取代了吊兰，使这个花盆不至于荒凉和寂寞。真所谓：有心插花花不开，无心插柳柳成荫啊；另一盆是胡萝卜。这是我有意把吃剩下的胡萝卜顶儿栽植，主要是想看看胡萝卜叶子是什么样子。

花、草、菜和人一样，生长环境不同，言谈举止及为人处事的方式方法就不同。高贵品种的植物，就要在温度适宜的环境下生长；普通品种的植物，就要大众化，不怕风吹日晒。我们大多数都是普通人，就要接受现实，在自己适合的环境中，活出精彩。不攀比，从而减少一些不必要的烦恼。与自己同频道、同层次的人在一起，你会感觉很舒服，不必跷脚搭讪或仰视对方。生活中，常有人抱怨：在人面前受到了冷落。其实，你可以在自己的层面受到尊崇，而你却不珍惜，偏要往不属于你的层面挤。话又说回来，既然挤了，就要放下自我，不惧冷漠，甚至轻视。没有这种雅量，或者说，不具备能屈能伸的姿态。何谈怨天尤人呢？可悲的是，有些人，一辈子也没活明白，自寻烦恼。

花、草、菜和人一样，都是有灵性的，不管是花、草还是菜，相逢就是缘。这几株野苋菜，由种子、生根发芽，直至今日成熟。我每天给它浇水，有时忘了，它就用打蔫儿来抗议，但不会弃我而去。彰显了它的纯朴、善良、厚道和坚强。尽管我不经意间怠慢了它，可当我歉意地给它浇水后，它还会打起精神，给我以回报。翠绿翠绿的，那样的养眼，给人以希望和生机。

我的菜，我做主。珍惜适合自己的所有，不盲目崇拜、跟风。只有真诚、辛勤地耕耘，才能获得尊重与友爱。

因此，我们每个人都要客观定位，摆正位置，选好角色。并履行好这个角色所赋予的责任和义务，你就是快乐之人！

新春贺岁

爆竹声声辞旧岁，金鸡报晓迎新春！

噼里啪啦，一阵简短急促的爆竹声，惊醒了梦中的我。慢慢睁开眼，看看窗外，天还没有亮，准是哪位勤劳的人抢在新年的第一时间放响了鞭炮，预示着新的一年处处争先吧。

冬季的乡村，没有了春夏秋季节的繁忙和热闹，寂静的深夜和黎明，只能听到暖气片里轻轻的水流声和爱人那踏实均匀的鼾声，合着土暖气的水流声，他显得那样的轻松自在，而我却没有了睡意。又过了一会儿，听到急促的脚步声和打开炉子、钩煤灰、铲煤、填煤的声音，听着那娴熟而有节奏的声音，一定是小叔子，为了让我们住着暖和些，每天夜里或凌晨他都要起来整理一下炉子，并填满煤，使炉火更旺些，暖气更热些，心更近些……

按照传统惯例，我们每年都回老家过年。今年，我们三口没有在家集合一起回老家。而是在二十九晚上，我们各自从不同方向出发，直接奔老家而去。为的是早些回来，爱人要带着儿子和侄儿们，到那几位困难但又值得尊敬的本家长辈家中看看，给他们送去过年的年货，也教育孩子们，百善孝为先。同时，由于忙碌，本家的兄弟姐妹们有好几年没在一起聚了，想借此机会，召集大伙儿聚一聚。平时各自在外，偶尔回家，相互之间也见不到面。由于岗位不同，有的越是过年越繁忙，因此，还是没有聚齐，多少有些遗憾。不过大多数还是到了，兄弟姐妹们围坐在一起，说说笑笑，是那么的温馨快乐。男人们很慷慨大度，一年365天都是女人们为家操劳，今天让女人们享受一次最高礼遇，安心地坐在餐桌前，等待男人们伺候。炒菜、端饭、敬酒，姐妹们开心至极。最多的祝福就是身体健康之类的。只有身体好了，自己舒服了，家人才更幸福。

有人关心地说："婆婆公公不在了，还回家干啥？农村又挺冷的。"俗话说：夫唱妇随。虽然婆婆公公不在了，但这里有爱人成长的足迹，有他对儿时艰辛而快乐的回忆，这里的一草一木都是那么的让他留恋。在老家过年，他才找到年的味道，更让他牵挂的是他唯一的亲人，弟弟一家四口。他说父母去世的早，他要替父亲照顾好弟弟一家，承担起哥哥的责任。遗憾的是，我没见过公公，他老人家在我成家前就去世了，留下唯一的照片，是一张大集体合影，我用电脑从中抠下来，放大了一张单人照，五官有些模糊，只有大概的轮廓。爱人时常念叨公公。他讲公公很不容易，八岁没了爹妈，一个人带着两个弟弟相依为命。读到了高中，当了一名人民教师，可不知什么原因，后来又回家务农了，这成了他不能释然的痛。但公公的勤劳深深地印在了他的脑海里，铭刻在心里。也是公公的品格影响着他，使他在成长的道路上始终坚持着。因此，婆婆去世后，我们即使冒着每次全家都感冒的风险也坚持回家，和弟弟一家四口过个团圆年。爱人是个孝顺善良的人，他不仅惦记照顾自己的亲人，我父亲在世的时候，我的父亲母亲有几年在三哥家过年，他们老少就五口，爱人为让老人们高兴，也为了增加人气，我们都是陪老人们吃完年夜饭才回老家过年的。

如今回老家过年，已成为我们盼望和向往的乐事，天是冷的，心是暖的，笑容是灿烂的。在与乡亲们亲密接触中，也使我们不断地进步和成熟，净化着心灵。在这个过程，我们总结制定了家训：第一善行是孝顺，第一品格是善良，第一素质是宽容，第一天才是勤奋，第一智慧是悟道，第一境界是无我，第一需求是健康。以此激励自己和孩子们，朝着积极向善的方向坚定前行。

过年了，金鸡报晓，迎来吉祥奋进的一年。在此，我和我的家人给大家拜年了，感谢亲人、朋友们的支持与关爱：

祝长辈们生活幸福，身体健康，长命百岁！

祝同辈们心情愉快，家庭和睦，万事如意！

祝晚辈们努力学习，勤奋工作，心想有成！

拥抱新时代

我骄傲，我幸福，我是60后。就因为，我晚出生了几年，便成了幸运儿，赶上了一个又一个好时代。

大家会问，瞧你老大不小的，像个孩子似的，你怎么幸运了？是抓彩票中大奖了，捡到钱包了，还是娶儿媳妇了？嘿嘿！都不是，这算啥？中大奖，钱多了还有风险；捡到钱包要交给警察叔叔；娶儿媳妇，也不是我说了算的事儿。告诉大家吧，我庆幸，我没有赶上战乱，也没有赶上三年自然灾害，而是，生在新社会，长在红旗下，赶上了社会主义改革开放的好时代。如今，人到中年，又赶上了中国的新时代。你说我是不是很幸运？

我常想，一个人，生长在和平国度，没有战火，没有硝烟，没有饥饿，就已经很幸运了。而今天，我们又赶上了中国特色社会主义新时代，踏上了新征程，真可谓幸中之幸。

众所周知，2017年10月18日上午9：00，中国共产党第十九次全国代表大会开幕会在人民大会堂大礼堂举行，习近平总书记代表第十八届中央委员会向大会作报告。报告给我们指明了前进的方向，构建了宏伟蓝图。报告指出，从十九大到二十大，是"两个一百年"奋斗目标的历史交汇期。我们既要全面建成小康社会、实现第一个百年奋斗目标。又要乘势而上开启全面建设社会主义现代化国家新征程，向第二个百年奋斗目标进军。有了这样的目标，有了这样的领路人和领导集体，我们作为中华儿女，有什么理由不骄傲呢？我们又有机会站在时代的交汇期，什么也不用想，只要坚定不移地跟着党，撸起袖子加油干就OK了。

毋庸置疑，我们的国家越来越强，人民越来越幸福。尤其，党的十九大后，国内外各大媒体、专家学者，都在广泛宣传、深入学习、研究中国发展之路。我们在感到骄傲和自豪的同时，更应该踏下心来，认真学习、深刻领会党的十九大精神，用以指导工作实践。构建新思想、新理念，打造新人生、新面貌，团结一致，坚定不移，将改革推向深入，为实现中华民族伟大复兴，贡献自己的微薄之力。

由此，我发自内心的呐喊：我幸运，我赶上了新时代，我和我的祖国一起迈进了中国特色社会主义新时代。

朋友们！让我们携手并肩，戮力同心，以饱满的热情、昂扬的斗志、顽强的作风、奉献的精神，在各自的岗位上，发挥你我的聪明才智，奋力前行吧！

年轻的小伙伴们！在新的征程上，咱们来个竞赛如何？有你们的爆发力、创造力，加上我们的韧性和耐力，咱们相扶相持，相互促进，相互融合，相信一定会走得更远、更稳、更好。加油！

第二节　乐观心态

角　度

大家知道，角度在数学上的概念是用以量度角的单位，符号为°。一周角分为360等份，每份定义为1度（1°）。而在我们的工作和生活中，如果运用好它，既能增强自信，又能调整心态，使生活多彩多姿。不信你试一试？

瞧！这张照片。实物中这棵海棠花儿树只有二层楼房那么高，而对面这座居民楼则是二十层，它们中间隔着一条马路。大家想象一下，如果树就在楼下，或单就它们的高度进行比较，它们该是多么的悬殊啊！但是，在夕阳下，我站在树下，迎着阳光拍摄这张合影，效果是不是不一样了？

从视觉上看，树反而比楼还高。所以，我们在工作和生活中遇到任何事情都要换个角度，你的心情会是不一样的感觉。一个人生活在群体中，不可能一帆风顺。遇到事情的时候，我们往往找些为自己开脱的理由，而不是找失败的原因，甚至不承认自己的错误。这就是你只站在自己的角度，看待问题思考问题，而没有站在全局角度，或者对方角度。是不是越想越气，越觉得自己委屈，又或是都是别人对不起自己呢。举个例子：各单位各部门，年终或一个阶段性工作结束后，都要进行评比，以资鼓励。可名额有限，不可能每个人或每个部门都是先进吧。而我们所做的工作往往都是常规性工作，可以说，谁都能做，离开谁都一样。我们常说：地球离开谁都照样转。但是，对于获奖者的态度，有的人可能会说：大家一样干，加班加点的，凭什么是他（她）？相反，有的人则认为，获奖者在某个方面比自己做得好，应该是他（她）。我要向他（她）学习，弥补自己的不足，争取下次是我。瞧！两个角度，两种心态，结果不同。前者有可能在日后的工作中,牢骚满腹,甚至消极怠工;而后者,积极乐观,取人之长,下一次没准儿就是他(她)了。

当然了,现实中,你也许真的受到了不公,也许你遇到了什么挫折或困惑。我以为,只有两条路:要么与之抗争。这其中有可能战胜它,也有可能被它打败,还有可能两败俱伤,头破血流;要么调转方向,换个解决问题的办法,跳出自己的怪圈,在阳光下快乐地生活。你选择哪条路?显而易见。

有人会说:你这是站着说话不腰痛。咋说呢?每个人都有不如意的时候。面对挫折和困难,哭也好、闹也罢,不管结果怎样,在这个过程中,都会筋疲力尽,何不微笑了之。俗话说:退一步海阔天空。我为什么说是微笑,而不是大笑呢?因为,微笑是发自内心的,能够舒缓情绪,而大笑有时候,则给人一种掩饰内心的含义。

事实上也证明:一件好事落在你头上,与他人就没关系;反之,落在别人头上,与你也就没关系了。所以,不以物喜,不以己悲,方显一个人的修为和品质。

角度,既然可以有360个,何不移动一点儿,换个角度,可能就是不一样的天空。

静　心

从不爱打听事的我,如今,随着年龄的增长,越发严重了。也好,心里更清静些。当然,也在人前显得愈加"木讷"或"痴呆"了!

"两耳不闻窗外事,一心只读圣贤书"出自明万历《古今贤文》,是说,读书人要一心读圣贤书,别管其他任何事情。我没有那么高的境界和学识。只是每日除了必须做的工作和一日三餐,业余时间,我能专心,旁若无人地写点随笔。尽管文笔不太好,但把我的所闻、所见、所感,用文字表达出来,自娱自乐,沉浸在自己的世界里,孤芳自赏,乐在其中!

昨天,一位朋友跟我说了一件事,我懵懵懂懂地听着,一时没反应过来。当她反复提到一个人的名字时，我没往熟知的人身上想。于是，我问：张三是谁？朋友着急地笑话我说，姐呀！你真"痴呆"了。张三是谁你都不知道啊！哈哈，前几天，我还说自己提前"痴呆"了呢？这回又被验证了一次……

生活中，常有人，为知晓一个部门不公开的消息，或他人少为人知的消息而得意，以得到小道消息而快乐。可我恰恰相反，不仅不爱打听，也不爱听，更不爱传。我知道的，就是"地球人"都知道的。抑或，有的事，"地球人"都知道了，我也不知道，这是常有的事。而且，基本上，大部分人和事，传到我这里就结束了。可能不是我不想说，而是脑子里没有这根弦，也就想不起来说。或是，我认为没有必要再转达。为此，爱人戏称我是"保密局的出身"。也曾为从我这里得不到他想知道的消息，"恶狠狠"地说，憋死我呢！哈哈，事情在没有结果之前，本就不能说的。如果结果与自己掌握的不一样，岂不郁闷？何况？我本来也没当成什么事，不说对我很正常；说了，反倒不是我的性格。看着他着急又生气的样子，我窃喜，憋死谁还不一定呢？嘻嘻！

每个人的性格不同，不管爱打听，还是不打听。爱说与不爱说，都无可厚非。重要的是，要尊重事实，不添油加醋，不加入自己的观点，更不以恶传恶，不要因此引发矛盾，造成不愉快、不和谐。如果因为一些不着边际，或不靠谱的事儿，给他人也给自己带来不必要的烦恼。那样，就得不偿失了，也有悖于社会主义核心价值观，不利于团结友爱。

朋友们，专心做自己的事。把工作做到极致，把家庭经营好，把身体保养好。同情孱弱，乐善好施，携手迈进美好的新时代……

随遇而安

随遇而安释义：指能顺应环境，在任何境遇中都能满足。（随：顺从；遇：遭遇。）出自清·刘献廷《广阳杂记》一："随寓而安，斯真隐矣。"

俗话说："生活十有八九不如意"。比如恋爱的男女，携手走进婚姻后，在柴米油盐酱醋茶中，难免有些不如意，各种矛盾日益显现。为此，情人眼里出西施的感觉全无，看到的只是对方的缺点和不如意。那么，面对生活的琐事，如何保持恋爱的温度，愉快而全面地接纳彼此，老家有位大哥谈笑间说出了普通人的大道理。

老家的大哥，大字不识，是个地道的农民，但他对待生活和妻子的态度，却是那样的乐观、朴实、醇厚，耐人寻味。

早年，大哥由于家庭贫困，哥们儿弟兄多，一直没能成家。40多岁时，大哥年迈的母亲，身体越来越不好，她放心不下这个儿子。于是，决定在有生之年给大哥成个家，了却她一桩心事。此时，正好又有远方亲戚给大哥介绍一门亲事，女子是一个丧夫，带有一儿一女，脑筋有些不大够使，这些大哥并没介意，当与女子见面后。大哥回来告知：不行，这人比我还笨，取过来是个累赘。大哥的母亲是个急性子，闻听此话，不顾自己年迈，风风火火地，亲自出马，当即把女子和两个十多岁的孩子，连同两个亲戚一同带回家，并准备好饭菜，决定留下。

下面是大哥与他母亲当时的对话：

大哥说："我自己脑筋就不够使，再来一个比我还笨的，这日子咋过？"

母亲说："只有这样的人才肯跟你，好人谁能看上你，好歹也是一家子人啊！"

大哥说："我宁可自己过，也不取她。"

母亲说："我已把人都领来，答应人家了，又有中间人，你让我咋办吧？"

娘俩经过一番争论。最终，大哥扭不过母亲，何况大哥又是个孝顺的人，看到母亲为难的样子，只好同意了。

就这样，大哥不情愿地接受了这样残缺不全的娘仨。从此，大哥外出打工更是卖力气了，因为，肩上的担子更重了。此后的二十多年，大哥以一颗平常心，勤奋地劳作，供养着这娘仨。并在他母亲的帮助下，养大了两个未成年，且在青春期顽劣的孩子。给女儿找了一个好人家嫁出去了，儿子也有了一个好的归宿。正是大哥的宽容、善良和对待女人的态度，感动和影响了一双儿女，孩子成家后，对这个没有血缘，但有养育之恩的后爹尊重有加。

女人对大哥的谩骂仍没有停止，而且不分场合。可大哥只当是一种习惯，每每女人骂大哥时，大哥总是呵呵地笑。当我们问大哥，她这么骂你咋还笑得出来？你难道不生气吗？大哥的回答令我们震惊。大哥说：我既然把她娶进家门，不管她咋样？我都要接受，并对她好，哪天无力打工挣钱了，即使我去要饭，也要牵着她的手。大哥说得那样的轻松自然，就是这样一个没有文化、朴实又不善言辞的农民，竟然有如此的胸怀。相反，我们有些，自认为思维敏捷、有文化的人，面对生活的困惑，解不开心结，抱怨恋爱时的海誓山盟、甜言蜜语都是假的，恋爱时眼中看到的优点，如今竟是这般的不如意，让人难以接受。

俗话说："在同一个锅里吃饭，哪有锅盖不碰碗勺的。"所以说，日常生活中，夫妻双方，如果不是品质问题，只是性格缺陷或生活习惯不同，就要相互理解、包容。可有的夫妻，相守一二十年，孩子也长大了，却不能容忍自己选择的人，而总是想着逃脱或舍弃。难道我们还不如一个没有文化的农民？大哥的女人能给他什么？不会做饭、不会收拾屋子、不会做农活，甚至家里来了客人，都不知道打招呼，能给大哥的只能是无休止的谩骂，而大哥却给女人一个完整、温暖的家。如今，大哥已经年近七旬，由于有颗乐观、宽容、善良的心，有一个平和的心态，每天吃得饱睡得香，身体倍棒。春节过后，又要踏上打工挣钱之路，要说生活艰难，还有比大哥难的吗？大哥能苦中作乐，把一个半路女人当成孩子一样呵护，任由女人肆无忌惮地嬉戏谩骂，只当是生活的点缀，快乐地忙碌着。

从大哥的谈笑中，我们是否有点启发：1. 爱人是自己选的，应该坦然地接纳对方的一切；2. 无论遇到什么不如意的事儿，都不能轻言放弃彼此；3. 要时刻想着对方的好，给自己也给对方一个缓冲的空间，让无味的婚姻快乐温暖起来。

做最好的自己

是啊！做最好的自己，说起来容易，做起来难。

这简短的六个字，说出来，给人一种玩世不恭，孤傲脱群的感觉。其实，做最好的自己，它的前提就是在群体中，一个人是实现不了的，这需要他人的支持、帮助与理解。就拿我现在写文章来说吧，开始也不是那么顺利。我的家人就不太支持，理由有三：一是工作第一，不能影响工作；二是每天都写会伤眼睛；三是认为我写的东西没有深度，东张西望的没有启发和教育意义。

对于这三条，我只认同第二条，其他两条我不同意。因为我的写作是在业余时间，而且，随心所欲，想写就写，不想写就不写，这不仅不会影响工作，反而对工作有促进作用，并能丰富我的业余生活。通过我的文字，可以很好地与人沟通交流，起到增进了解，调节气氛，舒缓心情的作用。我的朋友和小伙伴们读了我的文章感到心情舒畅，大家说，读我的文章，像面对面聊天一样，没有什么障碍。我的密友说：我的文章像涓涓溪流，缓缓流淌。同时，写作可以锻炼我的思维，避免将来得"老年痴呆"。哈哈！我的理由充足不吧。

做最好的自己，需要他人的支持。当看到网络上铺天盖地的深度文章时，我也有些迟疑，自愧文字水平不如人意，没个章法，像与朋友唠嗑一样，天马行空，想到哪儿说到哪儿，絮絮叨叨的，像个"居委会大妈"，能够坚持下来，这得益于朋友们的支持。开始我写的东西只发给个别朋友看，他们认真地评判，提出建议，有的甚至一个错别字都会给我指出来，这让我很感动，也坚定了我的信心。一位老朋友鼓励我说：不要看别人，你写你的，就当是玩儿，我是你的铁杆粉丝，并支持你。于是，由在微信里私发、微信好友到朋友圈，由纯粹的word文档到图文并茂，到今天的个人微信公众账号，都离不开大家的支持与帮助。一位大姐姐看了我写的文章，说：没想到你这个"理工女"，还会有这样的文采，深藏不露啊！我知道这多半是大姐姐对我的鼓励，但我心里还是美滋滋的。

我写作的目的不是为了教育别人。因为，我有自知之明，我就是一个普通人，不是人们眼中所谓的成功人士，也没有什么成功经验值得借鉴，只是想把自己的所闻、所见、所想，用文字表达出来，与大家分享，传递一份和谐与善良。

比如：生活中，好些朋友到了一定年龄，会出现这样那样的生理反应，加上家庭、工作的变故，平日里又不善于表达，一直积极努力工作的他（她）们，心里多少有些失落。加之大家各自忙碌，沟通和交流的机会少，久而久之，压抑的情绪表现出来，进而身体出现异常。我作为同龄人，能够友好地与他（她）们沟通，成为他（她）们的忠实听众，得到信赖，这就是我最大的幸福和快乐。

在工作中，摆正自己的位置，人家尊敬你，真诚征求意见时，要认真地表明你的态度。人家认为你哪方面有经验，你就毫无保留的传授，认为是垃圾的，就自己收藏，安静、极致地做好本职工作。或是年轻人在成长过程中出现思想波动时，作为过来人和老同志，虽没有成功的经验，但也有失败的教训，如果人家愿意听或问到你时，就诚恳地回答。不要牢骚满腹，传递负能量，那样不仅得不到同情和尊重，反而，会让年轻人看不起。努力属于过去，收获多少就珍藏多少，失去的就放下。放下是发自内心的，不是做给别人看的，否则放下就没有实质意义。

有如哲学上说："人不能同时走过同一条河。"对于我来说，如今，做一个积极、乐观、温和、不讨人嫌的"老同志"，吃着粗茶淡饭，享受着读书、写作带来的快乐，这就是最好的自己。

所以，年轻的小伙伴们！做最好的自己，就是在你奋斗的年龄，把自己的小宇宙爆发出来，即使目标没能实现，努力了，就不会后悔！

做自己的救赎者

当今信息时代，人们的生活和工作节奏加快，物质丰富了，随之而来的孩子上学，年轻人就业，买房、工作等各方面的压力也越来越大。

那么，如何排解压力，快乐地学习、工作和生活。我以为，还是要以自我排解为主，以外界为辅。

俗话说："解铃还须系铃人。"一件事情的发生，对于一个人或一个家庭，势必是件天大的事情，可对于别人，就是一个听客，甚至只是茶余饭后的笑料。因此，不论是烦恼还是困惑都要自己消化。

前几天，一个要好的朋友，她跟我说她的女儿谈恋爱的事情，她的女儿告诉她恋爱了，当时，她也没当回事儿。因为，孩子还在上学，估计也就是闲着没事玩玩。一晃半年过去了，可前几天，她发现女儿情绪低落，猜想可能是恋爱这件事儿困扰着。正直女儿考试，怕影响女儿，她也没有细问，只是鼓励孩子，凡事有个轻重缓急，以考试为主。有一天，她和她爱人聊起此事，两人不但没有同情心，反而哈哈大笑，当成笑话在聊。随后又说，女儿此时心里该有多难受啊，咱俩这亲爹亲妈，竟是如此态度，何况外人乎？

是啊，遇到事情，当事者，茶不思饭不想，即使是父母、儿女、亲人、好朋友，也只是当时替你难受一下，转过脸，大家该吃吃该喝喝，该玩玩，该笑笑……

由此，延伸到工作和生活中，不论遇到什么样的困惑，都要坦然面对，欣然接受。一位作家说的好：生活就像一面镜子，你哭它也哭，你笑它也笑。也就是说，用欣赏的眼光看待人和事，一切都是美好的。或者说，拥有一颗快乐的心，见到的就是草长莺飞；心中满是忧伤，见到的就是肃杀凋零。与其对不能得到的耿耿于怀，倒不如对你已经拥有的知足感恩。这样才能快乐自己，也会愉悦他人。

也许你会说，我的要求也不是那么高，就是看到业务能力、思想品德、政治素质不如自己的人，却直步青云，心里有些不平衡。如果样样都比自己强，也会心服口服。哈哈，这也不是你考虑的事呀。话又说回来，哪条法律、法规写着非你莫属，人家这方面不如你，在其它方面可能就比你强，只是衡量的标准不同而已。反过来，人家看你还不成熟呢。

所以，还是回到原点，做最好的自己，真正的救世主，不是上帝，只有自己。俗话说：无欲则刚。珍惜当下拥有的一切，你就是最幸福、最快乐的人！

愤　青

愤青，这个词大家并不陌生。即愤怒青年，英文"the angry young"，简称"愤青"。指对社会的不公平现状不满的青年人群。

关于"愤青"的由来，在此，我不想多加累述。今天，我想说的是，"愤青"已不是年轻人的专有名词，它渗透到每个年龄段的人。如中年人，甚至老年人。从另一角说，也指一个人一生之中的某个阶段，通常与荷尔蒙相关。

近日，我去医院，偶遇一位，年芳40岁尚未出阁的"剩女"。世俗的眼里，这样的人，可能性格孤僻或是有个性，她们的言谈举止或多或少，都会有些与众不同。闲谈中，她是个自由职业者、股市操盘手、房屋中介人员。总之，她以赚钱为快乐，但从她身上看不到奢华，也闻不到铜臭味道，呈现给人的倒是乐观、开朗、平和以及积极向上的生活态度。

她说：在她居住的小区里，各种人群茶余饭后有不同的话题，但大都表现的是攀比或抱怨，有甚者大有指点江山，激扬文字的派头。如：吃饱喝足，在小区洁净、洒满阳光的健身公园里。老太太们三五成群，说的主题就是儿媳妇如何；每月拿着四五千退休金的人，天天算计着张三我俩一起参加工作的，他咋儿比我挣得多等等；那些没有退休金或是只拿千八百块钱的人，更是义愤填膺……说到气头上，有些喘不上气来，甩手走了，回家吃点药去，你说何苦？一口气上不来，倒也痛快。不然，都不够住院、打针、吃药的！

哈哈！她说：可笑不可笑，那些都与你有啥关系！没有战争、没有饥饿，快快乐乐过自己的日子，该多好！真的都不知足啊。

说这些人和事的时候，她乐得前仰后合，大有看尽人间百态的快感。

看着她开心的样子，我不禁在想，这些成年人的思想状态，他们在家中、在孩子们面前是怎样表现的。如果也是这个样子，那将对孩子是怎样的影响呢？我们又有何理由责怪一代不如一代呢？

是啊！在你大发微词的时候，是否想过身边的孩子，你的言行，或者说，你的负能量，在不经意间，潜移默化地影响了孩子。当孩子在工作、生活等方面，遇到挫折或困难的时候，反过来，他们报怨你，试想，你又是何等的感受。由此，不为别人，为了自己，也应调整好心态，积极地面对人生。

有人说，我就是气不过，看不惯。那么你的言行管用了吗？不也就是生了一肚子闲气儿，扰乱了自己和家庭的生活。有甚者，还会成为人们眼中的异己，不仅没有改善自己的现状，反而，加重了生活的负担。更何况每个人都有不同的困惑和苦衷，只不过，有的人表现出来，有的人自行克服和消化了。因此，你看到人家哪都比你好。每个人对人和事物的观点不同，可以理解。我只想说，从我做起，学着做一个温和的自己，不论在社会、在工作岗位、在家里，都要摆正好位置，扮演好角色。最起码，先做好十三亿分之一的你，就会减少十三亿分之一的不稳定因素，进而增加十三亿分之一的和谐。

作为一个平凡人，我们所能做的就是：当有战争爆发，国家需要出钱出力时，你毫不犹豫；当有贫困人员需要援助时，你伸出友爱之手；或是，当在拥挤的道路上，两车发生擦碰的时候，谦和地说一声：对不起，没关系……

总之，在你力所能及的范围内，做好本职就够了。不要让"愤青"的代名词，落到你头上，做个谦和的人，好吗？

快乐自己，温暖他人。

做今天的强者

有人说，工作和生活压力山大。

如果我说，苦不苦，想想长征两万五。你准会说，没嗑儿唠。

是啊！历史背景和环境不同，没有可比性。但却蕴含着一个道理，那就是：只有坚持，才能到达成功的彼岸。如果说不同，那就是红军长征路上遇到的困难，比现在要艰难百倍。最起码，我们能吃得饱穿得暖，而那时，不仅吃不饱穿不暖，还腹背受敌，前路艰辛。相比之下，我们只是辛苦点，自我感觉前途渺茫。话又说回来，每个人不都在为生活和事业拼搏吗？谁也不知道结果怎样？每个人，在做一件事的时候，都希望有个好的结果，若知道不能成功，谁也不去做了，社会也就不会向前发展了。我们说努力了，还不一定有收获，何况不努力呢？除非你没有欲望、没有目标，可那样的生活你受得了吗？你可能会说，我

新时代新生活

没有过高的欲望，只求一家人平平安安，健健康康，生活条件好点儿就知足了。瞧，看似简单，实则是最高目标，需要终身追求，不断努力。

别笑！什么事怕细想、深究。想想我们伟大领袖毛泽东主席、敬爱的周恩来总理、邓小平等老一辈无产阶级革命家，哪一位不是几经沉浮，最后成为领袖人物。你又会说，他们都是伟人，而我就是一个普通不能再普通的小老百姓了。但前提都是人，"人"字都是一撇一捺，没有别种写法，谁也不是生下来就是伟人，都是经过千锤百炼而成的。所以，与其抱怨，不如脚踏实地去做，把每件事做实做细。在奋斗的年龄就要努力，实现自己的理想更好，实现不了，也是一种经历和历练。回过头来，不至于后悔，当初我要是坚持，该如何如何了，人生没有回头路。至少，通过自己的努力，也让你的儿女看到或懂得，爸爸妈妈是个勤劳、积极向上的人，眼前的好生活，是爸爸妈妈用勤劳和智慧创造的，自己也要努力学习和工作。我想，对于平凡人来说，这就是最大的成功。俗话说：言教不如身教，身教不如境教。孔子曰："其身正，不令而行；其身不正，虽令而不行。"说的也是这个道理。

有如我，闲暇时，想写点东西，也想写出经典的句子，让欣赏我、支持我的人有所启发，可文化底蕴不足，致使，都是大白话。不过，也倒通俗易懂。嘿嘿！给自己找理由吧。所以，我想多背几首诗，多读几本经典的书，从中汲取智慧或灵感，提高一下自己的品位。可记不住啊，短短的一首古诗，要反复地背，才能记住，过几天又忘了。后悔当初没听老师的话，认真学习，脑子里仅存的几首古诗，用时髦的话说，"地球人"都知道。不信我说出来，你也会：《鹅》《夜静思》《望庐山瀑布》等等。妇孺皆知吧！再看看周围，不管是歌星、影星还是财富巨星，哪个又不是经过多年的打拼才获得今天的辉煌呢？我们所熟知的李连杰、董明珠、董卿等等。他们今天的成功，都是经过多年的努力、积累、沉淀得来的。我们还有什么理由不努力，把时间浪费在抱怨上呢！静一静，想一想，每个人都很累，当你回眸时，希望给自己也给家人，一个温暖的、会心的微笑，足以！

最后，用陈毅元帅的《青松》与大家共勉：

大雪压青松，青松挺且直，要知松高洁，待到雪化时。

视　角

话说前天，巧遇一个帅气时尚的小伙子，我对小伙子穿着的"乞丐服"产生好奇，并对其品头论足，还说人家"另类"。偷笑之后，冷静地想了想，不免对自己幼稚、迂腐的行为，有些惭愧。说不定，人家看见我这人，三伏天包裹得严严实实，长衫、长裤、长袜、高装鞋，还戴着手套，系个丝巾，打个遮阳伞也是"另类"呢！不同年龄，不同体质，不同性格，不一样的穿衣打扮，都有各自的理由，谁也没影响谁，只是视觉不同、审美不同而已，无须大惊小怪！

无独有偶，昨天晚饭后，我照例去看老妈。我边走边想着一只偷袭我的蚊子，因为它的贪婪，导致粉身碎骨的惨状。旁若无人地行走在晚霞中，旁边有三个人，靠路边低矮的树木走着，擦肩而过时，并没有引起我的注意。当听到一个女孩的声音：咱个子这么高，还得弯着腰，快往外走走吧。我想她们是怕并排走，影响路人，才擦边行走的。想象着她们一定是受过良好教育，有素质的人。话音刚落，随后发出嬉笑声。这时，我才关注她们，遗憾的是，已是背影了。恰巧在路口等待信号灯，我有幸细细观察她们，与其说是观察，不如说是欣赏。从背影看，修长的身材，秀美的长腿，一头长发，顺滑地飘在脑后，每个人都穿着超短且留着毛穗的牛仔短裤。其中一位，上衣裸露着多半后背，显得富有青春活力。如此看来，我真的有点 Out 了。

由此，看人看事，不能总用老眼光，以自己的视角，我们都年轻过。记得 80 年代初，时兴烫发、穿大喇叭裤、牛仔裤时，我们也遭到过老同志的质疑，渐渐地也都被接受了。不能因为你有老寒腿，就看着谁穿少了都冷。三伏天，穿得薄透露点，总比光膀子文明得多吧！日常生活中，不比在正式或特定场合。如公职人员，上班穿成这样肯定不合适。警察、法官、军人，在岗位上，或执行任务时，再热也要穿制服，那样显得威严、庄重；出席会议、接待外宾，穿西装打领带，表示相互尊重、有礼貌；医院的医护人员，穿白大褂，给人圣洁和安全感等等。各行各业都有自己的特色，着装代表着职业性质，不能说，谁的衣服怎么样。在现实生活中，穿衣打扮彰显个人性格。世界是多姿多彩的，人们的穿衣打扮也要色彩斑斓、百花齐放，方显我们生活富足，精神饱满。何况不管什么款式的衣服，都是设计师精心设计的，凝结着设计师的智慧和灵感，也饱含着制作者的辛勤劳动和汗水。因此，我们要懂得欣赏和享受艺术给人带来的美感，尊重每个劳动者的付出，把每一件衣服当作艺术品去欣赏！

由简单的衣服，折射出我们的工作和生活，亦是如此。生活是丰富多彩的，只要你用欣赏的眼光，看待人和世界。用新奇的视角，观察人和事物，一切皆为美好！

鹅卵石

如今，人们赶上了好时代，可以张扬个性，有什么爱好、有什么一技之长都可通过各种平台展示。如：你有高超的技艺有挑战不可能，你喜欢唱歌有好声音，你有特异功能有最强大脑等等，各种展示才华的舞台为你搭建，可以自由彰显。但要明白，不管你怎样出彩，都需要有人为你搭建平台，需要观众的支持。如果失去了平台和观众，你什么也不是，你就是沧海一粟，那样的渺小，那样的默默无闻。

众所周知，常走在鹅卵石铺设的路上，对身体健康有益。为什么选择鹅卵石？显而易见，鹅卵石不仅光滑好看，而且还能起到按摩脚底穴位健身的作用。试想，如果在一个用鹅卵石铺设的路上，出现一个不规则、有棱角的石子，后果会怎样呢？这如同我们的工作和生活，难免有这样或那样的不如意，不要钻牛角尖，更不要做那样的石子，不仅会使自己心灵扭曲，更会让人感觉不舒服。学着有话好好说，及时调整自己的心态，努力使自己做一颗不硌脚的石子，像鹅卵石那样，愉悦自己，快乐他人，为社会的和谐稳定贡献自己的微薄之力。圣经上说：当上帝关上这扇门，一定会为你打开另一扇门。这不仅仅适用于身体的某种缺陷，带来机体和心理的弥补，也适合我们的人生，只是你没有发现而已。不信你收敛心中的懊恼和怒气，平静下来，看一看、找一找、想一想，那扇门上帝已经为你打开，就看你愿不愿意走了。转向这扇门，你就会心情愉悦，看谁谁好看，看那哪顺眼。

俗话说：十个手指还不一般齐，何况我们生活在人群中。父母对子女还有个偏爱，何况一个人国家、一个单位、一个部门呢？唯一绝对公平的只是过年了，人人都要长一岁，不管你愿意不愿意，也不分高低贵贱，富有还是贫穷，大人还是小孩。同样，社会发展的道路也是曲折的，因此，我们不要一叶障目，要学着洞如观火。也许低谷和泥泞的路段都会有，甚至长些，但只要团结一心，就一定会跨过去，并朝着平坦和向上的方向迈进。当然，在这个艰难而漫长的跋涉过程中，离不开你我不懈地坚持和努力！

其实，我们每个人都应该珍惜眼前来之不易的幸福生活，珍惜自己的岗位，更应该懂得感恩、学着感恩，只有我们强大的祖国做后盾，才使我们远离战争、远离饥饿和贫困。说到这里，想起朋友跟我讲的一段经历。一次，朋友从火车站打车回家，司机师傅说：大姐坐前面吧，后面还可以再做两位，我可以多挣几块。因为是晚上，朋友按照师傅的旨意，坐在了前排，后排坐着两个中学生模样的年轻人。上车后，司机师傅似乎很健谈，像是自言自语，又像是对乘客，但满口的话，都流露出不满的情绪。听着有些不那么顺耳，开始朋友并没有搭腔，见后排没有声音，为活跃气氛和出于礼貌，朋友说：咱们应该知足，看看国外处于战乱国家及地区的人们……话还没说完，惹怒了牢骚中的司机师傅，并被打断了：一看，你就是事业单位的？朋友见状，不再搭腔，为了安全，朋友缓解了一下气氛。说，大家都不容易，理解吧。这话使司机师傅的情绪有些缓解，说：你还行（言外之意，多少能理解一点），上次我拉了一个北京乘客，趾高气扬地跟我说，国家兴亡，匹夫有责。要不看她是女的，立马儿让她下车了……当然，这只是个例，只言片语中，了解到司机师傅可能经历了下岗，再就业等波折。

俗话说：人人都有本难念的经。在此，我不想评论，只想把耳熟能详的那首《感恩的心》送给朋友们，歌中有句歌词我很喜欢：感恩的心，感谢命运，花开花落，我一样会珍惜……

一只贪婪的蚊子

夏季，闷热潮湿，受到蚊叮虫咬是常有的事，不足为奇。在家里，尤其是居住在楼房里，远离杂草，蚊子的品种，大都是接近肉色，容易隐蔽，且杀伤力不是那么大，也没有毒，可以算是温柔型的。

可昨天夜里，不知从哪里溜进一只花蚊子，长长的四肢，黑色的翅膀，身体带有斑点，尖尖的嘴巴。从11：30左右开始偷袭我——得逞，脚面上被叮了一个疙瘩。我胡乱打了一阵，不见效果。于是，开灯实施抓捕，没有抓住。睡梦中，隐隐约约又听到，嗡儿嗡儿……的轰鸣声，向我袭来，在耳边响起，我闭着眼睛，又是胡乱轰一阵，狡猾的蚊子隐蔽起来了。直到凌晨两点钟左右，吸足了血的"敌人"，被我当场击毙，而且是"粉身碎骨"。

说实话，如果不是蚊子把我惹急了，我是不会半夜三更，困得迷迷瞪瞪的抓捕它；如果蚊子不那么贪心，吸一口就撤离现场，也不至于，落个"粉身碎骨"啊；如果蚊子不是心存侥幸心理，等等……

是啊，现实生活中，有些人，就是因为一丝贪念、一点私欲或侥幸心理作祟，思想膨胀，放松了道德、政治、思想学习，没有守住道德和法律底线，失去了一次又一次自我救赎的机会，不仅毁了自己的名誉和前程，也毁了自己美满幸福的家庭。愧对养育自己的父母和相依相伴的亲人，更愧对培养教育自己多年的党组织和单位。当失去自由，家破人亡，身陷囹圄的时候，方如梦初醒，悔不该当初。悔恨的泪水，洗刷着曾经骄傲的心灵，留下伤痕累累，给亲人造成心灵的伤害以及精神人格的桎梏。

有道是：人之初，性本善。但随着年龄的增长，受家庭、社会不良行为的影响，人生观、价值观、世界观发生改变。如有的人从小，偷鸡摸狗，慢慢养成了不良习惯，看见啥都是好东西，不拿手痒痒，从小偷小摸到大偷大盗，最终锒铛入狱。这就如，有的人第一次赌博、第一次嫖娼、第一次……有了第一次，尝到了甜头，侥幸没有被发现，进而胆子越来越大，最终走向毁灭。大家都知道，金钱是好东西，谁都喜欢，但要取之有道。不是自己的东西再好、再喜欢，也不要有非分之想。如若真的喜欢，又想得到，那你可以通过自己的努力，去争取、去创造，这个过程可能是艰苦的、曲折的，很有可能努力了，甚至遍体鳞伤也得不到。这是正常的，不可能什么事经过努力都能成功。那世界上，就没有差别，没有精英了。因此，欲望要切合自己的实际，跷跷脚、抬抬手、省吃俭用一点就能实现的目标，才属于自己。养成良好的行为习惯与平和的生活态度，对金钱和物质不可过度追求，你的幸福指数就会高，快乐也就与你相伴了。换句话说：你的心态决定了你的幸福指数。

有人说：我就是一个平民百姓，想犯错误也没机会。殊不知，这就是一个潜在的危险信号，言外之意，一旦有机会，就控制不住自己，有大捞一把的嫌疑。从日常工作和生活做起，从点滴做起，严格要求自己，守住红线，是每个公民最起码的要求和准则。《三国志·蜀志传》曰："勿以恶小而为之，勿以善小而不为。"作为国家公职人员，更要以人为镜，以史为镜，常思贪欲之害，常怀律己之心，以身边案例为鉴，做到警钟长鸣，方得我心安矣。封建官僚曾国藩一生尚能奉行为政以耐烦为第一要义，主张凡事要勤俭廉洁，不可为官自傲。修身律己，以德求官，礼治为先，以忠谋政，在官场上获得了巨大的成功。我们身居新时代，作为党员干部更应该，每日三省吾身，珍惜党和人民赋予我们的权力，珍惜来之不易的岗位，珍惜眼前的幸福生活。要看到，绝大多数党员干部对党的事业忠诚，尽职尽责，舍小家顾大家，白加黑五加二地全身心工作。有崇高者，殚精竭虑，鞠躬尽瘁，不愧为人民的公仆。不过，也有个别党员干部的思想觉悟和政治素质还真的不如普通老百姓，值得深思啊！

如今，我们处在风清气正的大好环境中，个别人还像这只贪婪的蚊子一样，执迷不悟，有恃无恐，我行我素，终将会亲手葬送自己。尤其，现在的年轻人，你们是幸福的一代,也是靠实力拼搏的一代,在踏入社会的第一步,就要牢记政治意识、大局意识、核心意识、看齐意识,要脚踏实地,廉洁自律,一身正气,培养忠诚、干净、担当、实干的工作作风,发扬艰苦朴素,勇于拼搏的大无畏精神,为实现中华民族伟大复兴的中国梦而努力,在平凡的工作岗位上,贡献自己的青春和力量,谱写新一代的华章!才无愧于这个时代,无愧于党的培养教育,无愧于父母和亲人的厚望……

话说人情淡薄

如今,生活条件好了。却常听人说:人情淡薄了,不如从前。其实,不是人情淡薄了,而是,人们要求高了。不再为温饱问题发愁,吃饱饭,没事干。总想着张三怎么不愿意理我了?李四这几天干啥去了,怎么没跟我打声招呼?王五我们俩关系那么好,有钱怎么不给我点花?等等……脑子里,都是质疑别人的声音,却少了些扪心自问。因此,都是别人对不起自己,只想着索取,却不懂得付出,自然也就显得"人情淡薄"了。

20世纪70年代,物质较为贫乏。赶上水灾、旱灾等自然灾害,都有可能造成颗粒无收。产量又低,春冬两季,断粮、吃不上饭偶有发生。尽管国家救济,但遇到家里人口多,体弱多病的,难免还是吃不饱饭。在这种情况下,人们为了生存,个别外出讨饭实属无奈,那样的讨饭才真叫"讨饭"。讨到哪家门口,不问来由,并不富裕的人们,多少都给一点食物。一碗剩粥、一个窝头、一个馒头,你就感激不尽,像过年一样。

记得小时候,附近村庄的一个讨饭人。人们管他叫"歪脖子"。现在看,他就是一个脑瘫患者。走路歪歪斜斜,没有完全失去劳动能力和行为意识。听大人们说:他没有亲人,村里对他也挺照顾,给他安排看管村里果园的工作。那时,实行工分制,满分是十分,估计他每天也就三四分吧。因此,在秋收分粮时,他也分不到多少,加上食量大,又不会计划着。分得的粮食,到第二年开春便无米下锅了。左邻右村的人们，了解到他的情况后，尽管"歪脖子"总是脏兮兮的，但善良的人们，不管他走进哪家，都会从并不多的食物中分给他一点，他也会永远以自己的方式，向人们表达谢意。就这样，人们与"歪脖子"，和谐友好地相处着。如果哪天他不来了，人们会不自觉地议论。这几天，"歪脖子"咋没来，是不是生病了？或是……总之，人们把他当成一个编外成员，关心着、照顾着他。

后来，有一年，某地发大水了，有一些人，持当地政府受灾的证明信，外出讨饭。老家也来了母女二人，妈妈听说此情况，含着眼泪，急忙回到家。拿个小布袋子，装上玉米，又跑出去，把玉米递到那母女手中。妈妈回来时，才感到释然。妈妈说，如果有一天，我们也受灾了，我带着你姐姐去讨饭，那该是怎样的心情啊？所以，在别人遇到困难的时候，我们要主动帮助，伸出援手。再后来，党的十一届三中全会以后，农村实行联产承包责任制。农民有了自己的土地，而且，自主经营，喜欢种什么就种什么。可个别不劳而获、投机取巧之人，抓住了人们的善良，用各种方式，骗取钱财，乞讨成为一种职业。

如今随着物质的丰富，人们的欲望也随之扩大。不在为温饱问题发愁，而是对金钱的过度奢求。当然，物价、房价上涨给人们造成极大的压力。那首耳熟能详、优美轻快的《一分钱》儿歌："我在马路边捡到一分钱，把它交到警察叔叔手里边……"已成为一种神话，一个美好的回忆，定格在那个纯真的年代。常言道：一分钱憋倒英雄汉。而如今，不说一分钱掉在路上，就是一毛、一块钱，有些人怕被人笑话，或虚荣心在作怪，都不愿意弯腰去捡。更有甚者，有的人为了要钱，竟不顾颜面，身强力壮，扮演成病人，沿街乞讨。或编造一些悲惨的故事，赢得人们的同情。有的逼迫农村老家的老父、老母进城乞讨，只要钱，不要食物。更有不法之徒，丧尽良心，把拐来的孩子，致残沿街乞讨，仍是要钱。因此，让善良的人，难以辨别真假，善良被愚弄。于是，有的人不愿意相信善良，不愿意做善良的守护者、践行者。渐渐地，人与人之间，多了一层薄薄的面纱。于是乎，叹息！"人情薄"也。

其实，也不尽然。只是人们自己欺骗了自己，吓唬了自己。我们的社会主流是和谐与友善，好人还是多数。不要被个别人、个别事例蒙住了双眼。党的十八大提出，倡导富强、民主、文明、和谐，倡导自由、平等、公正、法治，倡导爱国、敬业、诚信、友善，积极培育和践行社会主义核心价值观。这与中国特色社会主义发展要求相契合，与中华优秀传统文化和人类文明优秀成果相承接，是我们党凝聚全党全社会价值共识做出的重要论断。其中，爱国、敬业、诚信、友善是公民个人层面的价值准则。因此，我们要做一个善良的使者，从我做起，传递善良。让社会的进步，物质的丰富，成为提高文明程度的催化剂，而不应该是一种心理障碍，自我包裹起来，像个刺猬。作为一个公民，最起码的价值准则都达不到，还有什么理由指责别人、说人情薄呢？如果人人都指责，而不去维护、坚守，那真的是人情薄了。

我们的国家正在又快又好地发展，希望每个公民，为了子孙后代，都自觉地投入到社会主义文明建设中来。要相信自己，也要相信他人。都打开心扉，卸掉盔甲，张开双臂，伸出援手，相信人间自有真情在。有了真情，那层面纱也就随风而去，你就会感到灿烂的阳光洒在身上，就会看到一张张诚挚友爱的笑脸，自然就感到温暖了。

微笑遇见疑惑

近日，不知是怎么了，也许是天气太热的原因，一向怕凉的我，这几天也冒汗了，而且，有些神情"恍惚"。

这不，总是认错人。大老远地看见对面的来人，像某某大姐，微笑着，并亲切地称呼着对方，走近时，才发现认错了。对方愣愣地看着我，莫名其妙的表情。又看见一位，像某某嫂子，还不错，对方似乎意识到我认错人了，有礼貌地配合着我说，下班了？走近一看，结果还是似曾相识，却真的不认识。不好意思啊。嘻嘻！眼神咋还不好了呢？好在我的音量本就不大，否则，会更尴尬。

擦肩而过时，我暗自笑自己，这几天怎么了？一而再再而三地犯同一个错误。好在认错的都是女士，这要是男士的话，人家还以为我"多情"呢？哈哈！开个玩笑。

还好，今天在公园里，一个晨练的老人，放着欢快的音乐，手里拿着个小葫芦，随着音乐声，尽情地摇摆。尽管舞姿不优美，舞步也不规范，但他浑身上下都散发着内心的喜悦和幸福。从此路过的我，看着笑了笑，意外的是，这位老人没有疑惑，没有陌生的表情，自然地回敬给我微笑。遗憾的是，我着急上班，没有拿出手机留下那友谊的瞬间。这个微笑，给我以鼓励，原来不是我恍惚了，而是她们不解风情。世界大同，遇到国际友人，我们来自五湖四海，素不相识，不一样的肤色，不同的语言，相见时还相互微笑，以示和平与友谊，何况我们同为华夏子孙，又居住在同一城市、一个居民区里呢？

当然了，微笑在中国乃至世界各国是一种文明的象征，是友善的举动和传递，而在俄罗斯则不尽然。俄罗斯人总是板着一脸的严肃，每个微笑都要有明确的缘由，不然会被认为是愚蠢的微笑。所以，如果哪一天，你去俄罗斯游玩，千万不要随意对人家微笑噢！

其实，我的微笑很明确，是因为认识来人，才报以微笑，只是对方不知道而已。如此说来，我是友善的微笑。

无论是在工作和生活中，微笑总比板着脸强。最起码，微笑体现一个人生活态度和一个单位的精神面貌。同时，只有自己感觉是快乐的，才会自然地微笑。反正，微笑也吓不着人，即使吓着了，也是不承担法律责任！

亲爱的朋友！今天，你微笑了吗？

别再把"老了"挂在嘴边

科学证明：人是唯一能够接受心理暗示的动物。请记住是唯一，而不是之一。如今，随着信息时代的发展，来自各个方面的信息量太大，大的让人难以想象，它无时无刻不在遮挡着人们的眼睛、充斥着人们的大脑、扰乱着人们的心灵，一时间记不住、辨别不清、处理不了。于是，便出现了强迫症、抑郁症等时代病，记忆力衰退，而且还逐渐低龄化。因此，人们开始把"老了"挂在了嘴边。好像"老了"很时尚，其实也就四五十岁，有的甚至三十岁左右就开始念叨。说着说着，也就成了习惯，慢慢地，一些行为举止真的像老年人了。

往常看新闻报道，说某某100多岁了，登上了吉尼斯世界纪录排名榜，活的精彩无比等等，似乎那离得自己很遥远，只是听听或慨叹而已，仍我行我素。

可昨天，我和老妹妹去给一位本家姑姑拜年。说话间，谈及姑姑的父亲，也就是我的六爷爷。因为不常见，偶尔听说六爷爷年事已高，仍身体健康，精神矍铄，出于礼貌，更是好奇，所以，多关心一下。我问：六爷爷身体咋样？姑姑说：好着呢！今年103岁了，耳不聋，眼不花。没事儿自己还缝缝补补的，有时也让我帮他做点针线活，他还得替我穿针呢。由此，我想到辛弃疾永遇乐·京口北固亭怀古中的诗句：廉颇老矣，尚能饭否？又问：吃饭如何？姑姑说：挺好的！因为满口牙脱落，又不爱喝牛奶，早餐只吃些桃酥、蛋糕之类的，用开水冲泡着吃，要求必须是现烧的开水。中午简单吃点，再喝点儿小酒儿。晚上就喝碗稀粥。饮食、睡觉都很有规律，而且，眼里没有闲人，照顾他的人，不管干什么，只要手不闲着，他就高兴，啥话也不说。一旦停下来，看着你在屋待着，他就使唤你，俨然像个指挥官！好玩儿又好笑。姑姑像说笑话一样，说着六爷爷，而我看看身边的几个人，再想想自己，触动很大。朋友们，真的不要再把"老了"挂在嘴边了，跟我的六爷爷比，咱们还很年轻啊！

六爷爷在我的印象里，高高的个子，瘦瘦的，他有六个女儿，膝下却没有一个儿子，这在他那个年代，又是农村，是他一生的遗憾。听说早年，他把自己的侄子过继来，并操持着为侄子娶妻成家。但不知为啥，后来，又取消了过继关系。老年后，一直是六个女儿轮流侍奉他，直到现在。六爷爷九十多岁的时候，我回老家见过一次。那个时候，他就背着手，总是拿着一个小马扎，到处溜达，累了就坐下歇一会，奔着人群的地方，听别人说新鲜的事，有时也插进来，讲讲他经历的老故事,引得大家捧腹大笑。饿了就转回家吃点儿饭,休息一会儿,再出来。就这样,日复一日,年复一年,悠闲自在地,过着他平淡的生活,并享受着政府每月500元的补贴。从他苍老的脸上看不到一丝的愁容,总是笑呵呵的。姑姑说:他也生气,但说完转脸就烟消云散了。

朋友们,如果哪天我们真的老了,那只是一个自然现象,谁也阻止不了,那就让它顺其自然吧。老的是肢体,思想和心不能老,行动不便,思想不能停止。正如大家熟知的英国剑桥大学著名物理学家,现代最伟大的物理学家之一,也是20世纪享有国际盛誉的伟人之一的斯蒂芬·威廉·霍金,他患有肌肉萎缩性侧索硬化症(卢伽雷氏症),全身瘫痪,不能言语。他能动的地方只有一双眼睛和三根手指,其他部位便不能动,却为人类做出如此巨大的贡献。我们虽为普通人,不能像他那样做出惊人之举,但应该学习他那种坚韧不拔、顽强的精神。有首歌唱得好:他说风雨中那点痛算什么……

是啊,那点痛算什么?每个人在人生的旅途中,难免会遇到这样或那样的痛,都算不了什么。这就像我们小的时候,小伙伴们一起嬉笑玩耍,跌倒是常有的事,爬起来,拍拍身上的土,继续兴高采烈地往前跑,就这样跌跌撞撞、磕磕碰碰地成长起来。可长大了,有文化了,娇性了,脸皮薄了,思想复杂了,却裹住了自己的手脚。其实,一个人在不违背良知,不影响他人的情况下,认定的目标就坚定地往前走,即使见不到曙光,也会欣赏到一路的风景。人生是个未知数,谁也不知道结果是什么,知道了,也就失去了生活的乐趣。

请别再把"老了"挂在嘴边,不同年龄有不同的追求,也有不同的精彩,年龄大小只是相对而言,我们对于自己的孩子可能年龄大了些,可对于六爷爷……因为,任何人都无力改变外部环境,就看谁能够适应环境,在合适的时间、合适的地点、合适的人群,谁适应了,谁就成功了,而且,越早适应,成功的机会就越大。所以,真的别再把"老了"挂在嘴边,在自己还有梦想的时候,插上翅膀翱翔吧。

何况现在我们的环境越来越好,平台很多。小伙伴们!加油哦。趁着还年轻，行动起来，尽早地适应周围环境，积极地融入大环境中，跟上时代的步伐。不要妄想着让环境适应你，那你的梦想，真的就只剩下梦，想都别想了。

老有老的活法

昨天，去看望家中一位长辈。闲聊中，老人家谈及最多的就是睡不着觉，头皮发胀，眼发涩，各种难受！是啊，我们有时偶尔失眠，会几天都缓不过劲儿来，更何况老人家长期睡不着觉，得依赖服用药物才得以入睡，且睡的时间也不长，才造成了身体状况欠佳。

临行前，老人一再提醒我们找专家咨询一下，有没有治疗睡眠的新药。望着老人瘦弱疲惫的身躯和那渴望的眼神，让人不免有些心疼。分析一下老人的生活，可能就是生活圈子太窄、缺少交流，日子过得太单调。又因腰椎病导致行动不便，再加上不识字，每天基本就是一个人在家。白天孩子们有的上班，有的上学，只有晚上孩回家他才有说话唠嗑的。原本还能看会儿电视，顺势在沙发上眯一小觉儿。可由于眼睛不适，唯一的伴儿——电视也不能看了。偏巧自己也没个什么嗜好，只能无奈地在闭目养神中度日了。这样的日子，一天两天尚可。倘若时间长了，就不再是享受，反而成了负担。因此，忆往事峥嵘岁月稠，脑子里浮现出来的，自然也就是那些年轻时如何受苦又如何受累的陈年旧事，以及晚年生活不适，给儿女添麻烦等等类似诸多不开心事，会像放电视剧一样，曲折绵长，驱之不走，挥之不去，所以愈加地睡不着了……

记得我老爸健在的时候，也常跟我说人老了容易想些不开心的事儿，而且还看谁都可怜。因此，当年他老人家离开工作岗位后，就马不停蹄地回到老家，忙于为乡亲们做些力所能及的事。后来，随着年龄的增长和身体的原因，才放下手中的事情，真正步入老年生活。尤其在他眼睛不好，行动不便的那段日子，仍每天坚持拿着放大镜读报纸，收听新闻和养生保健知识。并把他从收音机或报纸上听到、看到的新鲜事儿和国家对农民的新政策讲给乡亲们听。同时，也从乡亲们那里听到许多有趣的故事，一起哈哈大笑一番，开心至极。更值得我学习的是，他坚持用"潦草"的文字写一些生活感悟，以教育启发后人。有时他还结合党的方针政策，给当地政府提些合理化建议，使晚年生活过得丰富而有意义。

由此，临近退休或已经退休的朋友们要想在忙碌过后，不至于茫然无措，不妨试着调整一下方向，在多元化的社会环境中，找到适合自己的生活方式，充分地发挥自己的余热。从沉寂孤僻的世界里走出来，专注地做一项能使自己愉悦，又能帮助他人的事，让多维的思绪沉淀下来，让枯燥的晚年生活多姿多彩，愉快而平静地度过。

也可尝试再次创业，把注意力集中在事业上。如曾经的"烟王"如今的"橙王"褚时健，他没有屈从于命运的严酷考验，75岁再次进行创业，在哀牢山中种橙至今，85岁的他东山再起，成了"中国橙王"。这是老年励志的典范，他把精力集中在事业上，分散了注意力，用一种不服老的意念支撑自己不老的心。或是发挥自身优势，把多年积累的经验传递给年轻人，在与年轻人接触过程中接受新鲜事物，保持一颗年轻的心。抑或找到适合自己的生活方式，为自己量身定制，在不影响他人生活的前提下，唱歌、跳舞、习练书法、旅游等等，哪怕是在公园的长椅上或一个角落，让温暖的阳光照在身上，强身健体，放松心情……

总之，不要因为退了休，就停下工作的脚步，进而桎梏自己的身体和大脑。要焕发力量，努力让生活更精彩。

别怕被人笑话

花儿再美丽，也有凋谢时，只要根不朽，枝鲜活，不愁来年花儿朵朵！人生亦如此，容颜可以老，只要思想不老，心态好，干啥都能成，看啥都美好！

近些年，由于城市绿化、美化，栽植了许多观赏花卉及树木。因此，每到春暖花开时，各种花争相斗艳，引来行人驻足观赏，有爱花之人，还拿着相机、手机拍照，留下美丽瞬间。

新时代新生活

前几日，上班路上，见一女士，在路口一角，把自行车停好，拿着手机上前拍照，正巧我路过，看着盛开的花朵，我叫不上名来。于是，我想询问，还没开口，这位女士忙不迭地，由花前退了回来，不知是怕我把她的爱车当成城市单车骑走，还是不好意思。见此状，我微笑着问：这是啥花，这么好看？见我没有"歹"意，便答：这是海棠花。瞧！多好看啊。嗯，海棠花。脑海中，便浮现出，邓颖超的《海棠花祭》。此文是1984年邓颖超84岁时，为纪念周总理写的。它记述了周总理一生喜欢海棠花，及与她的一世情缘。周总理，人民的好总理，我们永远怀念您，有海棠花作证。

说起路边拍照不好意思。我想起与朋友聊天时，她说：路边的花都开了，也不知是什么花，想拿手机拍照，又怕被人笑话，这么大岁数，还像小姑娘似的，到处拍照。我说，那怕啥？只要避开前脸儿，任何一个角度，都看不出多大岁数。而且，心还是十八岁的心啊。

哈哈！开个玩笑。其实，爱美之心人皆有之，何况这么美丽芳香的花呢？

赏花、拍照不可笑，可笑的是折花、采花之人。我们要做文明的护花使者。有的人，因为喜欢花，竟然情不自禁地，折下一支，拿回家自己欣赏，岂不有伤大雅，不符合文明市民行为吗？

温暖的四月，满眼的花红柳绿。真可谓：春色满园关不住啊。请大大方方地拿起手中的相机和手机，见到好看的鲜花和美景，尽情地，想拍就拍吧。嗨起来！

让我们携起手来，共同维护好，这些花花草草，使我们的城市更加美好！

有　为

最近，偶遇一个老朋友，他年底就到法定退休年龄了。于是，我问：您还坚守岗位呢？他回答：已经跟领导提出来了，能否提前休息，腾出岗位，给年轻人锻炼的机会。领导说：先别走呀，再帮帮我吧。这位老朋友笑着说：想想也对，勤勤恳恳干一辈子了，不差这几天，也说明咱还有用，领导信任。站好最后一班岗吧！相比现在有的年轻人，找各种理由不好好上班，领导说两句，还挺不满意的。应该给像这位朋友一样默默无闻、任劳任怨工作在一线的新、老同志们点个赞！

现在有的年轻人，刚到工作岗位，他们学历高，最低也是本科，自认为满腹经纶，这个不服那个不服，领导分配些一般性工作，意图是先让其熟悉工作环境，待了解之后再根据其特长和能力分配具体工作，这下可伤了自尊，认为大材小用了，要么说领导啥事都让自己干，感觉像个打杂儿的，不委以重任等等。殊不知，学校里学到的是理论知识，工作实践中，需要经验的积累。而且，如今大多数毕业生所从事的工作，都不是所学本专业。试想，如果你所学专业在同行业中是个佼佼者，想必大学没毕业就已经有单位与你签约了，遗憾的是没人跟你签约。当然，你也有选择的权利。如参加公务员或事业单位考试，也可以竞争、应聘一些综合性行政或为专业管理提供服务的工作岗位。这些岗位的知识和经验，在大学里又没有学习过。有的也没经过班干部、学生会等方面的锻炼，如何处理好这些政策性强、突发事件及日常琐事等等，都是摆在你面前的新课题。需要静下心来，伏下身，虚心学习。大家知道，各行有各行的规范和要求，所以，要学会干一行爱一行，把每件事干好，干到极致。子曰："三人行，必有我师焉；择其善者而从之，其不善者而改之。"要养成谦虚、勤学的工作态度，打好人生第一仗。也许你努力了，受诸多因素的影响，并没能成功，一辈子也没当上一官半职，只是一个普通职员，但仍能赢得他人的尊敬。反之，即使你真的一肚子知识，好高骛远，不脚踏实地，大事干不成，小事不想干，也将会一事无成，懊恼一生。

我们都不要把干的工作多当成一种负担，而应当成是一种责任和荣耀。对于领导而言，交给你的工作多，说明你能干，且有能力干好，是一种认可和信任；对于同事而言，都愿意找你搭档，说明你人际关系好，不计斤斤计较，大家愿意与你共事；对于你个人而言，干的工作越多，说明你能力强，有责任、有担当，人生价值才能得到很好的实现。所以，当你接受工作任务时，不论大小，都要愉快的接受，不要发牢骚，要珍惜眼前的岗位和忙碌的工作状态。要不然，一天一天没人敢用你，时间久了，锻炼的机会失去了，领导的信任失去了，同事之间的友谊失去了，你的人生观、价值观、世界观就会不知不觉中发生扭曲，满腹的不满情绪，势必影响你的工作和家庭，渐渐地你会孤独老去，人生还有什么意义？！

从点滴做起，不怕多干工作，把握尺度，领导交办的工作，不分分内分外，尽心去做，把可能遇到的各种问题及解决方法想好，做事周全、思维缜密，方能体现一个人的素质。因此，要做到事前请示，事中认真，事后汇报。如果年纪轻轻做事马马虎虎，没个计划和章法，久而久之，就没人敢用你，还有什么前途可言？

你的理想抱负又怎能实现？

记住！忙碌，并快乐着！珍惜当下……

你好，崛起的唐山

你好，废墟上崛起的英雄城市—大美唐山！

久居在这座城市，忙忙碌碌，每天两点一线的生活方式，已经习惯了她的模样，不是那么关注她，她的美已印在我的脑海，却忽略了她的改变，好久没有细细地观察她了……

今天，一直在电脑前忙碌，腰和眼有些疲劳。于是，站起身离开电脑，移步到窗前，望着四周错落有致、拔地而起的高楼大厦，可以用日新月异来形容城市的发展变化。唯一不变的是，我公司办公楼东侧，几栋老式居民楼，典型的八十年代小区建筑格局，高六层，没有电梯，砖红色的外墙，一梯三户：一户三居室、一户两居室、一户一居室。这是八十年代初，唐山重建家园时，第一批房子，很结实，内结构钢筋混凝土的，据说可以抗八级地震。望着这几栋记载着历史、沧桑的居民楼，我的思绪回到了，那震惊中外的唐山大地震……

1976年7月28日3时42分53.8秒，中国河北省唐山、丰南一带（东经118.2°，北纬39.6°）发生了强度里氏7.8级（矩震级7.5级）地震，震中烈度11度，震源深度12千米，地震持续约12秒。地震造成242769人死亡，16.4万人重伤，位列20世纪世界地震史死亡人数第二，仅次于海原地震。

唐山，一座上百万人口的工业城市，在一场没有任何征兆的特大地震中夷成废墟，24万多鲜活的生命葬身瓦砾之中。

尽管地震爆发时，我没在这座城市，但也在波及的范围内。1984年，我随父母举家来到这里，映入眼帘的是重建家园的热闹景象。震后重建，以现在的抗震纪念碑为中心，向西、向北、向南发展……

弹指一挥40年。唐山人民在战胜灾难、重建家园中凝结成的抗震精神，其所涵容的团结、坚韧、勇于克服一切困难的精神内核，不仅是唐山人民宝贵的精神财富，更是全人类所共同追求的；世界科学家们络绎不绝地来到唐山，依据这个天然"实验场"进行大量研究，使人类加深了对地球的认识，防御地震灾难也迈出了一大步；在唐山抗震实践中，中国诞生了"地震社会学"，为解决全球城市化进程中面临的日益严峻的灾害问题，奠定了理论基础，提供了成功的防灾减灾范例。

英雄的唐山人民，经受了大地震的考验，相信任何困难都不会被吓到，他们在市委、市政府的领导，正迈着矫健的步伐，向着美好的未来迈进！

2016年成功举办了以"都市与自然·凤凰涅槃"为主题的第32届唐山世界园艺博览会。期间精彩不断、亮点纷呈。相继举办了5.18国际经贸洽谈会、中国—中东欧国家地方领导人会议、唐山抗震40周年纪念活动、中国金鸡百花电影节、中国——拉美企业家高峰会等大型活动，吸引了全球目光，展示了大美唐山的雄姿与风采。

还有开滦国家矿山公园，记载着近代唐山和我国煤炭工业发展的脉络，中国第一条准轨铁路-唐胥铁路和龙号机车，第一个机械开采矿井，可谓中国近代工业的活化石。

在此，祝愿英雄的唐山人民生活美满幸福！

迷雾中的笔架山

据悉：笔架山，坐落在遵化燕山山脉南麓，距遵化市城区6公里，因五个山峰高高耸立形似笔架而得名，该山垂垂林雾，峭壁怪异，盘山路崎岖陡直，似遵化城南的一道精美绝伦的绿色屏障。

据光绪二十五年《笔架山娘娘宫记》碑文载，在山顶中间的三座主峰上建有碧霞元君宫，玉皇殿，地藏殿，在山南脚还建有感应殿，戏台等，处于山峰的三殿，因周围无障碍物，远在遵化城观之，只见云雾缭绕，既可知其雄伟壮观，金碧辉煌，似飞燕展翅，方圆百里既可闻暮鼓晨钟，入耳惊心。

今天清晨，我与老妹、二侄儿相约登笔架山。阳光虽然明媚，照在身上，但仍有些凉意。周围笔直的白杨树和山上的灌木丛还没有一丝绿色，在阳光没有照射到的角落里还有些残雪，给山体增加了几分寒气。跨进山门，兴致勃勃来到山脚下，仰望不算太高的山顶，信心满满地拾级而上。可没上几个台阶，大约十五年没有再登过山的我，已感觉到体力不支了。尤其两条腿，开始颤抖、酸胀，看着弯弯曲曲的山路，心想，既来之则安之吧。不管多累也要登上山顶，体味一下登高远望，一览众山小的感觉。

心中想着，脚下艰难地往上爬，一步一个台阶，爬到半山腰时，已是汗流浃背了。于是，找到较为宽阔的地方，驻足往山下瞭望。映入眼帘的美景，令我欣喜，仿佛置身于云雾之中，真想迈向哪仙境般的世界，踏云而去。那感觉就像八仙过海一样，幻想着，身边蹦跳而过的小朋友，把我的思绪和目光拉到现实中，还得继续往上爬，不能半路脱逃啊。

二侄儿说，他每周来一次，大约二十分钟就能爬上山顶，而今天，带上我这个"累赘"，估计按照预定的时间是到不了山顶了。正在气喘吁吁爬行着，忽听身后有人说，男声说："看前面那老奶奶，都在往上爬"。女声说："哪有老奶奶呀？"听此话，我以为在说我，不免回头看了看。一对年轻人，也就十六七岁吧，我上下打量了一下女孩，七分裤，已露出脚腕，板儿鞋，底袜。心中暗自慨叹，还是年轻火力旺啊！男孩用手指向前方：那不是，戴小红帽的。噢，原来说前面的人呢，至此，我心里释然了。看着朝气蓬勃的年轻人，再看看自己，大棉裤还穿着，怎会不出汗呢？追随着年轻人的背影，我也来了劲头，脚步轻盈了许多，也自然地加快了。当追赶上那位戴着小红帽的老奶奶时，无不为她的精神所感动，看样子，腿脚有些不便，拄着登山拐杖，边走边停地往上爬。受到老人的鼓舞，我一鼓作气登上山顶，环顾四周，星罗棋布的梯田，错落有致的村庄，高楼林立的城市……尽收眼底，为自己点赞！我不仅战胜了自己，也征服了崎岖的山路，欣赏到了美丽的自然风光。

俗话说："上山容易，下山难。"兴致中，在山顶上，留下自己的倩影，分享给家人和朋友。并跟朋友微信聊天，开始还敲打文字，下山时便用语音聊两句，她听出我有些气喘，温馨提醒下山聊天危险，便终止了聊天，专心下山了。下到半山腰时，一个三四岁的小男孩，长得虎头虎脑，挺可爱的，可能是累了，撒赖不愿意走了，让他奶奶背着，见状，我上前搭讪说："小朋友，真乖，下来自己走吧，别让奶奶背着了。"听我这样说，男孩的奶奶和小姐姐，齐声说："阿姨夸你呢，快谢谢阿姨！"我偷笑，心里美滋滋的！平时逛商场或买菜时，服务员或卖菜的大人们都叫我阿姨，我心里老不舒服了，今儿听到小男孩叫我阿姨，心里真高兴！嘿嘿……

登山就像我们的生活，前进道路是曲折的，螺旋式上升的。因此，不管遇到怎样的挫折和险境，都要坚强而勇敢地往前走，不能半途而废，只要坚持，就一定会到达理想的顶峰。那时，在你回首经过的每一段路，一切的坚持和努力，都是值得的，胜利的喜悦自然溢于言表了！

如何把握"钱"这个度

钱不够花。听到这句话，我想大家一定会一片哗然，也会异口同声地发出质疑：钱多少是多呀？！给人一种救世主或境界多高的姿态。发出这样的质疑，主要是一部分高高在上或生活富裕的人们。用老百姓的话说：就是站着说话不腰疼。当然，也有一些，生活简单，心态平和，对物质追求欲望不高的人。

　　大家别激动！这话不是我说的，我听到这句话时，与大家的反应是一样的。而且，在日常生活中，我也是这样教育孩子们的。告诉孩子们：钱多了多花，少了少花；摸着自己的兜办事，有多少钱，办多大的事。牢记勤俭节约，艰苦朴素，不虚荣，不攀比的生活准则。每当说这些话时，有的孩子认同，有的孩子碍于面子，不想反驳我这个长辈，只是沉默。但从他们的表情不难看出，孩子们的压力很大，有些无奈和无助，我也知道他们每个人的实际情况，有这种想法可以理解。因为，我也曾经历过他们如今面临的困境，那样的日子不好过。但无论如何？必须自己面对，自己扛，任何人没有义务帮助你。而且，不到万不得已，不要接受施舍，那样，会总有一种负疚感。也难怪，网络、媒体频频爆出某某明星豪华婚礼消费了多少？某某暴发户结婚彩礼场面有多大？或是都市剧里，那些青春偶像们，穿名牌、高消费、住豪宅、开豪车等等，这让本就捉襟见肘的人望尘莫及，也让不经世事的年轻人浮躁、不安、向往。有时候，我们在责怪这一代人，付不了辛苦，担当和责任意识欠缺的同时，是否想到，年轻的一代，从小娇生惯养，父母把一切都安排好了，成家立业之后，却又承担工作和生活重担，是不是也难为他们了。在如今这个时代，没有经济基础的思想政治工作，多少显得苍白无力。大道理谁都明白，可现实生活就活生生地存在着，困扰着人们。

　　这句话，对于有稳定工作，收入尚可的人来说，反射出来的就是：比上不足比下有余，一家人平平安安，健健康康，过平淡的日子足以。可对于城市低收入人群或靠土里刨食、一亩三分地的农民来说，就是发自内心的，是现实生活的再现，无可厚非。

　　说实话，钱究竟多少才算够花呢？谁也没有标准答案，只有自己才知道。我们不能妄加评论？但有一点，可以肯定：人不能不勤奋，不能没有担当和责任，不能违背良心，不能违反道德，不能触犯法律，不能成为家庭和社会的不稳定因素。

　　祝好人一生平安！

早安，我的城市

早安，我的城市！

清晨，我拉开窗帘，虽看不到阳光，但望着太阳升起的方向，依稀可以看到散发的光芒。虽没看今天的天气预报，但从眼前所见的场景，可以想象今天的空气要比往日清新得多。隔着密集的居民楼，400米以外那熟悉的商业中心顶层清晰可见，它摘去了往日飘忽在云雾里的面纱。马路对面新建的公园里，薄薄的积雪已经融化，裸露出弯曲的甬道与遮挡地面儿的墨绿色防护网相间，错落有致，像一座小岛镶嵌在高楼大厦间，格外醒目。几个晨练的人在那里散步，一个白发老者，身后跟着一只可爱的洁白的小狗儿，调皮地走走停停，像是寻找着什么？公园外侧街道上，来往的车辆，即使在限号出行，双向车流还是排成了长龙，汽车喇叭声此起彼伏，忙碌的人们，开启了新的一天。

在此温馨提示大家：尽管空气质量不佳，道路拥挤，但还是要自我调整好心态，不受外界环境影响，心情愉快的工作和生活。当匆忙的你我，不经意间将车擦碰到了，检查一下，没有大的问题，就多给些理解，给对方一个微笑，各自忙碌去吧！不要抄起手机，要么呼叫保险公司、要么叫来一群熟人造声势，或者相互埋怨。朋友们，人人都在抱怨生活节奏快，精神压力大，人情冷漠。为什么不先从自身找找原因呢？遇到问题，先不要急于发言或攻击，静默10秒，给自己也给对方一个缓冲的机会，多些宽容，愉悦自己，也感染他人。让我们在本就不轻松的工作和生活中，从包容别人的过失开始寻求自我的放松。尝试一下，你的心情将逐渐趋于平静，不再浮躁。万事万物在你的眼里都将不再冰冷昏暗，而是温暖发光的！快快行动起来吧，为了自己，也为了他人！

让我们愉快地说一声：早安！我的城市……

晚霞中的杏花

杏花

【作者】罗隐【朝代】唐代

暖气潜催次第春，梅花已谢杏花新。

半开半落闲园里，何异荣枯世上人。

花开花落，不管是顺境还是逆境，都要坦然面对，欣然接受。正如北宋文学家范仲淹的名著《岳阳楼记》中写道：不以物喜，不以己悲。以平和的心态面对人生……

迎着夕阳，我朝着杏花飘香的深处走去。

穿过山脚下的村庄，看着渐渐淹没的夕阳，便加快了脚步，唯恐一不留神，太阳公公隐藏起来，观赏不到美景。

来到山脚下，首先映入眼帘的是一棵百年枣树，记录着它的沧桑。于是，服下身来，像个孩子似的，一圈一圈地数它的年轮，还没数上几圈，就眼花缭乱了。哈哈，不数了，快上山看杏花吧。

亲爱的朋友们，跟我一起来吧，我在这里等你……

老家的杏花

清晨，睁开眼，借着玻璃窗往外看，地面湿滑，嫩嫩的树叶上、花瓣上，挂着晶莹的雨珠，显得格外水灵，而我的心情，好像与这阴雨绵绵的天气有关，呼吸着新鲜空气，却兴奋不起来。反而有些压抑……

脑海中便浮现出那首妇孺皆知的诗句：清明时节雨纷纷，路上行人欲断魂。借问酒家何处有，牧童遥指杏花村。

走出家门,在院子里,看着被雨水打落在地的玉兰花瓣儿,不免想起,小别老家山上的杏花,在晚风的吹拂下,淡淡发白的花瓣飘落下来,那样的令人怜爱。经过今夜的细雨,你们还好吗?我想对你们说:

老家的杏花

在夕阳里

我走近你们

像个孩子似的 穿行在你们中间

手拿自拍杆 傻傻地 自我陶醉地与你们嬉闹 合影

尽管你们的笑容有些羞涩

但更显朴素 风雅

人们都说人面桃花别样红

而我

更喜欢你们的委婉淡雅低调

几日前

刚刚

欣赏了 你们的芳容

倾听了 你们的心声

闻到了 你们那淡淡的清香

身上的余香还没散去

一场清明的细雨

是否把你们的浓妆卸下

不管怎样

都不要哭

学着坚强

因为

新时代新生活

没有你们的牺牲

哪有无私的绿叶和香甜的果实

纵然慨叹你们生命的短暂

但你们把美丽和希望留给了人们

也不枉此行

再见

老家的杏花

相约 六月麦子成熟时

我早早地去看你们的果实

站在你们的树荫下

踮起脚尖 仰着头 伸着胳膊

摘下它 不用洗 放在嘴里

那样的酸甜可口

哈哈 想着就流口水

美美滴

家乡美

清晨，迎着朝阳，行驶在国道上，穿过热闹的乡村集市和社会主义新农村，刚刚走上略带坑洼不平的水库大堤，眼前的风景迷住了我们，前面的车停了下来……

打开车门，走下车，一片橙黄的麦田呈现在眼前。见到梦寐以求的麦田，霎时精神起来。还等什么呢？亲人们，快快拿起手机拍照吧！走进麦田，弯腰摸一摸细细的、尖尖的麦芒，看着饱满的麦粒，闻一闻带着青草味的麦香，丰收的景象浮现在眼前。看到我们一行人走进麦田，可能是怕我们踩到即将收割的小麦吧？一位老者走了过来，看见我们小心翼翼地，沿着田埂走进去，生怕一不小心，踩到了亭亭玉立的麦子，老者没有说什么，只是静静地看着。出于礼貌和对丰收的渴望，我主动搭讪：这麦子什么时候收割呀？老者说，那要看大家伙儿的意见。从老者的回答中，我明白了，这块麦田不是他一人的，需要大家商量。于是，又认真地看看麦穗及麦秸，还有些发青。嗯，是我不懂收割时机，心有点急了。不好意思，隔行如隔山啊！

依依不舍地告别了和善的老者和成熟的麦田，继续前行，大堤两岸的白杨树，高高的，朝着一个方向倾斜，茂密的树冠几乎碰到了一起，在风的吹拂下，交头接耳，亲密得如同兄弟姐妹，有说不完的话儿。突然，一只黄牛和一只白色的野鸭，进入我们的视线。通过镜头，清晰可见，那只野鸭，用它的嘴巴，在黄牛的面部啄来啄去，黄牛一丝不动，静静地享受着。噢，原来野鸭在帮助黄牛驱赶附在黄牛身上的小虫子。世间万物就是这样，相互帮衬，彼此信赖，多么和谐的画面，我们人类之间，还有什么理由不和谐呢？

一路颠簸，路过废弃的村庄，我们来到水库保护区。放眼望去，大堤两岸，水面浅浅的，一片片绿色，给人以生命力。翠绿的芦苇、成片的莲藕，走进它们，浮在水面的还有野生的菱角及绿绿的青苔。据介绍，这片库区附近的村庄，都已迁移，承包给各村，为了保护生态，不准垂钓、捕抓野鸭等野生小动物，芦苇和莲藕也是人工养殖的。置身于这天然氧吧中，呼吸着新鲜空气，看着水面的大小微生物。虽只是仲夏季节，仿佛看到了，莲花、芦花盛开的景色。透过青苔，看到了白嫩的莲藕在成长。不禁慨叹荷花出淤泥而不染的高贵品质，我们应该学习荷花的品质，在工作和生活中，加强自身修养，培养锤炼敢于担当，清白做人，干净做事的工作作风，真正做到知行合一。

有人在招呼，快走吧，前面还有比这更美的景色。沿着铺有石子的大堤，把一片绿色远远地甩在身后，通过废弃的水闸站，一眼望不到边的清澈水面，呈现在眼前，一只小船，浮在水面上，偶尔有鸟儿飞过，遗憾，前面的车行驶的很快他们好像无心欣赏这美景。不管他们，我停下车，得拍上几张，与朋友们分享。

原本沿着大堤绕一圈，返程的，不料前方正在施工铺路，只得又调转车头，原路返回。路虽然有些颠簸，但心情愉悦，真想划着小船，在绿洲里荡漾。遗憾的是，这里是保护区，不允许走进，只得远远地望着、欣赏着、陶醉着……

蓝蓝的天空，清凌凌的水，参天的树木，绿色的海洋，和谐的生灵，美好的家园。这就是我家乡的水库自然保护区，好美呦！

梧桐与凤凰

俗话说："没有梧桐树，引不来金凤凰。"

那为什么是梧桐树而不是其他什么树呢？《诗经·大雅·卷阿》云："凤凰鸣矣，于彼高冈。梧桐生矣，于彼朝阳。"宋代邹博的《见闻录》说："梧桐百鸟不敢栖，止避凤凰也。"中国的龙、凤，在神话传说中，凤是神鸟，能引来凤凰的梧桐，自然是神异的植物。祥瑞的梧桐常在图案中与喜鹊合构，谐音"同喜"，也是寓意吉祥。

这在百姓生活中，常比喻家中有优秀的棒小伙儿，不愁娶不到好媳妇儿。可如今，乡村的女孩子都飞到城里去了。据调查统计，乡村剩男多，城市剩女多。于是，便常常听到人们慨叹，现在的女孩子太物质，没房、没彩礼免谈。适龄男女，经过一段时间的交往，感觉条件、脾气秉性差不多，但在谈婚论嫁时，却因房子、彩礼达不成协议，告吹者有之。

请问：你看重的是梧桐树呢？还是梧桐周围的环境。我以为：恋爱的双方，既然选择了彼此，那你们就是彼此的梧桐和凤凰，是任何人无法比拟，无法替代的。尽管这里边，多少掺杂些现实、物质的因素在里面，但我觉得还是梧桐没有独特的闪光点，足以吸引凤凰。抑或是凤凰没有一双慧眼，没有发现这棵优质梧桐的潜在能力。可话又说回来，梧桐千千万，凤凰万万千。凤凰在天空中飞来飞去，每棵梧桐和凤凰都是彼此的过客。飞行过程中，也许看到的是背影，落脚的时候，无意中，拍了一下肩膀，回头相视时，才发现认错了。此时，有的也许,说声对不起,就飞走了;而有的感觉不错,何不将错就错,反正都是梧桐或凤凰,闲着也是闲着,先聊聊,感觉好就继续交往,甚至结成连理了;不合适,就拜拜,各自继续寻找,直到找到那个可以落脚,可以依托的梧桐,或心仪的凤凰。何况?现在时常有雾霾笼罩,难免会看错。

  一天,我与朋友聊天,谈论起相关话题。朋友问:你说两个家在农村的大学毕业生,经过自己的努力,考上了事业单位,成家后,双方家长都帮不上忙,他们用十年的光景,可以把日子过起来吗?我答:"一定能!"当然了,这要看你怎么过,标准是什么?我想,节俭点,不攀比不奢侈。过几年紧日子,攒点钱,交了首付,用两个人的公积金贷款,买一套小平方米或者二手房;车子可买可不买,非要买的话,买个价位低点的,有零首富、无息贷款。再或者,低碳点,就租用城市单车挺好的。这也是攒钱的手段之一,如果你不贷款买房买车,钱也存不下。我们持家过日子的人都知道,人要是没有压力,有多少钱也不够花,就把贷款当成是零存整取吧,按月从工资里扣除,总比借钱要轻松得多,大家说是吧。

  年轻的朋友们,相信我的话,这样的日子过着踏实。而且,经过自己的奋斗,不仅有成就感,也会赢得亲人们的尊重,更重要的是能够增进彼此的感情。我想,梧桐和凤凰就该如此,相依相扶,携手并进,有共同的追求,才能家庭和睦,每天带着愉快的心情,投入到各自的工作中。积极向上、勤奋守业、与人为善,即使不成功,也不负吾生!

小布袋

  看着这小巧的布袋子,还不知道里面装的是什么?就有一种亲切感。同事指着一个个精缝细作的小布袋,介绍着,每个布袋里装着什么粮食。这是老家侄女送的白玉米渣;这是爷爷留下土地上,种的黄玉米、水果玉米渣等等。他深情而骄傲地说:这里流淌着我的骨血。听着他的讲述,仿佛把我带到了,那贫瘠而又富有浓浓乡土气息和亲情的年代……

小时候，只有过年过节，或是家里来了客人，才能吃上一顿白面饺子、大烙饼或大米饭，想着就流口水。而如今，却找不到儿时的味道了。记得当时的面粉，分85粉或富强粉。85粉黑，且有些发黏；富强粉白、细腻而筋道。因时间久远，加之年龄又小，面粉质量的划分，也只是从大人们口中听说的，具体怎么分，至今我也不太清楚。

也许，是因为小时候留下刻骨铭心的记忆。长大后直到现在，每每提及想吃什么的时候，脱口而出的，不是大鱼大肉或山珍海味，而是那带有麦香味的发面饼或大馒头。如今，自己也学着做，亲戚朋友也送给我尝尝，饭店、市场上也有卖的，都品尝了，却找不到那种味道。不是我矫情，是真的找不到了。那是土质的改变，那是种子的改变，那是耕种工具和人的改变，一切都消失在那遥远的记忆里……

不怕大家笑话，我儿子高考前，我去石家庄，在那里，我偶然吃到了近似口味的发面饼，令我欣喜。于是，在回来时，一次买了十个。恰巧，在火车上，遇见一位拿麦当劳、肯德基的年轻男子。我与该男子面对相视而坐，我的发面饼和他的麦当劳、肯德基同时放在小桌上。看着我那土里土气的发面饼，该男子用异样的眼神看了我一眼，说：你就吃这个，都吃掉呀？我笑笑，没有作答。我知道，说了他也不会理解，何况那是我一周的口粮。因为，我吃的不是发面饼，不是挥之不去的麦香味，而是小时候妈妈的味道。妈妈用一双灵巧的手，把粗枝烂叶，做成美味，使我们度过了一段艰难的岁月。尽管父亲深陷凌辱，不知去向，也没能使幼小的我，感到孤独和恐惧。反而，从妈妈那面带笑容和坚毅的脸上，学到了宽容与积极面对人生的勇气和态度。

久违了，小布袋子。使我仿佛看到了，在广袤的田野里，那个年代父辈们辛勤劳作的背影。如今，尽管粮食高产了，物质丰富了，有了深加工的产品。殊不知，全球仍有近8亿人营养不良，每9人中就有1个没有足够的食物。因此，我们更要珍惜每一粒粮食，让饥饿远离每一个人。

最后，我引用广为流传的古诗，与大家共勉：

《悯农》（三首）

作者：唐代李绅

（一）

春种一粒粟，秋成万颗子。

四海无闲田，农夫犹饿死。

（二）

锄禾日当午，汗滴禾下土。

谁知盘中餐，粒粒皆辛苦。

（三）

垄上扶犁儿，手种腹长饥。

窗下织梭女，手织身无衣。

我愿燕赵姝，化为嫫女姿。

一笑不值钱，自然家国肥。

大蒜精神

众所周知，大蒜是我们日常生活中，不可或缺的调味佐料，它与葱、姜齐名。每当我望着眼前，那一头头身穿灰白色或淡棕色，薄薄外衣的大蒜时，便浮想联翩……

大蒜是怎么种植的我不太清楚，只知道，它生长过程中的叶子，有点儿像韭菜，但比韭菜叶宽。由于常吃，每天至少吃一头，主要用于蒜汁，拌凉菜食用。于是，有机会细细观察其形状、内核。

单从大蒜的外形来看，它们有的呈扁平球形，有的呈短圆锥形，就像一个个微缩的小灯笼或是一颗颗鲜活的心，那样的结实、诚实、可爱。它们穿着薄薄的外衣，有独头、有多头之别。这就像我们每个家庭，计划生育之前，每个家庭有三四个或五六个孩子；计划生育后，每个家庭只有一个孩子，称为独生子女。

每一头蒜，在薄薄的外衣包裹下，里面的蒜瓣之间紧紧相依，且每个瓣蒜还穿着更薄的外衣，颜色相同，个头不同，像一个个月牙，里面有个别小的、扁的，像是发育不良的婴儿，最中间是一根柔润性较强的花茎，由多个根须支撑着伸到外面，被整齐地剪断，有长有短，就像新生婴儿的脐带。大小蒜瓣就像是同胞兄弟姐妹，紧紧围绕在脐带周围，那样的团结，富有凝聚力。那些发育不良的小蒜瓣，好似被挤压得小小的、扁扁的，又像是被周围强壮的兄弟姐妹保护着，生怕小弟弟妹妹们受到伤害似的，令人怜爱、羡慕。又像是一个个握紧的拳头，那样的强壮有力，不可侵犯。我仿佛看到它们，以花茎为轴心，一个个昂首挺胸，活力四射，积极乐观的精神面貌！

据说：大蒜有杀菌、抗癌作用。但不宜食量过多，那样会刺激胃黏膜，而且，传统吃法，直接用嘴咬着大蒜瓣吃，不经过氧化，达不到抗癌作用。具体有什么功效，那是专家学者们的事，作为食用者，不管吃什么？有多大好处的食物，都要适量，且细嚼慢咽，才能使其功效发挥出来，乃至发挥到极致。这如同我们的工作，当你接到上级或领导交办的工作时，不要急于行动，要快速分析，正确领会意图，并不分大小，分内分外，都要认真细致。努力做到：勤请示，多汇报。才能把工作做实、做细、做好，才能达到事半功倍的效果。同样，不管你处于什么位置？都要围绕一个中心，那就是主要领导的意图，否则，你的工作就是徒劳的。正如高考作文，命题要求使用说明文题材，而考生使用了议论文或散文。那你写得再精彩，也算是跑题了，判卷老师也不会给你高分，或许就是"零"分作文。又如，我们的公文有它的格式，有统一标准，规范性较强。俗话说：没有规矩不成方圆。因此，各行各业有其自身的规矩和标准，我们都要自觉遵守，不然就会出乱子。

抑或我们的交通法规，最常见的就是信号灯。不管是机动车，还是自行车或行人，行至道路交叉路口时，每个人都要遵循：红灯停、绿灯行的规则。否则，就可能造成交通拥堵；严重者，造成交通事故，害人又害己。我们人与人之间也是如此，相逢不容易，不管是同胞兄弟姐妹，还是同学、同事、邻里，等等各种关系，都是一种缘分，就应彼此珍惜。在日常交往和合作中，难免有这样或那样的分歧，彼此心胸宽广一些，敞亮点儿，一切就都不算事了。只要不违反原则，上坡时，在前面伸出手拉一把，或在后面推一把；翻越障碍物时，用肩膀顶一下；危险时，扶一把；疲惫时，借人肩膀靠一靠等。你一个微小的动作，就可能成就一个人，甚至改变一个人的人生轨迹……

总之，要学着雪中送炭，赠人玫瑰；千万不要落井下石，伤口撒盐。说实话，你对他人以微笑，对方即使没有立即回馈，也不至于骂你。反之，你一个漫不经心的"咳！那人……。"就有可能毁了一个人，也潜意识地暴露了你的人品，或是长久以后，也可能毁了你自己。不要像我们有的家长，对自己的孩子期望过高，只盯着孩子的缺点，希望孩子完美再完美些。要学着用欣赏的眼光，发现孩子的优点，这在教育学上叫"鼓励教学法"。当然了，家长对孩子都是百分百的好，都是善意的，发自内心的。俗话说：人无完人。如若真心以家长对待孩子的心态，也不为过。还真得为你点赞！只怕有个别人，打着家长对孩子好的旗号，满足自己的私心，或是戴着有色眼镜看人，那就不可取了。因此，不管你是大人物，还是小人物。也不论在工作，还是在生活中，我们都要学着用一颗善良的心，用一个智慧的头脑，用一种伯乐的品质，去发现他人的优点，给人以帮助、支持和鼓励，这才是一个菩萨的心肠，一个智者的谋略和胸怀。也许，有人会说，你的看法与评价对我来说无足轻重。但久而久之，你形成了习惯，两种对待他人的态度，潜移默化地传递出来，世人总会有个公正的评说，你想得到什么样的评说，取决于一个人的三观和品性。

令人遗憾的是：现实生活中，我们往往都不自觉地，彼此划分出远近。当然，物以类聚，人与群分，这无可厚分。性格、认识、观点都可以不同，但不应该带进工作和对人的评价上面，那样就显得你政治素养的缺失。如有张三、李四、王五三个人。张三与李四关系密切，而张三对王五有成见，李四与王五没有什么交集或者根本没什么意见，可为了张三，李四竟然也对王五有成见或是暗地阻挠。这是什么性质，什么品质？最起码也是心胸狭隘吧。说真的，这种思维和做法，如果用在婚姻家庭中，对待双方的父母或亲人的态度上，也值得赞赏，所谓爱屋及乌嘛！但用在为人处事上，就未免有些不地道了，至少欠妥。难道我们这些有思想的高级动物，还不如那些没有生命的植物吗？因此，我们要像大蒜那样，强壮的不仅没有恶意挤压弱小，而且，还精心呵护弱小。弱小的即使自己受了点委屈，也没有怨言，顽强而积极地生存，而且还有大局意识、大局观念，彰显了一个人的优秀品格——高风亮节。我们每个人，只有像大蒜那样，紧紧围绕花茎这个中心，互相支持，互相帮助。我们的家庭才会和谐、美满、幸福，我们的事业才会做强、做大、做好。

最后，让我借用毛主席的一句话："待人以诚而去其诈，待人以宽而去其隘。"与大家共勉，每时每刻，提醒我们，都要积极倡导团结友爱、文明和谐，共创美好未来。

我的健步走

今天，2017年7月8日，我报名参加了《第二届中国（唐山）国际体育健身休闲产业博览会》活动。单位是以青年名义组织的，我报名参加，无疑有冒充年轻人的极大嫌疑，不管他人怎样说、怎样看、怎么想，我坚信自己，且心里是美美哒！

我们相约7点20分，由家出发了，来到南湖国际会展中心，这里已是人山人海，彩旗飘飘了。大部分是各单位组织的队伍，也有健步走爱好者，老人、小孩，还有几个月的婴儿，现场气氛热烈。人们穿着七色衣裳，戴着统一发放的小黄帽，身上贴着即时贴。开幕式上，有歌舞，市委、市政府领导、国际友人及相关部门参加了启动仪式。9时整，一声礼炮，随着一缕淡蓝色的烟雾徐徐升起，拉开了健步走的序幕。

由会展中心出发，经凤凰涅槃广场，5公里和15公里健步走人员分开。我们大部分同事报名参加的是5公里快步走，只有2名同志，经常锻炼，参加了15公里项目。5公里竞走，由会展中心出发，凤凰涅槃广场向左，途径岭南园、植物风情馆、采花火车头、6号门、唐山图书馆、唐山大剧院，最终回到会展中心。中途要在徒步走证书上盖一个章，才能凭此证书，领取5个鸡蛋；再盖一个组委会的公章，或盖在小黄帽上，到指定地点领取5瓶矿泉水，整个行程结束。我们由于劳累，又怕挨挤，只领取了鸡蛋，后面的程序没有履行，就返程回家了。

说实话，5公里不算太远，一般人都能坚持走到终点。天宫还算作美，尽管闷热，但拉着阴阳脸，太阳若隐若现，等待过程中，还下了几滴小雨，增添了几分热闹的气氛。从早上7点30分开始，站立了一个半小时，还没开始健步走，已经大汗淋漓，两腿发僵，腰椎发直了！不过，受周围气氛的感染，一切烟消云散，兴奋代替了疲劳和汗水。

我们随着行走的人流，一路欣赏着美景，听着悠扬的音乐，望着平静的湖面。我此次的目的不是健步走，一直想观赏美丽的荷花，我寻觅着，只见道路两旁盛开的粉色、紫色、黄色的小花，叫不上名字。有的像向日葵，仰着笑脸，在微风的吹拂下，频频点头，像一个个年轻美丽的姑娘和阳光帅气的小伙子，彬彬有礼地迎接健步活动的人们。旁边的薰衣草，挺立着，像是手拿彩色荧光棒的啦啦队，在加油助威！健步走的人们，有的排着整齐的队伍，有力地唱着歌，有的时不时躲在花丛中合影留念，留下他们美好的瞬间。每个人，虽汗流浃背，但都迈着矫健的步伐，洋溢着健康而富有活力的笑脸。望着他们的背影，我加快了脚步，汗水顺着脸颊流淌，流到眼睛里，涩涩的，不用说，浑身已湿透，但不觉得累，在运动中，享受着快乐，享受着健康带来的幸福感……

由于我走走停停，用手机拍下美景，我和另一个姐妹落伍了，却一直不见荷花的影子。正在疑惑时，前面的人，给我们发来位置图，姐妹惊喜地让我看，别找了，前面就有荷花，我忙不迭地凑近她的手机看，失望地说：那不是荷花，那是睡莲！但它们同属莲花。这在前些日子，我的同事向我分解过。在此，也向大家普及一下：睡莲与荷花是同科不同属的植物。睡莲是睡莲科睡莲属的水生植物，是比较名贵的品种，外形和荷花相似，叶片浮在水面，有花中睡美人之称。而荷花是睡莲科莲属的水生植物，与睡莲的最大区别是叶子和花挺出水面。想着走着，与伙伴们汇集了，并合影留念之后，我匆忙拍下了睡莲的优雅、淡定与安详。仍不忘初心，在荷花盛开的季节，我还是要亲自寻觅到它，去欣赏荷花的圣洁、高雅和美丽……

有趣的是，今天参加健步走活动，也许是上帝怜爱我，不想让我参加吧，怕累坏了我。也许是为我参加这次活动，呐喊助威！悄悄地告诉大家，临出发前，像往常一样，喷点香水，不小心从手中滑落，瓶摔得粉碎，香水四溅，香溢满屋。就算是为我出发践行吧，岁岁平安！出来时，车已驶出院门口。一个同事问："带身份证了吗？"嘿嘿，不好意思，我没带，只得又调头；到了现场，我又拿出随身携带的自拍神器，抓拍了几张，由于偷懒，没有取下手机，直接把手机折叠在自拍神器上，放到包里，当我再次拿出并打开时，不料神器前端固定手机部分折断了。就这样，跟随我两年的伙伴弃我而去，感谢它陪伴我游走大江南北，为我留下一个个美好的瞬间。人生没有不散的宴席，朋友再见吧，你也该安息了！带着小小的忧伤，我与伙伴们，顺利完成了5公里路程，在众人的推动下，我领取了5枚鸡蛋。出来时，鬼使神差地，非要去排队接1杯水，不成想，鸡蛋啪嚓落地，随即流出橙黄色的蛋黄。只可惜，枉费了组委会一片心意。哈哈，也算是为此次活动圆满结束，打响的5枚礼炮吧。尽管响声不是很大，但足以让我鼓足勇气，坚持锻炼就会有收获。今天是5公里，明天就有可能走5.1、5.2、5.2……甚至6公里，相信自己，一定能行，加油！

由此可见，人的潜能是无限的。只要你为自己量身定制一个目标，并坚持不懈，为之努力，付之行动，就一定能实现！伙伴们，为了各自心中的梦想，努力吧！

我的素食一天

今天是国际素食日，我第一次听说，便好奇的查找万年历，真的就是没有对国际素食日的标识，但到网上可以查到。在此，简单摘录，与大家分享。

国际素食日（或国际素食节），是一个自1986年开始来源于印度的节日，原名"世界无肉日"，时间定于每年的11月25日。它渐渐发展成为一个世界性节日。这一天世界各地许多屠房停宰、饭堂、医院、监狱等场所会供应全素食品。当年全世界就有超过950万人响应该运动。

如今，在我国随着人们物质生活水平的提高和外来食品的涌入，人们的餐桌日渐丰富，每天的大鱼大肉、山珍海味的摄入，在满足了人们的食欲和营养的同时，也充斥了人们的肠道、血管及五脏，造成各种富贵病，并逐渐低龄化，高血压、高血脂、心脑血管等疾病侵蚀着人们的机体，因此，提倡素食尤为重要。但我以为，不管吃什么，爱不爱吃，有营养没营养，都要掌握个度，再有营养的食物，吃多了都不会太好，而且也要因人而异。我有一位小伙伴，她天生不吃肉食，饭量也不大，可她仍然偏胖；而有的人，大块的肉吃着，大碗的酒喝着，却仍然保持着令人羡慕的身材。这就好比，我们建筑所布下的水管，人家布下的是八分管，而咱家布下的只是四分管，显而易见，时间久了，同样安全使用，容易堵的就是咱家的了。所以，每个人的体质不同，不能强求一样，结合自己的实际情况，掌握尺度，喜欢吃什么就吃什么，快乐就好，但一定记住不要过量。

瞧！啰唆半天了，还没向小伙伴们介绍我一天的素食是怎样的呢？下面跟我体验一下吧。

不怕小伙伴们笑话，我这个人比较懒惰，加上平常基本上是我一个人在家吃饭，所以，习惯了一锅蒸或一锅炖。所谓一锅蒸，就是把可以蒸的食物。如茄子、豆角、西红柿、南瓜等放在一个屉上蒸，省时省力；炖，与东北大乱炖相似，几种不相克的蔬菜放在一起炖，如土豆、海带、白菜、枸杞等，汤和菜都有了。总之，根据自己喜好，色、香、味合理搭配，少盐、少油即可。对了，不要忘了，常备一碗三合油蒜汁。

早餐：芋头、山药各2份。吃一个鸡蛋，另加一碗自制的酸奶。

午餐：蘑菇、胡萝卜、豆腐、坨粉、苦瓜各少许，不加盐和油，水适量，上锅加火直至煮熟。喜欢香油的点些香油，我喜好王致和的酱豆腐，就着吃。

晚餐：黄白玉米渣、小米、淮山药、白菜、葱花、胡萝卜各少许，水适量，不加任何调料，熬稠即可。

这就是我一天的素食，每餐搭配可根据自己的喜好随时调整，如果感觉不够吃，可用苏打饼干或水果补充。

请小伙伴们通过与我的素食体验，记住国际素食日。素食革命，重在参与。为自己，也为家人的健康，时不时吃上一天素食，清理一下五脏和血管，减轻一下它们的负担，用我们的真情，呵护它们，使它们尽可能与我们相处的和睦些，相扶的更远些……

祝小伙伴们健康快乐！

挑战不可能

人的潜能是不可估量的，有时候会吓着自己，不经意间，挑战了不可能。日常生活中，我们往往根据自己的身体状况，暗示自己，什么事情能做，什么事情不能做。然而，当你尝试着去做时，惊喜地发现，经过努力，会突破自己的极限。此时，心情无比愉悦，并情不自禁地为自己点赞。

10月6日，阳光明媚，我与家人相约出游。因为，预知十一小长假，畅游祖国的名川大山，定是人多、车多。所以，决定在附近走走，找一些清静的地方休闲一下。于是，来到美丽的迁安。尽管路途不远，但路上依然车多，行驶缓慢，临近中午我们才抵达目的地。上午简单看了师佛古寺、黄白山公园两个景点，朝拜了各路神仙、佛祖。吃罢午饭，便向山叶口景区出发。由于路不熟，两车走散了，便各自开启了手机导航，奇异的是，导航提供的路线不同。我们行走的是小路，穿村庄而过，意外地欣赏了别样的风景，并率先抵达目的地。而另一辆车，导航提供的路线是大路，结果堵车，晚于我们到达。

时间紧迫，我们选择了体验玻璃栈道项目。排队乘观光车，经过村庄，来到半山腰，开始步行。沿着幽静蜿蜒的山路，随着人流向山顶的玻璃栈道攀登。一路听着潺潺溪水、漂流人抵达终点时的惊叫声以及随处可见的五彩石。欣赏着美景，遥望山顶，却看不到玻璃栈道的踪影，一行人几度退缩，然而，回首下山的路更加艰难、望不到山底，不如继续前行。当见到指示标志：还有45米。我们相互鼓励，贴着山壁、扶着护栏、拾级而上。远远地看见玻璃栈道时那份喜悦，忘记了疲劳。大人、小孩、老人，不管认识与否，相互窃喜、抱怨、鼓励着，走走停停，流着汗、喘着气，谁也没有掉队，带着希望登过这段短而险的45米，终于见到玻璃栈道。

玻璃栈道，沿着断壁的走势，蜿蜒曲折，一眼望不到头，增加了惊悚感。初上玻璃栈道时，惊叫声、嬉笑声不断，响彻山谷。小心翼翼地移动在悬空而光滑的玻璃板上，宽松的鞋套相互踩踏，给本就惊恐万状的氛围，又增添了几分恐惧。透过玻璃板，俯瞰脚下的山谷，想象着玻璃破裂的情景，心提到了嗓子眼，不免吓出一身的冷汗，被冷风吹得浑身打个冷战。真可谓，如履薄冰啊！站在第一个观光台，环顾四周，翠绿的山脉，在云雾中绵延，视线越过山脉，依稀可见的村庄，像海市蜃楼，悬浮在半空中，与大自然融为一体。此时，兴奋代替了惊恐，勇敢战胜了胆怯，一鼓作气，兴致勃勃地站在终点的观礼台上，依靠在环形的护栏上，站在迎风飘扬的五星红旗旁，我以胜利者的姿态留下了倩影，为自己点赞！

下山时，回味这段惊魂动魄的经历，尚有意犹未尽的感觉，有种重返的冲动。要不是天色已晚，或是单行线，真的想再经历一次啊。一步一回头向山顶瞭望，太阳不知何时，已躲在了山后。把暮色留给了山村，炊烟袅袅，蒙上了神秘的面纱。走在贯穿山村的柏油路上，街道两旁的农民，整理着白天摆摊儿的核桃、蘑菇、栗子等自家产的天然食物，一个个农家小院，此情此景，无不传递着社会主义新农村的兴旺、祥和与富足。

通过战胜玻璃栈道：我在想，今后，无论面对任何事情，可以有风险预案，但不要被困难吓到，更不能因困难而止步不前，别人能做到的，自己也一定能做到，要相信自己的潜能。当然，也要量力而行，不要图一时之快，伤了自己的身体，那就得不偿失了。

美中不足的是，在景区发现有吸烟之人，草丛中，偶见烟头，这不禁让人担忧。森林火灾发生的案例令人痛心，那汹涌的火焰，仿佛就在眼前。朋友们，让我们在享受生活，与大自然亲密接触的同时，不要忘记保护自然环境，要提高防火意识，安全第一。

我和小鸟一起歌唱

睡梦中，被叽叽喳喳的鸟叫声吵醒，以为是走近了鸟市。睁开眼，才发现，昨日由于劳累，白天打开的一扇窗户，晚上忘记关上了。因此，一大早，鸟声从院子传进屋里。远远地听到，那清脆喜悦的声音，想象着，应该是一个清爽的天儿，或是有什么喜事。

带着期盼，起床后，直奔阳台，看到外面有点朦朦胧胧，还有些薄薄的雾气。抬头望望天空，太阳躲在云层里，若隐若现，迟迟不肯出来，像个调皮的孩子。尽管浑身有些不舒服，但还是要走出去，看看外面的绿色，看看晨练的人们，看看起早从几十里外，进城卖菜的勤劳人，看看一切美好的事物……

于是，整理完毕，走出家门。不巧，忘了带手机，不能错过清晨美好的时光，遇到好景，我要及时拍下来，与朋友们分享。返回取手机时，顺势翻看了一眼日历。才知道，今天已是7月1日，党的生日。这几日忙点事儿，没有闲暇和心思顾及别的事情，说实话，有点儿蒙圈了。好在，今天小鸟提醒了我，才没有错过这个神圣的日子。静心想一想，今天还是香港回归的日子，又恰逢香港回归二十周年，真可谓好日子。作为一个公民，我为祖国的强大欢呼、自豪！我祝我的祖国繁荣昌盛！

现实生活中，有些人牢骚满腹，总是不满足。究其原因，就是欲望超出了自己的能力，这个能力不是单一的，是多方面的，立体的，不是自己所能左右和控制的，有人为因素，也有客观原因；或是总与他人相比，这其中没有可比性，没有尺度，弹性很大，同样不能左右和控制；那就与自己比，有人说：与自己也无法比。为什么呢？有的人过去很辉煌，或是比较富足，如今不如从前了，因此，就更失落了，也就不能与自己比了。那只有查找自己的不足，分析当前形势，正确对待得与失，确定当下目标，调整努力方向，也就调整了心态。

我们生活在安定、祥和、富足的国度，没有理由，不努力工作，不积极向上，不乐观生活。如果没有伟大的党、没有强大的祖国做后盾，大的不说，我们还能在茶余饭后：上网聊天、悠闲地跳广场舞、成帮结队地走步锻炼、三五成群地下棋、打牌；还能在装修讲究的商场、饭店消费；还能在功能齐全的健身房里健身、练瑜伽、游泳；还能懒惰得不做饭而去叫美团外卖吗？自己饭都吃不饱，还有闲情逸致，养宠物狗、宠物猫吗？等等这些，都是党和国家给我们创造的，我们只有感谢，再感谢，并与党中央保持一致，才能使我们的生活更加美好。

今天是个好日子，遗憾的是，我五音不全，不会唱歌，那就让小鸟带我一起歌唱祖国吧，红歌联唱。不好意思，我只张嘴，从内心发出声音，不出声啊，怕吓坏了小伙伴们。嘻嘻！

预备！唱：《党啊，亲爱的妈妈》《祖国啊，母亲》……

难忘七·七

今天，7月7日。恰逢二十四节气的小暑。

经过昨夜一场雨的洗礼，不仅没有带来一丝的清凉，而且，还是艳阳高照，烈日炎炎。可喜的是大气层没那么低沉，拨开了云雾，真可谓：晴空万里，万里无云。我走在绿树成荫的街道上，仿佛游走在蔚蓝的大海、美丽富饶的海底世界，漂浮着，一路观赏着、搜寻着那几朵少有的白云，它们好像在与我捉迷藏，一会可见，一会又被高楼大厦遮挡，有幸抓拍到两朵，我如获珍宝，与大家分享。

上午十点钟开始，第一次防空警报拉响的那一刻，我没有惊慌，而是镇定地，由电脑前移步到窗前，望着眼前高楼林立，错落有致的现代化城市，我的思绪飘到了那战火硝烟的年代。1937年7月7日，日军诡称士兵失踪，卢沟桥枪声响起，注定中华大地再无宁静。八年顽强抵抗，3500万人惨重伤亡。老照片中，被定格的宛平看似安静，血与泪的国耻却不容遗忘！今天，七七事变80周年！我们要缅怀先烈，勿忘国耻，珍视和平！

我想，我们生长在和平年代的人们，虽没有亲身经历过那炮火纷飞的战场，但从历史课本里、电影、电视里，看到的一幕幕，飞机轰炸、杀光、抢光、烧光的惨烈景象，无不深深地印在每个人的脑海里，刻在每个人的心里。铭记历史，展望未来，当人们都在追捧韩剧、言情、宫廷以及青春偶像剧的时候，我仍喜欢看抗战、反特题材的影视剧，并情有独钟，难以改变。

不会忘记，从那一刻起，一条条不平等的条约，摆在腐败的清政府和四万万人民面前，背负着"东亚病夫"的辱名，如此的无奈、屈辱。那段悲惨、屈辱的历史，日本侵略者的罪行，每个有血性的中国人永远不会从记忆里抹掉。如今，生活在和平年代，没有战争，没有恐慌、没有饥饿。我们没有理由，也不允许牢骚报怨，而是应该为生长在这样的国度自豪和骄傲，更应该感到幸福！我们应该倍加珍惜，这来之不易的幸福生活。只有伟大的中国共产党，才能带领亿万中国人民，从一个胜利走向另一个胜利，不断改善了人们的生活，提高了人民的地位，站在了世界强国之列。

英烈们，安息吧！

中华民族在中国共产党的正确领导下，正团结一致，斗志昂扬地，为实现国家富强、民族振兴、人民幸福的伟大复兴——这一中国梦而努力！实现中国梦，创造全体人民更加美好的生活，任重而道远，需要坚韧不拔的精神，需要众志成城的力量，需要我们每一个人的艰苦努力。显而易见，也离不开平凡的你和我。

朋友们，撸起袖子大干、实干、巧干吧！为精彩的人生画上浓重的一笔，也不枉此生！

我骄傲——《战狼Ⅱ》观后感

近日，电影《战狼Ⅱ》票房飙升，业内人士透露，有望突破50亿，各大媒体、业内人士对其评价颇高。周围的人观看了《战狼Ⅱ》后，无不感叹："震

第一篇 生活是多彩的梦

撼!"是啊,当一个人的心灵受到极大冲击时,唯一可以形容的词语就是震撼。他们激昂的情绪,鼓舞着我,感染着我。好久不进电影院的我,也蠢蠢欲动,恰逢单位作为宣传教育活动组织观看!不久前,习近平同志沙场阅兵的壮观场景,还历历在目,时常浮现在脑海。今日,我和我的同事们又骄傲地走进电影院,带着期待观看了《战狼Ⅱ》。给我的感受不只是震撼,更多的是骄傲、自豪和感动。

说实话,电影从开头到结尾,就让人热血沸腾。飘逸刚劲的片头《战狼Ⅱ》两个字,吸引着我,引领着我,并追随主人公,进入一环紧扣一环的故事情节和激烈的场面,像是自己也身在其中,与他们并肩战斗,奔跑着、抗争着,浑身积聚着一种力量。那是对伟大祖国的爱,对中国军人的敬佩,对中国驻外大使馆及医疗人员的崇敬,也是对雇佣军残暴行为的恨。三股正义的力量与雇佣军的邪恶较量着,驱走了我的困倦,使我挺直了脊背。内心呐喊:我骄傲,我是中国人!更欣赏剧中人物冷锋及其老战士,虽脱去军装,但在国人及非洲战乱国家难民遇到危难时刻,不忘初心,不辱使命,那永不言败、那越挫越勇的斗志和精神;当看着我强大的海军军舰,在规定海域严阵以待,却不以强欺弱,表现出的大国风范;当非洲某国发生内乱,双方对峙,伤及无辜百姓,我中国大使馆人员挺身而出,站在尸横满地及冰冷血腥的枪炮面前,那掷地有声地说出:"我们是中国人!"双方立刻停止交战射击,让出一条路时,我为强大的祖国点赞!当影片结尾,冷锋他们带领被解救出来的工厂员工,遭遇双方交战地,冷锋将那鲜艳的五星红旗套在自己坚实有力的手臂上,使其迎风飘扬。在五星红旗的引领下,骄傲地行进在交战地中间,交战双方看到飘扬的五星红旗,毫无迟疑地,再次让出一条血路时,我流下了激动的眼泪。

不仅影片那激动人心的场面令人震撼,更有那经典台词:犯我中华者,虽远必诛!杀我国人者,皆我天敌;当你在海外遭遇危险,不要放弃!请记住,在你身后有一个强大的祖国;这个世界并不和平,我们只是生活在一个和平的国家。这一句句铿锵有力的话语,扬我国威,扬我军威!长我中华之雄风!只有强大、

新时代新生活

富足的国家，才有底气，发出这强有力的声音。才使敌对势力胆怯！特别是，片尾最后亮出，印有国徽和中华人民共和国护照字样，那殷红的护照上写着：中国护照不能让你到达世界上每个地方，但他能让你从世界上任何一个地方回来。我可以自豪地说，没有任何一个国家，敢对它的国民发出如此的承诺。只有中国共产党领导下的中华人民共和国，才有能力向国民许下如此的诺言。

随着影片结局，战胜雇佣军，营救出国民及非洲难民胜利的大结局，正义战胜了邪恶，和平战胜了战争！我的思绪也从影片那激动人心的场面，那胜利的喜悦中，回到现实生活中来，愉快地走在洁净、靓丽的城市街道上，看着一张张洋溢着幸福的笑脸。我庆幸，我生活在和平、富足的国度，没有战争、没有硝烟、没有饥饿。为此，我们应该感谢伟大的党给我们指引了前进的方向，感谢党领导下的人民军队从海陆空全方位地保护着我们，才使我们平安、祥和、幸福地生活着，才使我们骄傲地走出国门，到世界各国留学定居、旅游观光。只因为，我们身后有一个强大的祖国！

看完这部电影，我们不能用一句：震撼了之。应该珍惜这来之不易的和平，珍惜自己的岗位，珍惜眼前的幸福生活。更应该把这份震撼，挥洒到实际工作中，激励自己奋力前行；在平凡的工作岗位上，脚踏实地，扎实肯干，努力做出不平凡的业绩；努力践行社会主义核心价值观，为实现中华伟大复兴的中国梦贡献自己的微薄之力！

我想：这才是影片给我们真正意义上的震撼！

第三节　和谐友善

感恩常态化

文化是一个国家、一个民族的灵魂。作为中华儿女，要把几千年的民族文化传承、发扬光大。感恩，不要局限于某一天，某一个节日。而应该常态化，贯穿于我们工作和生活的每一个环节。

今天，我们国家强大了，人民物质丰富了，更应该追求有品位的精神生活，积极倡导文明、孝顺、感恩，这是中华民族传统文化的美德。我们不能只挂在嘴边，止步于行动。而要内化于心，外化于行。以家庭为单位，从娃娃做起，逐步延伸到幼儿园、学校、工作岗位直到整个社会，形成一种氛围、一种凝聚力。

吃饭前，要感恩我们的农业科学家，为人类研发出高产小麦、优质大豆、高粱和玉米等农作物，让我们远离饥饿；看着海、陆、空三军先进的武器装备，要感谢我们的军事科研人员，研发出国际领先水平的现代化装备，震慑世人，让我们远离战争；刮风下雨能躲在房子里，要感恩灵巧的设计师和风餐露宿的建筑工人，让我们避免风吹雨淋；在不同岗位上，施展才华，增长才干，要感恩组织给我们搭建的平台；感恩擦肩而过的陌生人，给我们的一个搀扶，一个回眸，一个微笑……总之，要感恩父母、亲人、爱人、朋友、领导、同事以及素不相识的人，给予我们的支持、帮助与关怀。甚至，感恩日月星辰、山川河流、花草树木，给我们带来的阳光、雨露和色彩。

感恩无时无刻不在，感恩就在你我身边。因此，感恩应该常态化。习惯了，人们的心就会热起来。不要把感恩当成一种负担，而要当成一种信仰，一种追求。有的人总在苦苦寻求灵丹妙药、心灵鸡汤。殊不知，感恩就是最好、最廉价的灵丹妙药，最好的精神食粮。它深藏于每个人的内心，就看你愿不愿意，开启和使用。不要舍近求远，外来的和尚会念经。学会并懂得感恩，你会发现，感恩使人快乐，感恩使人幸福……

朋友们！感恩吧。感恩，心就会宽广。

我感恩生命中的每一个人，过去的、现在的和将来的你。

相信可能·才有真情

当今社会，快节奏的生活方式，使人们形成了定向思维，习惯并试图用自己的思想意识去驾驭别人的思想，这件事那样做"不可能"、那件事这样做"不可能"等等，从而丧失了人性的本真。

多年以前，我休完半年的法定产假上班后，临时找不到合适的人帮我看孩子，就把腿脚行动不便的婆婆接来过渡一下。期间，婆婆不慎跌了一跤，恰巧把胳膊跌伤，骨折了。当时，上下楼去医院和到医院上下楼都是我背着婆婆。闲谈中，偶尔，谈及婆媳关系，我便说起这事，熟悉和了解我的人相信。而有人却轻蔑的一笑，明摆着就是：儿媳妇背老婆婆"不可能"！

90年代初，同事的同学来推销保险。由于，我的婆婆腿脚和胃不好，也没有别的大毛病，但长期的胃下垂折磨得她身体有些虚弱，导致经常吃点药。当时，我们工资还很低，考虑到我们作为长子长媳，又都在外工作，将来婆婆养老的责任会落在我们身上，或是承担的多些。于是，我们决定从每年节省下的积蓄中拿出1000多元钱给婆婆买了一份10年期的保险。天有不测风云，刚交了三年保费，婆婆因病医治无效离开了我们。按照程序，我请朋友帮忙及时告知了保险公司。然而，处理完婆婆的后事，好长时间没有收到保险公司的回音。我联系到负责这份保险的工作人员，后来，他和一位女士过来找到我，传递的信息令我吃惊。因为办保险的和负责赔付的是两个部门，赔付部门人员说：现在哪有这么好的儿媳妇给婆婆投保？意思是怀疑我投保的动机。瞧！自己不孝顺，还怀疑别人。不谦虚地讲，这对于我来说，是件很平常的事。

之所以有人这样认为，是因为这些人不会这样做。因此，当听到别人说这样做时，就有一种潜意识，我不做的事，别人也不会做，不可信。正如人们慨叹善良的缺失，又不愿意传递那份善良一样，宁可相信假的而不相信真的。也许，大家都知道你这样做是真的，但内心又不愿意承认，好像真理只有在多数人手里才称其为真理。我们不妨运用一下逻辑推理：大家都这样做，唯独你那样做，"不可能"抑或"谁信呢"。久而久之，人们不自觉地陷入了怪圈，在不相信中，把自己包裹起来，渐渐地人与人之间也就疏远了。于是，每个人又都在呼唤真理，呼唤友情、亲情、爱情！却又不愿意为此付出，而是等待、怀疑……

也许，在工作和生活中，你会遭遇这样或那样的不可能，但不要因此而消极迷茫。相信自己，相信他人，更要相信正直、善良的人们会携手，一起找回本真的自己，也找回我们所期盼的那份真情，共同传递它，让世界处处洒满阳光！

总之，要适应环境，坚持本真，做好自己，相信可能，传递温情。

饺子·送给你

今天是立冬，早上还是阴天，到了9时左右，太阳才犹抱琵琶半遮面般渐渐露出了温和的笑脸。打开微信，群里都是温馨的提醒、亲切的问候和祝福，摘录一段送给忙碌的你，与我一起分享！

【今日立冬，提醒我们告别秋天 ❄】今日7时48分，立冬。①这一天是冬季的开始，要注意防寒保暖，尤其是暖背、暖足，睡前温水脚；②饮食上要注意温补，适当多吃肉类、龙眼、山药、大枣等；③"早卧晚起，以待日光"，尽量早睡不熬夜；④秋冬交替，预防流感，适当进补，调养精神，一起迎接冬天的到来吧。

是啊，送走了收获的秋天，迎来了寒冷的冬天。冬天来了，春天还会远吗？蓄势待发吧！让我们携起手来，养足精神，以饱满的热情迎接春天的到来！

新时代新生活

那么，咱们先过好冬季的第一天吧。俗话说：立冬不捧饺子碗，耳朵冻坏没人管！立冬吃饺子，意味着"交子时"，秋冬交替，收获之时。俗话又说：好吃不过饺子，舒服不如倒着。瞧！我们老祖宗多有经验，总结的多到位。可不是嘛，凉凉的天，一家人围坐在一起，吃上一碗热气腾腾的饺子，再来一杯红酒佐餐，好不美哉！吃完饺子，再来一碗饺子汤，原汤化原食，想想就舒服。

遗憾的是，今天是周一，家人都各自忙碌去了，如果晚上没人请我吃饺子，那我就自己动手包几个，顺应一下节气。

中午，我独自在家思忖着晚上是否真的要包饺子？要是包，用什么菜做馅呢？在冰箱里翻了翻，发现还有不少亲人们为我摘的野菜。来一小团，先化上，把面也和好放着，肉和油就不放了，可是不放肉和油，就没有饭馆里那种咬一口流油的感觉了。如果晚上吃饺子，还有一个问题，就是中午不能吃饭了，甚至得少吃一点儿。要不然大冷的天，雾霾又那么重，没法儿出去散步，在屋里骑健身车又感觉不舒服，挺麻烦的。那就暂且沏一袋藕粉吧，外甥女旅游时给我买的无糖纯藕粉，喝一碗，糯糯的、稠稠的、暖暖的。嘿嘿！看我是不是闲得无聊，过个立冬，吃个饺子想这么多，要是过大年了，还不得累坏喽，"痴呆症"是避免了，反倒"神经"了。哈哈……

嘘！不啰唆了，先准备好，晚上再定夺。倒在床上，舒服会儿吧。美不？为了不让亲人们为难，此文暂不发给大家，不然有"索吃"的嫌疑，岂不有悖于中央的八项规定？嘿嘿！别着急，等晚上，看看情况发展再说啊！

瞧，我自作多情不，直到晚上下班也没接到邀请，那就快步回家自己包饺子吧。有道是：自己动手丰衣足食。

回到家傻眼了。中午酝酿了半天，野菜却没从冰箱里拿出来，好在面和好了，不然，一犯懒饺子就吃不成了。改吃白菜肉馅的也好。白菜是上周末从老家拿来的，纯天然无公害，再不吃快成干白菜了，还有周日剩的一小块里脊肉。不是自夸，我现在的厨艺见长，不信你看，今天的面正好把馅都包进去了。数了数，一共包了22个，吃了8个，有点多，不过，偶尔吃多一次也无大碍，自我安慰一下吧。嘻嘻！吃着自己包的饺子，喝着热气腾腾的饺子汤，真的是暖暖的哎！不信你试试呗……

　　好了，不开玩笑了。愿我们像自己包的饺子，薄皮大馅儿，隔着皮也能看到是什么馅儿，大肚能容，坦坦荡荡。在此，祝福亲人们在寒冷的冬日里，不光穿得暖暖的，更重要的是打开心灵的窗户，让阳光照进来，温暖自己，也温暖身边的人，一起向着春天进发吧。

写在感恩节

　　这两天，事儿有点儿多，过的有点儿蒙圈。昨天，有朋友转发关于感恩节的信息，我有点急了，二十四节气中的第二十个节气小雪都错过了，题为《初雪》的文章写了一半，停下了，难道感恩节又要错过吗？可急归急，晚上有朋友聊天，加之，有些疲惫，泡完脚，朋友走后，我便睡了。一觉醒来，还没睁开眼，就思考着如何给错过的感恩节写点什么？但惊喜的是，打开手机，细细一看，哈哈！今天才是感恩节，庆幸自己没有错过，有机会与大家分享快乐！

　　据载，今年的感恩节是2016年11月24日，星期四，农历十月廿五。感恩节（thanksgiving day）是美国人民独创的一个古老节日，也是美国人合家欢聚的节日。1941年，美国正式将每年11月第四个星期四定为"感恩节"。

　　关于感恩节的由来及风俗，在此我就不赘述了，百度一搜即可明了。据说，感恩节的晚宴上要有火鸡，遗憾的是我没有口福吃火鸡，照旧早餐还是吃"火鸡蛋"吧。

　　经过2016年第一场雪的洗礼，今日的天空格外晴朗，阳光明媚，甚至有些刺眼。阳光照射下的地面，雪已经融化。有些低洼的地方，因为气温骤降，竟然结了零零星星的、薄薄的冰。对人们的出行倒没有影响，路面干爽，就是干枯的树叶被寒风吹得四处飞扬，洒落在地面上，厚厚的一层。

　　平日里，清洁工们为给我们创造整洁的生活环境，起早贪黑。由于一场雪的降临，又增加了他们的工作量。面对被寒风吹落的树叶，他们需要先把落在地上的树叶扫成一堆儿堆儿的，再分装在大大的蛇皮袋子里，运走统一焚烧，以减轻对城市的污染。我们穿着厚厚的羽绒服，还感到冷冷的，手伸出来不一会儿，被冻得生疼。勤劳的清洁工们，一大早就在寒风中清扫，而且，风还在不停地刮，扫走一层，又落上一层，我们真的该心疼一下清洁工们。树叶没有思维，只是被动地自然坠落，而我们人类，是有意识有情感的，应该从点滴的小事做起，不随意扔垃圾，把垃圾放到垃圾箱里，这只是举手之劳，却可以换来清洁工们片刻的小息，减轻他们的劳动强度，给他们一点温暖，这也算是因感恩而萌生出的尊重吧。

  初雪，虽然较小，但在城市裸露的施工现场和阳光遮挡的地方，仍留下薄薄的痕迹。小区对面的空地，由于一场小雪上了冻的缘故，刚刚开工几日的施工现场停工了。今天，挖掘机的轰鸣声再度响起，几个农民工又开始了劳作。这片空地，闲置了近二十年，由废弃到小树林、垃圾场的变迁，现今要建成小公园，周围居民无不拍手叫好，争相转告。感谢政府，终于又有一个符合民意的决策，我们可以理解为，是还我蓝天绿水的举措之一吧。不管是什么意图，在人员密集的居民区、拥挤的道路旁，修建一个休闲的场所，给老百姓一个休闲娱乐的空间，是合乎民意的民心工程，值得点赞。更感谢施工现场的农民工兄弟，在严寒中，他们顶风冒雪、不辍劳作，为我们建造休闲场所。真诚地道一声：辛苦了！

  说起感恩，前不久我写了一篇题为《感恩》的文章，先发给了爱人，看完后说很好，但让我暂时不要发朋友圈。言外之意是说我写得有点直白，然而我不想改动，这有违我的初衷，可还是暂且搁下了没能与大家分享。"羊羔跪乳"与"乌鸦反哺"的故事家喻户晓，动物尚且如此，何况我们人呢？说多了，有的人感觉到是一种心理负担。其实没有必要，养成一种感恩的习惯，由心自然流露，你会感到轻松愉快的。其实，感恩原本是一件幸福和快乐的事，不需要刻意去做，更不能做样子，它是一种品质，是那种不经意间传递的善意与温暖。我们这一生需要感恩的团体和个人很多：感恩党，给我们创造了一个和平稳定的社会环境，没有战火，没有硝烟，没有饥饿；感恩大地，让我们耕种与收获；感恩父母，给我们生命，呵护我们长大；感恩老师，给我们知识和启迪；感恩伴侣，给我们营造了爱的港湾，并延续了生命；感恩朋友，在我们失意或困惑时，给予心灵的抚慰；感恩工作岗位，让我们展示才华，体现价值，衣食无忧……

让我们怀着一颗感恩的心，携手传递那份情谊，温暖彼此！

感谢有你，我的朋友，我的亲人！

在此，祝大家感恩节快乐！

朋友·干杯

不经意间，年越来越近了，年味也越来越浓了。在外忙碌的人们陆续踏上了回家的路，辛苦了一年的人们和亲朋围坐在一起，共享一年的喜悦。

俗话说：无酒不成宴席。如今无论家人团聚，还是朋友聚会，餐桌上都少不了酒，而且还是白、啤、红俱全，吃的少不了山珍海味，通过餐桌不难看出人们的生活越来越富足了。

记得过去那些年味十足的年份，过年了，我家经典的凉菜就是炸、煮花生米、松花蛋、黄瓜拌海蜇、菠菜粉丝、炸咯吱盒。另外还有妈妈特制的凉拌龙须菜。即把白菜帮中段割两刀，再切成相等的小细条，放在凉水里，用筷子使劲地往一个方向搅动，不一会儿，像变戏法一样，普通的白菜帮子，就变成了像龙须一样，再配上海米和胡萝卜，色香味俱全，是道不错的下酒菜。热菜有：白菜卷、小酥肉、猪肉炖粉条、酸菜冻豆腐、碗肉、余丸子和不可缺少的炖鱼。每每这时，我会站在能干、手巧的妈妈身旁，本就懒惰、笨拙的我，尽管插不上手，但通过观摩，也或多或少学到了不少手艺。虽然有些至今还不会做，但享受着跟在妈妈身边的快乐。如今，这已然成了美好的回忆。妈妈老了，做不动了，该我们给妈妈做了。不好意思的是，这个艰巨的任务落在了嫂子们肩上，笨拙的我，只得依偎在妈妈身边，和妈妈一起回忆那些年，给我们做好吃的，妈妈年轻的故事，看着妈妈自豪、开心的笑容，那是我最幸福的时刻。

时间久了，有些事已从记忆中消失。不像现在，人人有手机，随时可以拍下来，在朋友圈里晒晒。那年代的酒类大概也就是汾酒、西凤和古井贡吧，也没有现在品种多。喝酒的时候，人们先把酒倒在酒壶里用热水烫一烫，然后倒在小酒盅里，小心翼翼地端起酒盅用嘴抿一小口，只听"滋啦"一声，酒进入嘴里，稍作停留，回味一下酒的辛辣和香醇，再慢慢咽下去，随即夹一口菜，看着既刺激又享受。后来，酒壶不见了，直接用酒瓶倒酒，再后来，酒盅不见了，用小玻璃杯。又不知从何时起，人们直接用大口杯，大概一口杯能有三两，一瓶酒只能倒满三杯多一点。而且，喝到兴头上，就感情深一口闷了。像这样喝酒，哪有不醉的呢？

　　有位朋友透露说：酒桌上，真正喝多了的，不是别人敬的或灌的，而是自己抢着喝多的。他说前三轮大家还都矜持，说自己喝不了酒了，借口诸如患这病那病的，拿各种理由推脱，可三轮过后，刚才说的话就都忘了。不知是为了证明自己的酒量，还是什么？不用劝就抢着喝，而且，大口大口地喝。更有甚者，那酒根本不经过口腔、舌头品味，而是直接灌到嗓子眼入胃。个别人喝完就去卫生间，干什么呢？用手抠出来吐掉了。你说这是何苦呢？这样喝酒，不仅伤害自己的身体，而且伤感情，更是一种浪费。酒是粮食酿造的，又是经过产业工人们辛勤的劳动，才形成的。我们是不是应该珍惜粮食，珍惜生命，珍惜友谊，也尊重他人的劳动成果呢？

　　朋友们，身体是自己的，酒要适可而止，恰到好处，不仅有益身心健康，而且还会增进友谊。喝到似醉非醉，飘飘欲仙的感觉，在思维不乱的情况下，可以让你的口才发挥到极致，道出你的精彩人生，喝出你的人品、酒品，使其成为独特的文化和品位，那么的有趣、有情、有味道……

　　鸡年到了，预示着积极向上，希望人们在这吉祥奋进的一年里，以闻鸡起舞的精神，努力地学习、工作和生活。正如习近平总书记在新年贺词中所说：撸起袖子加油干！

　　让我们举起杯，为2017年遇见最棒的自己，干杯！

　　最后，还是要再唠叨一句：过年了，再高兴也不要贪杯！

　　在此，给大家拜个早年！祝大家鸡年吉祥，阖家幸福，身体健康，心想事成！

朋 友

今天，打开微信，朋友圈里有关于11月26、27两日是"世界最疼朋友日"的传说。我从未听说过，搜索了一下网络，也没有相关信息，不管是传说还是遐想，无不饱含着问候和祝福！我想，既然有人杜撰或遐想，无非就是对友情的渴望，希望得到真心朋友吧？有良好的愿望总归是好事！因为，有了目标，才会有积极的行动，所以，我们应该给予鼓励和支持。

平日里，常常听到有人慨叹人情冷暖，真情难寻。其实，现实生活中，朋友无处不在，真情无处不在，就看你怎么对待。如果你用心去体会，不必刻意的追求，只需真心付出，没有索取，不求回报，困顿之时施与援手，并总能用欣赏的眼光看待人和事，久而久之，你就会收获友谊，赢得朋友。我以为，朋友之间，不一定常来常往，只是闲暇时的一个念想、一声问候……

不瞒大家说，我有一位30多年的朋友，平时各忙各的，近些年通讯比较发达了，才时常通过短信、微信问候一下，电话都很少打。八九十年代，通讯不发达时，几年见不上一面，也不通电话。偶尔，在元旦时，寄张明信片，写上简短一句：祝新年快乐！就这样，也没能阻断我们的友谊，反而随着时间的推移，友谊愈加深厚。它就像一杯陈年老酒，年份越久就越发的醇香黏稠，难以释怀，无法抹去，时刻萦绕在心间。

说实话，我们的相识，有点像小说或荧屏上的情节，多少有些传奇和偶然。思绪带着我回到了80年代，一个元旦前夕，甲、乙两单位分家不久，省里联合组织选拔了一批人，到天津大学计算机与工程系学习为期一年的计算机应用，我单位参加考试的有四人，我是唯一的女同志。刚分家时，年轻人少之甚少。于是，我有幸被选派去参加考试，那是我第一次去我们的省会——石家庄。

那年代，不用说动车，直达列车也没有，需要到北京转乘。由于时间较紧，接到通知当天我们就启程了。从唐山到北京是怎么走的我记不清了。依稀记得，在北京南站转乘的是客货两用车，坐着咣当咣当的，经过漫长的行程，大约晚上

新时代新生活

11点多钟我们才到达石家庄。由于我们四个人对石家庄都不熟悉,所以,在那个寒冷冬季的夜晚,我们行走在空旷的新华大街上,像"陈焕生"进城一样,摸索着来到指定的新华旅馆。我被安排在某市两位女同志住的房间里。由于到的较晚,我进房间时,她们已经入睡。当晚没说上一句话,更没谋面,直到次日早晨在一起吃早餐时,才相互认识了一下,且没说几句话。因为当时都还很年轻,那时的我,傻傻的,愣愣的,像个男孩子,而那两位同行,倒像是淑女,吃饭的时候还捂着嘴,当时一同前往的三位男士,还笑说人家像"林黛玉"呢。

考试的科目是数学和英语。后来才知道监考和出题的两位老师是当时省里新毕业的大学生。考试时间大约两小时,当天上午考完试,没来得及打声招呼就各自回单位了。遗憾的是,这两位一面之交的朋友没有来到培训班。从此,没有了音信。也就是从那一刻起,在我们彼此的心里,悄悄地埋下了友谊的种子,并生根发芽。后来,有业务培训时,偶尔遇见,也不曾说上几句话。就这样,我与其中一位交往至今,时隔三十多年,不仅没有从彼此的视线里淡出,而且,还成了挚友。相反,在天津一起朝夕相处一年的学员中,培训结束后,对于大多数人已经不记得姓名,甚至走个碰面都不见得认识了。所以,朋友不在接触长短,而是思想的共鸣和心灵的相通,更是彼此的欣赏、信任和默契的交融。

由此可见,真正的朋友,不在于距离多远,也不在于是否常来常往,而只在于那份由内心深处自然流露出来的牵挂和惦念。我们一个单位的同事,大家在同一个大楼里办公,有的还居住在一个小区,甚至一栋楼或一个楼门内。由于忙碌,大家虽近在咫尺,但几天碰不到面是常有的事儿。每当这时,当你得知,有人向他人询问你,或见面时的一声问候,你是否感动?就是这一次次小小的感动渐渐地在心底沉积,潜移默化中,就由单纯的同志情升华为友情,你和他或我自然也就成了朋友。因此,在我眼里,友谊就这样简单,朋友就这么简单,幸福和快乐也就简单了!

像这样值得我牵挂或彼此牵挂的朋友不止一个,在此就不一一介绍了。总之,朋友不分性别,不分年龄,不分职位,心中有就好。

最后，不善言辞的我，只想告诉大家，你们是我最珍贵的朋友，认识你们是我一生的幸运和福分，我感到幸福和快乐，我会将这份情谊一直深藏在心底，并倍加珍惜！

借此，真诚祝新老朋友们健康、开心……

一张友谊的餐券

这得从过年说起，一位朋友相约与我聚聚，她通过美团预订了一家牛排餐券（2人套餐），目的是忙碌之余，利用假期，相知的人坐在一起聊聊天。

遗憾的是，计划赶不上变化。她说：临时决定举家出游，回来后工作又忙，怕是没有时间，餐券过期，便把餐券截图及使用方法发给了我，让我携家人享用，我欣然接受了。可过了年，都各自忙碌去了，没人陪我。何况，我是一个生活单调、不喜欢热闹，且又不爱在外面吃饭的人。然而，对于朋友的一片心意，我应倍加珍惜。接到这张凝结着友谊的餐券，我纠结了，既不能转送给别人，又不能浪费，而且，必须亲自参与享用。于是，从初七上班开始，我就约好姐妹儿。期间，不是我胃不舒服，就是她牙疼。直到昨天，因为一场春雪，加之我被限号，终于有机会实现了。所以，决定相约中午，把这张友谊的餐券转嫁升华。

不巧的是，相约之后，兴致勃勃准备去吃饭时，打开手机微信，竟然发现朋友发给我的餐券截图不见了！好尴尬。发现之后，我暗自发笑，啥意思？没有诚意吧！由于手机存储空间限制，我时常清理一下微信空间，准是哪天不小心清理掉了。

哈哈！实在得"掉渣"的我，竟然告知被邀请者"餐券消失"了。答复曰："给我一次机会，今天我请你，想吃什么？"是不是有"故意"不想请的嫌疑呢？又一次真诚的回馈，我必须赴约。因为这位朋友不吃肉，所以，我选择去吃山西刀削面了。这家山西刀削面馆，坐落在我每天上下班必经之路上。好几次，我在想，什么时间进去吃一碗刀削面比较合适，而又不能为了吃一碗刀削面，打乱自己的生活规律呢。早餐要在家吃，走过来上班正好消化了；中午开车，不能为吃碗刀削面，费劲地停车找车位；晚上下班吃吧，时间似乎又有点儿早了，难不成为了吃碗刀削面而加班吗？这多少有些不靠谱儿。俗话说：择日不如撞日。今天，便是极好的，又是最适合吃刀削面的日子了喽！

可笑的是，在吃刀削面时，我竟然"淘气"地，又把"餐券消失"的消息告知赠券的朋友，并讲述我邀请另一位朋友的经过及趣事儿。不成想，朋友再次把餐券截图发给我，并回复：姐，你再回请一次。这次，我仔细地看了餐券的时间地点，截止日期是3月27日。于是，我说：不请她了，我俩常见面，还是哪天你有空闲了，咱姐俩一起坐坐吧。随即又把此事告知了我的姐妹儿，两人相视哈哈一笑。瞧，一面是我的不靠谱和实在，另一面，是两位朋友真诚的举动，令我感动。不是因为她们请了我，而是，朋友就是这个样子，不拐弯抹角，彼此坦诚相待。《一张友谊的餐券》引发出的尴尬和小小插曲，不仅给我的生活增添了乐趣，还进一步加深了朋友之间的友谊。

说到这儿，朋友们，你还会为什么是真正的朋友而纠结吗？还会为你的善心得不到回报而伤心吗？还会为生活中种种的不快而烦恼吗？有首歌唱得好：我就是我，是颜色不一样的烟火。做真实、善良、透明、随和的自己，就会得到真诚的回报和诚挚的友谊。相信真诚无处不在，不仅在我身边，也会追随你左右，更会温暖人间……

新　绿

连日来，穿梭于城市的街道，看着道路两旁近乎干枯的树木，与它们脚下那些翠绿的绿化带形成鲜明的对比，白不呲咧的树干上，顶着支棱八叉的树冠，有的形状也不错，经过园艺师的修剪，看着那树冠，朦朦胧胧中有一股暗暗的，像是涌动着什么？有一种说不出的感觉。本就无心欣赏周围含苞待放或已经绽放的花朵，再看看它，更有些迷茫与不解。

今天，午睡的时候，感觉后背有一丝凉意，怕是要感冒。于是，我决定在暖暖的阳光下走着上班，也好顺路近距离观察一下，那些"诡异"的树冠，探究一下，那暗暗的到底是什么？当我走近它，抬头观看，我会心地笑了，原来那神秘的感觉，是一个个急着露头的绿芽，它不及柳树那样的鲜绿，加之树本身残叶的遮挡，更显得有些"神秘"了。

对不起，不怪我，你我虽然相伴，但我却不知道你的名字。由于匆忙，你又是新成员，尽管才隔了一个冬日，我便不记得你的模样。你为这个城市增添了新绿，但不及我钟情的柳树、杨树、松柏等那些儿时的记忆，是那样的亲切又熟悉，它们已深深地印在了我的脑海里。不管我长多大，变得多老，走到哪里，都会一眼认出它们。而你们，只是半路闯进我的生活，又没人介绍，不过，我会记住你们的好，在炎炎夏日，你们用身体为我们遮挡了烈日，吸收了强烈的紫外线，缓解了城市的热度，使忙碌而浮躁的人们，享受那淡淡的新绿和一丝的清凉。

亲切地道一声：下午好，辛苦了！

音　符

清晨，走出家门，小区院子里两簇火红的牡丹花已经凋谢，两颗山楂树开满了一簇簇的白里透青的小花，给满园的绿色增添了生机，两只麻雀立在枝头，情意浓浓，情话啾啾，空气清爽宜人。真可谓，鸟语花香。

迎着阳光，我走在上班的路上，早晨七八点钟的太阳，露出灿烂的笑容。初夏的阳光，多少有点微热，抚摸着城市的高楼、树木和我的脸颊。抬眼望去，繁华街道两旁，有些树木手牵着手，头挨着头，亲密得有些矫情，耳鬓厮磨，忘记了喧嚣的车流和人流。阳光好像在与我玩儿"猫咪"的游戏，忽而露出笑脸，忽而隐蔽在树梢上。也给不懂乐谱的我，临时搭建了一个大大的琴键，我愉悦地，踩在这自然的琴键上，在心底弹奏着，只有自己听得懂的乐章，舒缓而欢快……

走到十字路口，来往的车辆和忙碌的行人，在信号灯和交警的指挥下，有秩序地流动着。等待红灯时，突然，一个高八度的音符，一个不和谐的声音，叫停了我的韵律。循声望去，一个骑着摩托车的"女汉子"，一手扶着车把，一手拿着手机，旁若无人、肆无忌惮地，大声吐着脏话，引来了人们异样的目光。从侧面看，她的身材也不粗壮，还带着一副"文明"眼镜，如果不是亲眼看见，怎么也不会相信这样一个斯文外壳下，有着一股愤怒的力量。绿灯亮了，"女汉子"驾驶着摩托车，冒着一股浓烟，连同她污浊的声音消失在人海，远离了十字路口，后边的人们发出一片啧啧、哝哝的鄙夷声。

望着"女汉子"远去的背影，我不知道她在与谁发飙，抑或是谁惹着她了。但不管怎样？在公共场所，还是矜持一点儿的好！大家说是吧。

穿过马路，我按照自己的韵律继续弹奏着。转过弯，就是一个幽静的小花园，与相邻的市场形成鲜明的对比。花园里，有跳舞的、健身的、唱歌的、散步的，好一派歌舞升平的美好景象；市场里，卖服装的、小商品的、蔬菜瓜果的叫卖声，连同熙熙攘攘的人群，宛如一幅清明上河图。

人生犹如一个大舞台，每个人都应做文明的使者、和谐的音符，做到慎独慎行，方能彰显一个人、一个城市和一个民族的文明素质。

小　院

六月，初夏季节，这是一个激情热烈的月份。

芍药花、蔷薇花就像这季节，激烈而奔放。虽然是周日，我照例按时起居、用餐，大概九点钟左右，我便走出家门。院子里清爽宜人，没有了前几日的闷热，尽管太阳公公依旧张开他那热情的笑脸，但已没有了往日的温度。索性先坐在新建的小亭子里观赏院内的风景，好姐妹儿说，这就是给将来的我们准备的，与其将来，何不先享受一下，将来没准儿还会有更好材料的呢。比如：天然橡胶的、纳米的，或是太空宇航员专业材料呢，想得美吧！俗话说："没有做不到，只有想不到。"

坐在小亭子里，小风吹着，暖暖的，好不舒服。回头看看那一簇簇，大红、绯红、嫩白、淡黄色的芍药花，被风吹落在地上，宛如片片云朵，像是天女散花，又像是为出嫁的新娘飘洒，预示着吉祥与幸福。

我的小院，一个美丽、温馨、祥和的家园，这里有我的同事，亲如兄弟姐妹，就像一个和睦的大家庭，让人留恋……

喜 雨

清晨，我站在厨房，隔着玻璃窗，抬头往外看，地上湿湿的……

噢！昨日芒种，夜里不知何时下起了小雨。突然，想起昨日下班时，姐妹儿从老家带回来的小葱，我准备栽在阳台的篮子里，昨晚已把土松动，浇上了水，计划今天早上栽植。真是天宫作美，竟然下起了小雨，于是，我放下手中要洗的菜，来到阳台，踩着凳子，小心翼翼地站在阳台罩子上，弯着腰，把那些带着浓浓乡情的小葱栽好，带着劳动的喜悦，从窗台下来时，腰和膝盖不争气地隐隐作痛。心想，别因此招惹了腰和膝盖啊！不怕，回头擦点药就好了，也许又是阴天下雨造成的，二合一的因素，不能武断地把责任完全推在干点活身上，岂不又在给自己的懒惰找借口了？

走出家门，小雨下的可怜，就像知了在撒尿。浓密的树冠下，干干的，小雨就像一支水笔，照着树冠，在地上画了它的形状；又像是孙悟空给唐僧师傅画的防妖魔咒圈，那样的鲜明。不打伞吧，雨星飞在脸上，湿淋淋地涩涩地，有些不舒服；打伞吧，街道上行走的人们，都把伞拿在手中，唯独我撑着一把伞，目中无人地走着，享受着自然的湿润与清爽，不免有些尴尬。（。·∀·）ﾉ嗨！不管别人了，想打就打呗。

抬头仰望天空，天阴沉得有些让人捉摸不透，有的天空像铅一样，看来要有一场大雨来临。望着阴阴沉沉的天空，我加快了脚步，到早市买点菜吧，家中的

新时代新生活

"小鸟"陆续回巢了，不像我自己怎么都能对付。今日，由于天气的原因，早市稀稀拉拉的，不如往日热闹。看到各种蔬菜，觉得都应该买点，不知不觉中，买多了。一只手还在打着伞，一位好心的卖菜人，给了我一个大塑料袋子，示意我把手中的小袋袋都放在里面，这样拎着方便些。一个小小的动作，一个薄薄的塑料袋，展现的是人与人之间的关怀和友爱，心暖暖的，天也似乎晴朗了许多。真诚地道一声：谢谢！

我们的生活就是这样。也许，你无意间一个友善的微笑，会让人感到温暖；一句真诚的鼓励，会成就一个人的辉煌；一个小小的举动，会传递一份和谐与友爱。就像这绵绵细雨，悄没声地滋润着干涸的大地、滋润着饥渴的万物，洗刷着沾满尘埃的城市……

来到单位，把买来的菜放在车上。当我走进宽敞明亮的办公室，沏上一杯水，坐在电脑前，一股清凉，从我的后背一掠而过。下意识地，往窗外看了看。咦！雨开始下得密实了。透过绵绵细雨，透过高楼林立的城市，沿着江河大道，我仿佛看到了广袤的田野里，一片片橙黄的麦田、饱满的麦穗和渴望丰收的喜悦……

恰巧，今天是高考的前日，好兆头。那就祈福明后两天，如此这般清凉，给高考的学子们，营造一个舒适的环境。让孩子们考出水平，考出成绩，考上理想的大学。给每个人在各自人生的转折点上，画上浓重的一笔。

最后，把两句话送给参加高考的宝贝及家长们：

十年寒窗苦和乐，走进考场你最棒。

坦然应战心不乱，定能踏上独木桥。

送给高考学子

今日，2017年6月8日星期四，高考的第二天，也是最后一天。首先，希望宝贝们：在考场上，积极应对，不放过每一个小小的机会。轻松愉快、面带笑容地走出考场！在外等候的家长们，放松心情，拥抱你的孩子，让疲惫的孩子和紧张的你，放松一下。此时无声胜有声，咱不谈考试，先平安回家，休整休整。再计划带孩子出去玩玩，静心等待成绩。高考虽是独木桥，但不是通向罗马的唯一通道，用心把孩子的天资挖掘出来，让其发挥到极致，没准还成就一个天才呢。

如果说，高考前那场小雨，给高考的学子送来了清爽，多少减轻了一些心理压力。那么，昨晚的狂风带来的奇异景象，着实让人惊恐，又惊喜。遗憾的是，我躲在屋子里，没有观赏到那奇异的景观，有幸在朋友圈里，欣赏到了，那精美绝伦的一瞬间。有火烧云、骏马奔腾、原子弹爆炸式的蘑菇云等等，这些景观的出现，无疑，给人们以无限的遐想和美好祝愿，预示着学子们，十年寒窗，终结硕果，马到成功！

火烧云是日出或日落时出现的赤色云霞。属于低云类，是大气变化的现象之一。火烧云可以预测天气，民间流传的谚语："早烧不出门，晚烧行千里。"小时候，在夏季，大雨过后时常见到，按照自然规律，一般狂风都夹杂着暴雨。然而，昨晚只有狂风，没有暴雨，却同样出现了火烧云。气候也在适应形势，预示着今天是个好天气，可也蕴藏着杀机。为此，人们不要盲目喜悦，凡事都有两面性。如果坦然面对，都会朝着积极、好的方向发展。

不管怎样？孩子们很辛苦，经过高中三年的学习，又能坚持走进高考的考场，就已经很棒了，就站在了人生新起点上，就向成功迈进了一步。犹如高考作文一样，紧跟时代，切合实际，有时代感，也有诗情画意，不管是什么题目，只要把自己心中的梦想和美好愿景，描绘出来，就是一篇好作文。人生亦如此，只要用心、用智慧，书写的人生都是精彩的。如今的中国发展多元化，孩子们的未来也是多元化、多姿多彩的。

学子们，请珍惜高中时光，感谢自己的坚强、感谢老师的浇灌、感谢父母的陪伴、感谢亲人的关怀与祝福！相信阳光的你们，一定会迎来美好的明天！

巧了，今天下班时，在公园发现一只喜鹊，我拍了下来，送给参加高考的宝贝及家长们，也送给所有的朋友：

偶遇喜鹊，天赐使者，暗送喜讯，静候佳音。

国槐花儿飘

近日，走在街道上，微风吹拂，飘飘洒洒的花瓣洒在地上。正巧走到树下时，花瓣也落在头上、肩上，仰头时，打在脸上，有种奇遇天女散花的感觉，那意境，无以言表，美美的！

带着好奇心，我搜寻着，仰头望着高高的树木，看着浅黄绿色的小花，我武断地认定是槐树花。遗憾的是，我走的道路一侧，看到的槐树高高的，花儿还没有完全开放。突然，路口对面一棵槐树，花开的茂盛，闯入我的视线，但急于上班，没有走近。

脑海中浮现出小时候，槐树花儿开时，孩子们嬉笑着，有的爬上树，有的用一根长长的竹竿，把一头用刀劈开，留个缝隙，小小的孩子们，站在高高的槐树下，仰着头，举着长长的竹竿，专注地用竹竿开裂的另一端，夹住槐花茎，轻轻地拧两下竹竿，鲜嫩的槐花便可到手了。闻着淡淡清香的槐花，撸一小把放在嘴里，甜滋滋，令人回味无穷……

晚上下班时，与一个姐妹同行，途中我突然又想起那棵槐树。心生挂念，便临时决定要去看那棵盛开的槐树。她说：槐树花儿已经开过了，你看错了吧？我答：没错，就是槐树花儿。她拧不过我，只得跟随我，我带着她，七拐八拐地来到那棵槐树下。这棵挂满小花的槐树，根植在十字路口的一角，就在信号灯旁，还有一盏路灯和一个垃圾箱。与其他槐树相比，不是很高，因此，有助于我观察。见到这棵树，她又发出质疑：类似，但还是不像槐树花儿呀？！她这么一说，我也有些疑惑了，难道是我认错了吗？仔细观看，与小时候看到的槐树花是有所不同。只因年代久远，也说不出不同之处。由于是傍晚，加上阴天，光线不好，拍出照片的效果也不太好，不管它了，先拍下再研究吧。哈哈，大家没有看到，两个"傻"大姐，在川流不息的路口，围着一棵槐树转悠，多少让人费解！好在，我们太投入，没有注意周围的目光。

回到家，在吃饭的空间，我上网查询，当看到显示屏上，显示着不同种类，且花形类似的槐树花时，难以抑制心中的喜悦，确信我的认知是对的。据载：一般我们常说的槐树有国槐、刺槐、龙爪槐、紫花槐等。小时候我们看到的应该是刺槐，也称洋槐、白刺槐、德国槐。为蝶形花科落叶乔木，高可达25米；树皮褐色，有纵裂纹。枝条具托叶刺，羽状复叶有小叶7—25枚，互生，椭圆形或卵形，长2—5.5厘米，宽1—2厘米，顶端圆或微凹，有小尖头，基部圆形。5月开花，花白色，花萼筒上有红色斑纹。花期5月，果10—11月成熟；而国槐则没有托叶刺。国槐，为蝶形花科槐属，槐树也直称国槐，落叶乔木，树冠军圆形。小枝绿色，皮孔明显，冬芽芽鳞不显。奇数羽状复叶，互生，小叶7—17枚，对生，卵形至卵状披针形，钱缘。7—8月开花，顶生圆锥花序，花蝶形，浅黄绿色。荚果于种子间缢缩成念珠状，熟时不开裂，肉质，悬挂树梢，经久不落。花期6—8月，果期10月。这也就是，眼下我们看到满地小花瓣的原因了。只可惜，又加重了清洁工的劳动强度和工作量。真诚地道一声：你们辛苦了！

喜悦的同时，我也笑自己的傻、固执和痴情，不是它的美丽，而是它的坚强、率直、独具一格，才吸引了我。由于关注一棵槐树，使我看到了，在我城市的街道上，原来不止这一棵，我经过的华岩路、卫国路、大理路、兴源道、祥云道、北新道等道路随处可见。不是别的槐树不开花，而是没有完全开放。看到这些盛开着小花的槐树，我会心地笑了，脚步又轻盈了许多，心情愈加愉悦。不管是行走还是开车行驶在街道上，仿佛那些花儿也在笑我、感激我，痴情地关注它们。无数张可爱的笑脸，像飞舞的小蝴蝶，在树上、在半空、在地上，在我的周围萦绕飞舞，是多么的幸福美好啊！俗话说：心静自然凉。心中洒满小花，眼前呈现的是笑脸，有何理由不愉快、清凉呢？炎炎夏日，持续的高温，以及闷热的天气，给人以压抑感。当你走在林荫道上，脚踩着花瓣，尽管有些于心不忍，但抬头看见满眼的绿色、柔和的小碎花，心情是不是愉悦了许多。尤其看到，配电箱、裸露的外墙上到处都是：孝为先、文明、和谐等简捷、通俗、积极的宣传标语，生动、鲜艳、美丽的宣传画时，是不是感到文明城市是我家呢？既然如此，作为市民，是不是要积极参与到文明城市创建活动中来，争当一个文明公民，为

新时代新生活

我们的美丽家园出一份力呢？即使不出力，至少也不要破坏，扯后腿呀！正如我们每个家庭，你可以不打扫卫生，但至少要保持个人卫生，或是保持清洁，不给劳动者增加工作量呢？人民城市人民建，维护美好家园，是我们共同的职责，人人分享，人人受益。

闭上眼睛，想象一下：当你站在街头的任何角落，放眼望去，道路两旁的国槐，宛如无数只张开的双臂，搭建成一条条花的长廊，播放着甜蜜的婚礼进行曲，附和着来往的车辆和人流，仿佛置身于西式婚礼现场。在牧师的引领下，有亲人的陪伴，缓缓走进神圣的教堂，那样的高雅、圣洁、幸福！又或是懵懂的孩子们，在嬉笑玩耍；一对甜蜜的情侣，在树下窃窃私语；一对白发苍苍的老人，安详地坐在一个长椅上……一幅文明、祥和、美丽的图画便浮现在你的眼前，那样的清晰、唯美，这就是我眼中的大美唐山。

睁开眼，现实会更美。由此我想到，观察生活的过程，就是学习提高的过程。我们应该养成良好的生活习惯，不能只停留在儿时的记忆里。那样，在飞速发展和多元化的时代，就显得落伍或无知了，用时髦的话说：OUT了。我们要拿出三岁小孩儿子，那种十万个为什么的劲头和好奇心，积极乐观地发现生活中，那些美好的、新鲜的事物，丰富自己的业余生活，提高生活的品位。远离张家长李家短，远离疙疙瘩瘩，不高谈阔论，要脚踏实地，让生活充满乐趣、富有诗意，更加多姿多彩！

礼　让

礼让，乃古老的中华传统美德；礼让，乃人与人沟通的桥梁；礼让，乃社会进步的阶梯。

昨天下班回家，走在一家银行门前的人行道上，这里停靠的车多，来往的人也多。恰巧，窄窄的道上，有一辆白色的轿车通过，车的左前方是两个交谈热烈的男子，右侧还有一个骑小摩托车的男人，着急过去。而我只得站在一旁，等待通过。于是，有机会观赏这一幕。

开车人不知是有素质，不忍心按喇叭，怕吓着说话人，还是新手，忘记了按喇叭。车在静静地等着，那两个交谈的人自动让开，可那两哥们儿，似入无人之境，根本没有移开的意思，把本就拥堵的道路，堵的一塌糊涂，好在是人行道上。这可急坏了骑摩托车的人，一个劲儿地喊：按喇叭，按喇叭……

看着骑小摩托人着急的样子，我暗暗为他的行为发笑。心想：你等会儿不可以吗？此时，骑小摩托的人，却一声比一声高。看那架势，有扔下他心爱的小摩托车，前去帮着按喇叭，或是冲上去，推走聊天人的动向。终于，喇叭响了，还真管用。那聊天的两男子，躲闪开了，汽车过去了，小摩托得以通过，我也可以走了。小摩托车冒着一股呛鼻的浓烟，在它的主人驾驭下，急速驶过。并丢下一句话：哼！不按喇叭，他们才不会给你让路呢？听语气，有种对开车人"愚钝"的不解，有对聊天人"不解风情"的愤怒，更有对自己行使"协勤"的得意。

看似骑小摩托的人，有些奇葩。但想一想，我们的路，除了车多、人多之外，不都是我们不自觉造成的拥堵吗？我们每个人都要遵守交通规则，遵守公共道德。当你停留在某个地方，先看看周围，是否影响了别人，或是自己安全否？而不是，像在自家炕头上一样，自由自在。学着养成良好的习惯，不仅可以减少拥堵，也给自己一个安全的环境。

话又说回来，那个骑小摩托的人，虽然有些急躁，但无形中也起到了疏导作用，我们需要这样的人，只是语言再舒缓一些就更好了。当然，我们不能要求过高，慢慢来，不管怎样，先为他点个赞！

大家不要笑啊，这是真事，可不是我在愚人节杜撰的啊！

4=2

为什么说"4=2"。不是我算术没学好，而是我遇到的一个小误会，就是我花4块钱买了2块钱的东西（花了双倍的钱买了1份东西）。不知大家听明白了没有，好玩吧？

　　昨天周日，因周六参加5公里健步走，有些疲劳。因此，我准备买点早餐，不做饭了。美美地拿着饭盒走出家门，院子里的两棵玉兰二度开花了，在闪着亮光的绿叶间，开放着几朵粉红色的玉兰花，树下草坪里，点缀着开着黄色小花的蒲公英，亭亭玉立，娇小可爱。院对面的院子里，远远地看到白色的小花，我情不自禁地走过去，见楼前一片空地上，有勤快人种植了大葱、开着黄色喇叭花和小白花的瓜类植物，遗憾的是，我分辨不清是什么瓜。那个开着小白花的已经结了幼嫩的小果实，身上附着一层毛茸茸的白霜，头顶小白帽，给人以生命的希望。

　　观赏了花及果的生动与美丽，带着愉悦的心情，直奔早餐点。照例两块钱油条、两块钱豆腐脑，预付了油条钱，去排队买豆腐脑。正巧，今日她们准备工作没做好，灌好的豆浆供不应求。于是，年轻的"豆腐西施"忙了手脚，吃早餐的人又一声接一声地催促，这不仅使得"豆腐西施"更加忙乱，而且，情绪有些急躁。见状，隔壁卖牛肉拉面的女老板过来帮忙。俗话说：会哭的孩子有奶吃。那位催促的急、声音高的人，还未付钱便先得到一碗豆腐脑。之后，是排在我前面的一位，在递钱时，"豆腐西施"头也未抬地说：放篮子里吧。我也顺手把2块钱（1块钱一碗）放在篮子里，帮忙盛豆腐脑的人，随即说了声：我没收到钱啊！前面的人回答：已放到篮子里，便自顾端着碗走了。待给我盛完之后，她又重复了一遍同样的话，而且，那个"豆腐西施"仍在低着头忙着灌豆浆，也随口说没看到。我答：给你钱不接，已给你放在篮子里了。她不抬头地说：我没看见。我有些不悦地说：不行再给你2块，看好啦啊！于是，我从兜里又掏出2块，众目睽睽之下，放到篮子里。此时，"豆腐西施"仍是埋头忙着。在取油条时，炸油条的人说："大姐，给了就不再给了，这是新来的，忙不过来。"我没再说什么？既然已经给了，就端着饭盒，拿着油条回家了。

　　也许，我的举动，可能令人费解，不管别人怎么看，我就是这样想，也是这样做的。我离开后，她可能很得意，甚至错误地认为，我肯定没给钱，才情愿再给一次。而我想，因为2块钱与其分辨不值得，何况双方又都没证据，也争不出什么结果来。其实，这就是个良心账，不是2块钱的问题，而是一个人的人格，不能受到半点的玷污。宁可自己吃亏,也不能让起早贪黑的人,因为2块钱,心生不悦。不怕大家笑话,有时候,在小超市或在菜市场,偶遇有人因没有一毛、一块的零钱,而拿出50、100元大钞让人找零时,我先是劝说收款人别要了,劝说不成,就主动要求加在我身上。不好意思,说这些,不是我有钱,也不是我有多高尚。不是有那么一句话嘛:穷大方。我就是这样一个令人不可思议的人,往往做出令人费解的事,显得傻傻的,又可笑。我是这么想啊,因为一两个小钱,动用大钞,一不留神,双方都有可能,遭遇假钞之苦。又或,因而产生这样或那样的小误会,而发生争吵,多少有失身份,有失和谐,钱又不多,别闹个心情不愉快。不瞒大家说,这要是我的一个朋友在现场,对方不认错是不会罢休的,急了,准是让她停业盘点不可。哈哈,开个玩笑!

　　小误会体现大格局。在日常生活中,难免有真假、善恶、有意无心之事,一时难以分辨的情况。面对这些尴尬情况时,要我说,宁可相信真、善和无心,也不要疑邻盗斧,而伤了和气。人与人之间,多一分理解,多一分礼让,多一分信任,多一分尊重,就多一分和谐与友善。

　　在此,温馨提醒各类商贩:在忙乱时,既要防止贪小便宜的人,浑水摸鱼。又要把眼睛睁大,不要信口开河,冤枉好人;购买者:为避免误会,产生不快,要牢记一手交钱一手交货的原则。总之,在任何情况下,都要学着换位思考,给彼此一个善意的微笑,一个发自内心的谅解与宽容,一个诚挚的道歉,你会发现眼前的一切是那样的美好,心情也就自然愉悦了。

　　祝朋友们,开心快乐每一天!

心静自然凉

　　谁说天宫不食人间烟火,那么大的天宫,那么多神通广大的神仙。难免有个别另类,自视清高,不听指挥,我行我素之仙人。也会有个别悟性差,不能正确领会天宫意图,或玩忽职守者。

新时代新生活

然而，纵观历史，随着人类探秘星球的进展，以及协同合作，天宫也在与时俱进。每个神仙的法力不同，为了发挥其所长，允许个性化发展。于是，昨日我写了《盼》里，这个值班神仙，性情暴躁，不善于动脑筋，只有刮风，却没有雨滴。今夜可能换了神仙，来了位高调做事，低调做人者，没有风没有闪电雷鸣，雨便悄悄地从天而降。真可谓：及时雨。给干涸的大地，饥渴的万物以补给。更给疲惫的人类带来短暂的清凉。

雨，因为是在夜里降临，睡梦中出了一身的汗。于是，我没有起来观赏。但隐约地听雨声，感觉到雨量不小。清晨起来，打开窗户，一股清凉扑面而来，久违的清新，雨还在淅淅沥沥地下着。待雨停了，我走出家门。地面有些积水，草坪上湿漉漉的。那棵山楂树，不知是外衣光滑，还是它过于饥渴，抑或是，雨没有下透。气温在逐渐回升，人们还没来得及享受，那一点清凉，便稍纵即逝了。在山楂树上，已然找不到一滴残留的雨滴；只见几朵小花，张着小嘴使劲地吸着、吸着，多少给人点希望，给人以生命的活力。

其实，心有所想，静心以待，该来的只是时间早晚的问题，不来的急也无用。心愿表达了，使命就完成，安心做好眼前、当下的事足以。昨日的雨已经来过，明日天气如何？只是一种期待和美好愿望，谁也无可预知。即使再来，也有所不同了。只有今日，此时此刻，有无阳光，温度几何？身临其境，何不尽情享受。

热！纵然喊出来。也不会因为你的大喊大叫而改变。既然如此，不如静观其变。

靠天吃饭，无异于望梅止渴。不如因地制宜，修炼其身。沙漠建林海，高坡造梯田，退耕还林，关停并转，根治污染。人与自然，才能和谐、共生、共存。方得一片蓝天绿水，方可享受夏日的一丝清凉。

人生与自然是相通的，悟透了自然，人生也就释然了。

俗话说：心静自然凉。说起来容易，做起来难。于是，近些时日，路上行驶的车辆，刮碰的事故多了起来。因此，希望大家，不要随着气温的升高，心火上升，那样会得不偿失，影响心情。要学着在各种环境下，调整自己的情绪，不受外界环境的干扰，以积极乐观的态度，待人待事。快乐自己，愉悦他人。

一丝清凉

清晨，打开窗户，一股微风吹来，意外的惊喜，意外的一丝清凉。

炎炎夏日，正当伏天。没有下雨，能得一丝清凉，实属幸事。不要问为什么？尽情享受大自然，给予的福利就是了。纵然难得糊涂，但感恩，还是必不可少的。

大家都知道，马拉松赛跑，开始用劲过猛，后面就没劲了，终点冲刺时，更是强弩之末。所以说，干什么事情，都要使巧劲，讲方法。看似简单的马拉松比赛，不单是距离长的问题。这其中，考验的不仅仅是运动员的体力、耐力，还有技巧和爆发力。

正如这大自然的秘密。大家都在喊着"热"，也确实是热。可能是入夏初期，天气就火爆的热。因此，伏天来临，反而，时不时送些清凉。什么事，都要有始有终，不能虎头蛇尾。不管是酷暑难忍，还是狂风暴雨，雷鸣闪电，抑或是夏日的一丝清凉。都是大自然给予我们的，就应该欣然接受，坦然面对。不会因为你的高兴与否，愿意与否而改变。与其怨天尤人，不如，以平和的心态，享受那份热度和清凉。如此，这个夏日才是美丽、娇艳、清凉的。

谈恋爱、结婚过日子也是同样的道理。人的一生，也如马拉松赛跑，日子得一天一天地过，欲速则不达。有的人，恋爱时，热火朝天，激情高涨，幸福满满。走进婚姻殿堂，余热不减，美美的。过着神仙一样的日子，好像整个世界都在羡慕自己一样。然而，人不可能总那么有激情，有热度。在平淡无奇的生活中，难免有这样或那样的事情发生。这就如夏日的一丝清凉。如果你懂得珍惜和享受，你的生活就会比热恋还幸福甜蜜，而且是不一样的滋味，有那么一点点的清爽和惬意，而不是那么的缠绵、腻人。如果你不懂的欣赏这一丝清凉，日积月累，慢慢地堆积，会结冰，乃至僵死，爱情也就终结了。也就没有了当初的温度。爱情就是因为不懂的欣赏，这一丝清凉而消失，进而婚姻也就失去了幸福，家庭也就失去了温暖。

新时代新生活

试想，一个没有幸福的婚姻，一个没有温暖的家庭，会是怎样的？所以，既然走进了婚姻，就要坚定相扶到老的信念，并紧紧围绕和谐这个中心轴，不能偏离太远。对于在这个中心轴上下起伏的星星点点，就当是给平淡的生活，加一点佐料，增添一点味道吧。学会接纳和享受生活的异样，才会快乐生活。

当然了，选择怎样的生活，是每个人的权力和自由，我们都应该给予尊重。要说的是，不管你选择怎样的生活。宗旨是：都要积极健康，善待自己，宽容他人，才能绽放自己的笑容。

尊　重

近日，看了一则新闻调查。调查称：一个大巴车司机，将一大堆垃圾随处扔到地上。负责此路段的清洁工，上前制止，两人发上争吵，并发生肢体摩擦。清洁工担心大巴司机跑掉，坐在大巴车前，结果惨剧发生了……目前，清洁工正躺在医院里，调查还在继续，主要是确认大巴车司机是"有意"还是"无意"撞倒清洁工。

咱暂且不说，大巴车司机是"有意"还是"无意"。单就大巴车司机乱扔垃圾这件事来看，就应该受到谴责。其实，这是三岁小孩都知道的事，也可以说是老生常谈，可有的人就是置若罔然。再说了，社会有分工，每个岗位的职责不同，都应该彼此理解，互相尊重。如果乘坐大巴车的人，随地扔垃圾，作为司机的你，是不是也不满意，甚至指责这种不良行为。为了大巴车的整洁，你把垃圾随便扔在地上，是何居心？在遭到制止时，就应该主动捡起来，放到指定垃圾箱里，事情的结果就不是这个样子了。

炎炎夏日，骄阳似火，我们走在路上，什么也不干，就已经汗流浃背了，何况清洁工们，还穿着厚厚的工作服。目前，我们的城市，正是槐花盛开的季节，小小的槐花，给人们带来了淡淡的清香和随风飘落的美感，也给清洁工们增加了劳动强度。恰巧，我路过一个公交车站点，一位清洁工，正清扫着飘落在地的槐花。一个等候公交车的人，问："有必要每天都扫吗？"答："不只扫一遍，早上5点钟已经扫一遍了……"由于赶着上班，后面的对话我没听到。

可想而知，清洁工们起早贪黑，是何等的辛苦。今日，又遇暴雨，飘落在地的槐花与灰尘和雨水，混合在一起，是很难清扫的。为了人与自然的和谐，我们享受着鲜花的美丽，绿叶的清凉，却无法控制鲜花和绿叶的飞扬。但我们可以控制自己的行为。可有的人，不知为何？就是管不住自己的手，随处丢垃圾。试问，我们投入大量的资金，购置了标识明显、美观的垃圾箱，摆放在大街小巷，为的是什么，难道就为了摆设吗？多走几步，把垃圾放在垃圾箱里，体现了你良好的道德素养，这样难道不好吗？然而，乱扔垃圾的行为随处可见。如在小区里，有的人，直接把垃圾从高楼上抛出来，这是什么行为？多少有失道德水准，给你的孩子树立了什么榜样？难道不值得我们深思吗？

如今，我们正参与文明城的创建工作，这样的行为是不是不协调？有人说：跟我老百姓没关系，这只是领导为了政绩。哈哈，别怪我说你目光短浅，思想觉悟低。其实文明城的创建，涉及诸多方面，最直接的受益者就是我们老百姓。咱大的不说，就我们居住的小区而言，卫生得到改善、私杂乱建被拆除、楼道里的小广告被清理；环境优美了，花多了，空地变成了公园。尤其，城市单车的出现，不仅为我们的出行提供了便捷，还提升了我们的生活品位；更深一层的，比如：前几天，一个亲戚来家里串门。她说：这次从外地回来，主要是把买了多年的房子过户手续办妥。原本认为得需要很长时间，还不一定办成。没承想，手续带全，一天就办结了。她说：现在真好！我想这也是文明创建的成果吧；还有，为惩治强行变道加塞的司机，启用了高清晰摄像头抓拍、曝光，对维护交通秩序，起到了很好的震慑作用。对于我们这些遵守交规的公民来说，无疑是件大好事。难道这些发生在我们身边的变化你没有发现吗？一个人要学着，用积极的心态，欣赏的眼光看待人和事，不要总盯着一些不足。那样的话，即使吃着山珍海味，你也觉得乏味，心情也不会愉快，更感受不到幸福。

因此，为了我们美好的家园，也为了您个人的身心健康，希望我们每个公民，从我做起，从不随地扔垃圾做起，争做一个讲文明，树新风的合格公民。

从众心理

从心理学角度，从众心理是一种比较普遍的社会心理现象。"所谓从众，就是在群体的影响和压力下，个体放弃自己的意见，而采取与大多数人相一致的行为。即通常所说的随大流。"这在我们的日常生活中，经常见到。

今天，上班路上。在一个十字路口，信号灯有些异常。东西走向的信号灯长些，我准备由北向南通过时，前面行人聚集的较多，似乎等的有些不耐烦了，仍在红灯时，不顾交警的阻拦，交警口中的哨子也没起作用。人们便成帮结队地，一窝蜂通过了。我正在犹豫时，迎面走过来一位长者，嘴里嘟囔着："还看啥？信号灯坏了。"正巧交警离我不远，便上前问："是信号灯坏了吗？"答："没有，是有车队通过，人工在控制，时间略长些。"嗯！心想，既然不是信号灯坏了，那就再等会儿吧。不然，哪个司机师傅也着急，岂不相撞？我这样想着，不一会儿，信号灯就变绿了，我得以安全通过。

其实，不管信号灯是否坏了，有交警在，就没必要着急。上下也差不了几秒，何必拿自己的生命当赌注呢？红灯停，绿灯行，是幼儿园的孩子们熟知的，何况我们这些成年人呢？车祸猛于虎，一个个血案发生时，人们才咂舌惊叹，为遇难者惋惜。可在日常生活中，人们却忘记了。不管是行人还是机动车，争抢通行的有之。怎奈交警的召唤，只当耳旁风。平安出行，文明出行，是我们每个人要牢记于心的，为了家庭的幸福，听一听劝告，不要有侥幸心理。"宁停三分，不抢一秒"这是通过一个个血的教训中总结出来的，是科学的，为何不遵守呢？

过马路，这只是从众心理最普遍的一个示例，在生活中，还有很多。如对网络上传播的信息，有的人不明真相，就跟着转贴，造成不良影响，也助长了一些不法分子的嚣张气焰。为此，为维护社会稳定，希望我们克制自己的从众心理，理性地分析、处理事情，做一个合格的公民。

亲爱的朋友，今天你"从众"了吗？有则改之，无则加勉呦！

祝大家：平安幸福，快乐每一天！

"加塞儿"的苦果

加塞儿，生活中我们大家都遇到过。如：上学排队买饭、车站买票、上公交车等等，凡是有排队的地方，就有人加塞儿。现在道路上的车辆多了，开车加塞儿的现象时有发生，对此行为，大家都感到气愤。尽管各大路口安装了高清晰摄像头，进行抓拍、曝光，可还是有人，置若惘然，我行我素。

这不，昨日立秋，应了节气，早晚多少有了些许清爽。但白日还是骄阳似火，热度不减。这给本就性子急的人，又增添了几分烦躁。晚上下班，我拉着伙伴，行驶至一家医院东侧的路段时，不知前方什么情况，由南向北的车辆行驶缓慢。其实，只是行驶缓慢而已。大家知道，这个路段属老街道，车多人多路窄，赶上上下班高峰，再加上有些意外情况发生，难免堵塞。

俗话说：不怕慢，就怕站。正在大家都在耐心等待，缓缓前行时，几辆车的司机不愿意等，趁着对面车流的空隙，急忙调头，结果造成车横在马路中间，使对面的车也堵了，局面有往更糟方向发展的迹象。此时，我前面有辆出租车也照办了，于是，对面的车不再礼让，这辆出租车，便横在了路中央。为了安全，也为自己在突发状况下，有回旋的余地，我没有紧跟，而是留出一个车宽的距离。嘿！总有见缝插针的人，自认为车技多高。见状，我右侧的一辆出租车猛地插在我前面。等待中，突然，第一辆出租车开始倒车，倒、倒、倒；第二辆出租车进退不得，只能拼了命地按喇叭，然而，无济于事。我们看在眼里，急在心里，怎奈路上嘈杂，我们的喊声被汽笛声淹没，眼睁睁地看着。只听"嘭"的一声，亲密接触了。

这一声响，比刺耳的喇叭声和我们的喊声都好使。两个出租车司机同时从车里出来，不约而同地走到两车"接吻"处。第一辆出租车司机用手机拍了照片。

并说：我是全责，咱们靠边吧。可第二辆出租车，也就是加塞儿的那辆出租车司机，没有反应，也没有配合，只是不停地打电话。看着两个大男人，因为一点擦碰，在那里磨叽，影响交通。好事的我，下车劝说：没啥大事快走吧，你要不挤进来碰不到你吧？可任由谁说，那位就是打电话，不理不睬。此时，前面的道路已经畅通，我们被这两辆出租车拦截在后面，就像大陆与岛屿，隔海相望，却不能逾越。没办法，遇见素质低的人了，上哪说理去？！回到车里，耐心等待吧。看着打电话的司机，我们多少有点"幸灾乐祸"的感觉，心中不免掠过一丝窃喜。哈哈，是不是有点不"厚道"啊。危难之时，我想到了警察叔叔。对着伙伴说："这里距路口也就30米，警察干啥去了？"又过了几分钟，警察来了，拍了照片，告诉他们把车开到前方人行道上等着。这样，总算把路打通了。别说，关键时刻，还是警察管事。有一种威严感，令人敬畏。辛苦了！

如果大家都耐心点，按照顺序，有秩序地行驶。即使慢些，也不至于堵塞。如果那辆出租车不加塞儿，两车也不会相碰。庆幸的是，这小小的擦碰，发生在拥挤的城市街道，车速不那么快，只是擦擦碰碰。如果在高速路上，后果会是怎样的？不堪设想，可能发生惨剧。我们说，没有如果，时间不会像录音带那样可以倒转，等到惨剧发生了，悔之晚矣。

我的伙伴也配合我，下车把现场拍了下来。晚上发给了我，那就给大家看看，这个加塞儿的出租车和那个司机的背影吧，千万不要学他们呀！还有两张美丽的照片，与大家分享，不要被他们的不文明行为影响了我们的雅兴。

瞧！多么灿烂的霞光，多么蓝的天空，多么美丽的城市。大家都好好的，生活该是多么的和谐美好啊！因为我们都是地球村人，让我们共同维护吧！

温馨提醒大家：1. 为了自己、他人和家人的幸福，请遵守交通规则；2. 酒后切记不要驾车，请个代驾，时尚、安全又踏实；3. 行人在穿越马路时，请走人行横道（越是夜深人静，或道路上车辆少时，越加注意。），前后左右看一看，确认安全了，再通过；4. 不要加塞儿，害人又害己，还有失公德。

心　愿

　　今天，心情莫名的不好，像这天气一样。加之，秋老虎的到来，天气闷热，天空灰蒙蒙的，给人以压抑感。致使，一天都像被什么事情困扰着，打不起精神来。

　　中午下班，与一个姐妹说起。她半开玩笑地说："是不是单位查体，查出毛病来了，被吓着了？"我说："有点毛病是正常的，根本没往心里去。"并感慨地说："看了一则关于孝心好儿媳的报道，主人公是个熟人。看着她日渐消瘦、疲惫的身影，在为她弘扬中华民族传统美德点赞的同时，更为她的苦难人生慨叹，心情不免有些惆怅。"说完，我随即打开手机，把那则报道及图片打开给她看，她瞟了一眼，又推给我说："看不了这些。"我俩四目相对，随后是长久的沉默。中午在家，吃完饭，又跟我的儿子提及，我们聊了许多，午睡的时间自然就缩短了。愿她在照顾好老人的同时，照顾好自己的身体，祝好人一生平安吧！

　　晚上下班，没有搭上伴儿，独自一人走在熟悉的街道、市场、花园，仍没有心情欣赏一路的风景。到家，简单吃了口饭，照例去看老妈。周日，外甥女从老家拿了些玉米、架瓜，自家种的，没有打药，纯天然食物，给老妈送些。

　　当走出家门，正巧一个年轻人准备使用楼下停放的一辆共享单车。于是，我上前问："你也想用吗？"年轻人答："嗯。你要用，你先用吧。"我不客气地说："那好吧，我拎着东西不方便，你到别的楼门口再看看吧。"年轻人离开了，我开始用手机研究使用，恰逢一位姐妹回来，我问她怎么使用。她却说："没用过，快别使了。"我不甘心，扫了二维码，交了押金，通过了验证。但在注册时，需要实名和身份认证，我迟疑了，这样安全吗？注册中途又退了出来。心想，别因为好奇，泄露了自己的信息，那样就得不偿失了。于是，我拎着东西往大门外走。不巧的是，今天周一，路上堵车，排着长长的车队，打车肯定还不如走着快。只遗憾，我拎着东西，往日很轻松走的一段路，今天望而却步了。无奈，我又返回，继续注册那辆共享单车。面对新鲜事物，要想了解、接受，就要

新时代新生活

相信它。何况？已经投放市场使用的共享单车，一定经过了测试合格。就这样，我第一次分享了共享单车。

哈哈！十几年没骑自行车了，自从共享单车出现以来，总是跃跃欲试，但迟迟没敢触碰它。下班回家，发现楼下停放着一辆，预谋着想感受一下，找回那儿时的感觉。现在，如愿以偿了。在与它亲密接触中，一路小心翼翼，上来下去。由于车座比较低，我需要用脚跟蹬，不然，像伸不开腿儿似的。咦！感觉自己高大了许多。又仿佛看到了儿时，那滑稽的身影。

记得小时候，家中少有的一辆二八式飞鸽或红旗自行车，是大人们专属，小孩子是轮不到骑的。偶尔趁家里来了客人，或大人吃饭休息时，把自行车偷偷推出来。有伴时互相帮着，一个人在前面，一个人在后面扶着后座，预防摔倒。没伴儿时，在后座上绑一个大木棍子，一旦跌倒，木棍子起到平衡和支撑作用。就这样，还没自行车高的小孩子，摸爬滚打中，学会了骑自行车，等同于现在学会开汽车。刚学会时，兴趣十足，偷着摸着总想骑。真可谓，加班加点，不辞辛苦啊。练习时，先从单脚贴边练平衡，然后再掏大梁，再后来，脚蹬上中轴，坐在车座上。因为个子小、腿短，够不到脚蹬板，当一只脚蹬板上来时，脚尖将将碰到，用力一踩，小屁股一歪一扭的，偌大的自行车被一个小人驾驭着，那兴奋劲儿就别提了……

由此可见，夯实基础是多么的重要。从小掌握练就的骑车技术，不管闲置多久，也不会丢失的。所以，现在的小孩子，从怀胎十月，就开始进行胎教；出生后，又到专业机构进行早教。一刻也不放松，为的是不让孩子输在起跑线上。从此，孩子踏上了求学之路，从小懂得攻坚克难。大家都有同感，我们小时候记忆深刻的人和事，长大后很难忘却，有的终生难忘。因此，趁年轻，广博多学，打好基础。如同盖房子，同样需要打牢地基，可有不法分子，却无视百姓生命危险，偷工减料，最后形成烂尾楼。严重者，导致房屋倒塌，人民生命财产受到极大损失。这种血的教训，令人发指，值得深思啊！

有趣的是，停车时，系统出了故障，不能自动锁车，系统仍在持续计费。财迷的我，抓紧请求系统帮助吧，方知手动关锁，亦可强行关闭系统。瞧！短短的距离，整个系统全方位操作一遍，熟练掌握了操作。不过，我发现系统存在一个小小的漏洞。就是在路口等待红绿灯时，系统也在计费，这怎么跟出租车似的。这样，使用者是不是吃亏了。哈哈，我是不是有些"小财迷"呀！由此，我建议，能否把计费升级为提醒功能。即：遇到红灯时，发出停止信号！绿灯时，发出通行信号。也算是为维护交通秩序，做一点贡献吧！大家有没有发现，如今的出租车司机，拉上乘客不着急了。因为，等信号灯等同于行驶在路上，计费器在不停运转呢！这样，乘客有可能多花了点车费，但人身安全有了一些保障，车速慢了，不至于窜来窜去了。既然是新鲜事物，就有其发展的过程，允许，存在不足，在发展中，不断完善、优化。不久，我们的城市，将会出现共享汽车了，到时候，我一定提早尝试，享受新生事物给我们带来的便捷和快乐。

骑着熟悉又陌生的自行车，在好奇和乐趣中，我的心情好了许多，回家的路上，脚步轻盈了。享受着共享单车给我带来的便捷，我不由得在想，看着靓丽的城市街道两旁，整齐地排列着，各式各样，各种颜色的共享单车，难道你不高兴吗？那些搞破坏的人，心灵不该受到谴责吗？没有一个高度文明做基础，共享单车的前景何在？共享汽车又怎能安居乐业呢？

希望我们呵护它们，未来的世界还会有很多新奇的事物，让我们去感受。如：月球探秘、海底动车等我们无可想象的事情，在不久的将来，都会让我们普通人尝试、体验。因此，我们要与之和平共处，为文明城市创建贡献自己的微薄之力！

慎 独

慎独——是儒家的一个重要概念，讲究个人道德水平的修养，看重个人品行的操守，是个人风范的最高境界。出于《大学》《中庸》。人们一般理解为：在独处无人注意时，自己的行为也要谨慎不苟。

今天，中午下班，天空下起了小雨，地面有些湿滑，不适宜走路。于是，我决定打车回家。上车时，我清楚地告知：家的地址。司机师傅不知是没听清楚，

新时代新生活

还是自作主张，行驶至家附近的十字路口，右转了。不专心的我，才发现方向转错了。立刻说：拐错了！司机师傅答：我以为这个时间，应该是去饭店吃饭。我打趣地说：没有特殊情况，我是不去饭店吃饭的。答：不好意思，拐多了。我说：没事，我走几步吧！正是司机师傅一个小小的失误，才使我有机会站在路口，观察南来北往的车辆和行人，更有幸感受到文明之花给我带来的快乐。当绿灯亮，我行至前方右转弯道时，习惯性地，探头看了看，有没有右转弯的车。恰巧有一辆，可能是司机师傅看见了我，把车停下，我还以为他真的不走呢。没想到，待我通过时，他才启动行驶。此时，我明白，司机师傅是在礼让行人。这使我有些感动，后悔没有给司机师傅一个感谢的手势。望着这辆车的背影，我记住了它的特征：白色面包车、车体上印有"某某医院"的字样。在如今，行人与机动车抢道现象屡禁不止的情况下，让我们为这辆车的司机师傅点个赞吧！

　　昨日，也是在这个路口，同样的位置，一辆轿车与一辆电动车相撞。据说，从早上到中午，都没解决好，下班时，两车还原封不动地停止那里。相比之下，前方一个路口，更有甚之。大热天，警察同志站在火辣的太阳下，指挥着交通。上下班高峰时，右转弯的车辆与过斑马线的行人，互不礼让，交警口中的哨声被汽笛声淹没，只得站在右转弯处，用身体挡住行驶的车辆，避让行人。可见，我遇见的这位司机师傅值得敬佩。我们说：遵守交通规则，是在法规之内。而右转弯与行人都是绿灯，让与不让无可厚非。但这位司机师傅在没有第三者监督和强制下，礼让行人，可谓微小之处见精神。应该说是：慎独的典范。同样，我们在工作单位、在学校等有组织的地方，不管大小，国营还是个体，都有一系列相关的制度，有相关的监督部门。在这种情况下，可能大部分人，会遵守规章制度，个别人为了让领导看，可以伪装。一旦走向社会，就原形毕露了，只因个人修行不够。

　　一个小小的礼让，也许有人会说，你也太大惊小怪了，那算什么。机动车就应该礼让行人，可现实生活中，你这样做了吗？细微之处见精神，点点滴滴见品行。"细微之处"尽管只是一举手、一投足，但就是在这一点一滴、一丝一毫中，可以把一个人的修养和品行展现得淋漓尽致。

　　俗话说：与人方便，与己方便。不要总盯着别人，更不要有从众心理，要做好自己。让我们在日常工作和生活中，坚持自觉地慎独慎行，不断净化和提升自己。

枣树下的疑惑

情景：夜幕降临，枣树下，有三个参差不齐的人影。借着昏黄的路灯灯光，模糊地看见身体的轮廓，像是祖孙三代。高个子年轻人，站在旁边，嘴里小声地在说：别摘了，一会让人抓着。中间个子稍矮的中老年人，仰着头，伸着胳臂，一手拽着枣树枝，一手在摘树上的枣；矮小的一个，也就是几岁的小孩子，仰着头，看着、等着……

这个场景，如果没有听到年轻人说的话，如果是在采摘园，或是在自家的枣树下，该是多么温馨、美好的一幅图画啊。然而，这恰恰是在街道旁，一个单位的院墙外边。因城市亮化，拆墙透绿，院墙底部一米左右是水泥砌成，上半部是铁栅栏，不算太高。因此，墙内几棵枝繁叶茂的枣树，红杏出墙了。这在秋季，瓜果梨桃成熟的季节，青黄透红的大枣，挂满枝头，像一个个彩色的小铃铛。在阳光的照射下，随风摇曳，听！它们在唱着自己的歌，着实让人垂涎欲滴，也给过往的行人美的享受。

这几棵枣树，由春天发芽吐绿，到开花结果，果实由小到大，颜色由青绿到发黄点红，像一个个可爱的笑脸。每次由此经过，不管是迎着朝霞，还是头顶烈日，抑或沐浴在晚霞中，都会情不自禁地仰头看看，它们就像熟悉的伙伴。偶尔有一天，它们悄悄消失了，我没有什么遗憾，只当是自然法则，盼着来年再见。可看到开头的情景，我心里有些难过。如果过往行人，都像这三个人那样，你揪一把他揪一把，落叶凌乱地散落在地上，岂不毁了一道风景。你是解馋了，想到别人的感受了吗？再者，市场上也有卖的，想吃，能花几个钱？最重要的是：你给膝下的孩子留下怎样的概念？不经意间，给幼小的心灵印上了对错难辩的阴影。一个怯生生的禁止，一个大胆的实施，孩子该如何选择？有时候，当孩子在成长过程中出现偏颇时，我们报怨孩子不争气。请问：在你伸手时，是否想过，你的行为对孩子将是怎样的影响呢？为了不让孩子疑惑，请你三思而后行！

俗话说：言传胜于身教。你想让孩子成为什么样的人，你首先要做什么样的人。同样，你想让孩子怎么评价你，你就朝着那样的方向努力做！

真　诚

在当今社会，有些人抱怨一切为了金钱，人与人之间，真诚打了折扣，或者失真了。于是，人们呼唤真诚。殊不知，真诚需要真诚，不能一厢情愿，或是只想获得，吝啬付出。

这不，周末我去探望一位退休的大姐。她说：在她生病住院期间，手术发生意外，她的伤口两次无故破裂，在不打麻药的情况下，她忍痛做了两次手术。可想而知，她当时是多么痛苦和恐惧。而忙碌的大夫，是何等的紧张和担心。为此，身边的亲属心疼她，埋怨了大夫几句。她忍住伤痛，不但没有借此向大夫"发飙"。而是，一方面安慰亲属，我没事，不要责怪大夫；另一方面向大夫解释，我的亲人说话有些不中听，请大夫理解，不要往心里去。也有人说，这应该算是医疗事故，向医院反映，应该可以减免医疗费用。可她说，作为大夫也不愿意发生这样的事。再说，医疗费可以减免，但不会减免我的疼痛。也正是她的真诚、理解，感动了大夫。那次手术很晚，大夫的孩子打来电话，问爸爸什么时候回家，电话是护士帮着接的。次日，大夫早早就来到病房，询问她的情况，得知伤口稳定后，大夫才放心。在日后的治疗过程中，或出院回家，她有疑问向大夫咨询，只要不是做手术，不管多忙，大夫都第一时间答复。

这就是真诚的回报，病人理解大夫，大夫可以放松心情，专心治病。有人说，大夫的职责就是治病救人，手术发生意外，就是失职。试想，哪个大夫愿意发生意外？又有哪个大夫不愿意自己的病人早点康复呢？咱暂且不说医生的职责，就人本身而言，一般人心都是肉长的，谁跟谁也没有深仇大恨，都希望每个人平安无事。何况医生也是人，也希望自己所做的每一例手术成功。自私一点讲，在医生自己撰写年度总结，或职称申请报告。如若写上：本人，从医N年，治愈病人N+，手术成功率100%等等，是多么有说服力，又是多么掷地有声啊！如果因为病人的咄咄逼人，导致医生名声扫地，或是，失去了职业。难道你心里好受吗？从另一角度，个别患者或家属，为了争取自己的一丝利益，寒了医者的心，激化医患矛盾。同时，也把一个不稳定因素，推向了社会。当然，对于那些庸医或玩忽职守，给病人或家属造成不必要的痛苦和经济损失的医生，应该严厉惩罚。同时，病人及家属也要冷静地处理医患关系，在合法维护自己权益的基础上，以仁者之心，宽容、理解医生。

医生只是个职业，首先，他们是人，是人都有七情六欲，难免有失误，我们应该给予理解。这样，医生没有了心理压力和负担，就可以专心治病救人。就会减少一点社会不稳定因素，维护社会和谐稳定，需要大家共同努力！

如今，大姐身体恢复很好，也是大夫没有预测到的。大姐以她的真诚、豁达和感恩，不仅使自己的内心清净，还换来了真诚和友谊。才使她得以静心养病，恢复健康。这就是真诚的力量！真诚不可用金钱来衡量，要以心换心！

在此，真诚祝愿朋友们，身体健康，快乐每一天！

谈恋爱

近日，我参加朋友女儿的回拜典礼，新郎和新娘是大学同学。新郎说：我第一次见到女孩就看上了，第一次约她看电影，女孩说看过了；第二次，女孩说也看过了；直到第三次，女孩才同意跟他约会，就这样开始了他们的恋爱，渐渐地走进了彼此的心里，携手走进了婚姻的殿堂。期间，女孩重病，新郎及他家人没有被吓跑，而是，陪伴、呵护在女孩身边。新郎说，他要永远牵着女孩的手直到永远。这样的场景，只有在电视、网络上看到过，面对眼前的情景，在场的人无不感动。

望着这对年轻人，不仅想起生活中，有的相处好长时间，到了谈婚论嫁的时候，因一些琐事，如聘礼、房子或装修新房等意见不统一，不欢而散。要我说，这样的恋爱不要也罢，不要留恋，说明你们只是彼此的过客，应该整理心情，整装待发，以新的精神面貌去寻找属于你的那个人。

有人说，不谈一场轰轰烈烈的恋爱枉活一生。在如今，人们的物质条件好了，恋爱的男女，花前月下，偶尔看看电影、下下饭馆、旅旅游都未偿不可，但不能只沉浸在其中，忘了学习、工作和生活。我们不是神仙，都是普通人，终归要回到柴米油盐酱醋的现实生活中来，人这一辈子，不可能一帆风顺，可能遇到这样那样的困难和挫折。此外，还要处理双方父母、兄弟姐妹、同学朋友等繁杂的人情关系。面对这些挑战，共同的事业追求，强烈的责任担当意识是爱情稳固的定海神针。

不忘初心，在困难中锤炼自己，不断成熟；在相互摩擦中，净化自己、提升自己；懂得感恩，学会宽容，在不知不觉中，彼此由恋人、亲人、相扶到老。

也许，有人认为这太老套，我不想强加于人，但不忘初心的爱情才持久，更让人回味……

婆媳不是"天敌"

有人说：婆婆和儿媳妇是"天敌"。在封建社会，妇女没有社会地位，靠男人养活，在家里任凭婆婆使唤。只有当娶了儿媳后，"多年的媳妇熬成婆"时才有了地位。在这个怪圈中婆媳总不能和谐，恰似天敌。现代社会中，男女平等，女人同男人一样，有自己的事业，能和男人一起撑起这个家。现在婆媳地位平等了，但婆媳矛盾仍然存在，不过"天敌"的说法显得很夸张了。

明事理，能宽容，化解婆媳矛盾。生活中，都有心情好、心情坏的时候，但只要不糊涂，明事理就不会产生矛盾，即使有了矛盾，也会得到圆满解决。俗话说：人心都是肉长的。有时，一个小小的举动，甚至一句话，就会融化对方的心。记得我婆婆在世的时候，婆婆在我家和小表妹一起帮我看孩子。那时我报了一个培训班，都是晚上上课，又正直冬天，下班到家先给孩子喂奶，之后再跑去上课。婆婆看在眼里，疼在心上，虽然她腿脚不方便，但还是坚持给我做碗小米粥或疙瘩汤，让我趁热喝了再去上课，这让忙碌一天的我很受感动。我再忙再累，从外面带回再大的怨气，也不会发泄到婆婆身上，反而婆婆的明白敞亮化解了潜在的矛盾。其实，婆媳应该是接力关系。两个互不相识的人，因一个中间人儿子或丈夫，而相识，进而在一个屋檐下生活。这时候，婆婆在把自己的儿子交给眼前这个陌生女人时，你要相信她能够像你一样照顾你的儿子。同时，也要相信，她也会尊敬你这个长辈。要明白，是儿媳妇陪伴你的儿子到永远，当妈妈的不能。这犹如赛场上的接力棒，婆婆要把握好时机将接力棒传递给儿媳妇儿，同时，儿媳妇也要做好准备，把接力棒稳稳地接过来，好好地跑下去。作为当时的儿媳妇，20年后，不管你是当婆婆还是当丈母娘，都需要做个开明的传承人。一代代的努力，营造一个又一个幸福的家庭，为社会的和谐稳定贡献自己的一分力量。所以，婆婆要从那一刻起学着放手，心要宽眼要明。同样，儿媳妇也要承担起这个责任，让婆婆放心。别让作为你丈夫的那个人在中间为难，一边是生他养他的妈妈，一边是自己喜欢的爱人。作为儿媳妇，也要学着转化角色，婆婆是一半妈，因为，她为你养育了一个优秀的丈夫。不说别的，这就是她对你最大的贡献，应该存感激之心。

存善念，讲格局，避免婆媳矛盾。婆婆作为长辈，有生活阅历，对人生应该有明白的领悟。媳妇在自己的父母身边娇生惯养20多年，突然，换个陌生环境多少有些不适应，来到你面前，一些生活细节，也许不合婆婆心意。此时婆婆要稳住气，往好处想，不要到处去跟别人发牢骚。人都有条件反射，心中总记着谁的不好，日久就会生怨，情绪会不自觉地表现在脸上，这不仅自己心情不好，还会影响整个家庭的和睦。在这点上，我80多岁的老妈可以说是楷模，老人家有6个儿女，三个儿媳、三个姑爷，从来不说孩子们的不是，在她老人家眼里，都是第一。所以，在家里，大到六十几岁的儿女，小到几岁的重孙、重女，人人都喜欢，她老人家也是笑口常开，面色红润，精神矍铄。反之，媳妇要积极融入这个新家，尽快适应新环境，一些生活习惯与在自己妈妈身边不一样了，要学着融入，为你所爱的人改变，在这个家庭中，你一个人改变，要比一大家子为你改变要容易得多，你说是吧？对于物质的问题，不得不提，婆婆给儿媳时要感谢，不要认为是应该的。作为儿媳表现得好，当婆婆的自然心情愉悦的给予，岂不比争出来的要好？不要总是抓住一件不愉快的事，解脱不出来，陷入自己的怪圈，换位思考一下，相互理解，多想想对方的好，关系会越来越好、越来越融洽的。婆媳在生活中，产生矛盾的时候，中央电视台《向幸福出发》节目中，有这么一对婆媳，给予了一个既简单又舒服的解决办法。婆婆说：有什么不满意时，我把儿媳妇当成自己的姑娘；儿媳却说：我知道婆婆是为我好。就这样，气就都生不起来了……

新时代，新思想，争做孝顺楷模。从媳妇这一方来说，不要啥事都回家跟自己的妈妈讲。俗话说：女儿是爸妈的小棉袄。开明的父母会开导、劝说你，反之，会心痛、惦记你。容易冲动，人都是要面子的，尤其现代人，家家都是独生子女，不管是男孩、女孩在家都娇生惯养，都是爸妈的宝贝，谁受了委屈，谁的父母不心疼呢？何况，大部分两家条件差不多，所谓门当户对，结为亲家。谁也不含糊，都不示弱，会使矛盾升级。相反，婆婆对媳妇的好，可以多与妈妈说，而且，要放大了说，潜移默化中让妈妈放心，并起到沟通桥梁作用。所以，不管是身在其中，还是那些准婆婆、准儿媳妇们，不要恐惧，更不要处于战备状态，要以一颗平常心、善良的心，去接纳彼此，让婆媳成为新时代的战友或朋友！

婚姻不是"坟墓"

有人说："婚姻是爱情的坟墓"。而我说："那是因为你把恋爱当成神仙一般的生活，二人飘忽在云端，自由自在；而婚姻，则是生活和行走在大地上，柴米油盐，人来人往，忙忙碌碌……。"

不久前，我在给一对新人的证婚词中，这样写道："结婚意味着长大和成熟，能够承担起家庭和社会的双重责任……家庭是事业的支撑和依托，更是信心和力量的源泉……而婚姻则是爱情的延续和升华，需要用自己的勤劳和智慧去创造、去经营……让幸福之花绽放！"由此，我说："婚姻不是爱情的坟墓。"

然而，由于网络时代的到来，加速了经济的发展，活跃了人们的思想，改变了人们的生活方式，传统封闭式的婚姻，正在被打破，婚姻的稳定，已成为社会问题。关系到家庭的和谐，甚至影响着下一代的健康成长。在此，我就如何选择、接纳、交流、呵护及规避婚姻隐患，谈谈自己浅显的看法，和大家一起探讨，或许能给迷茫中的你以启发和感悟。

开篇

家庭和婚姻是个比较复杂的问题，有道是：清官难断家务事。托尔斯泰也说：幸福的家庭都是相似的，不幸的家庭都有各自的不幸。所以，一直以来，我不知道从何下笔。好在大家一起探讨，为的是巩固婚姻，让更多的家庭和谐，打开心结，快乐地生活。在此，我只谈婚姻中的两个主体：男人和女人，暂不谈及其他成员。我想在今天这个物欲横流的社会，每个人都要树立三个理念：一要有自己的事业，二要有独立的思想，三要有人格魅力。所谓事业，就是要靠自己的双手，去劳动、去工作，赢得社会的认可，争得一席之地；独立思想，就是要有自己的见解，不随波逐流，不把自己的意愿强加给对方，不依附于对方，更不固执己见；人格魅力包括很多，但在婚姻中，我认为最主要的是宽容和善良。有了宽容和善良，就能彼此包容，就能用欣赏的眼光看待对方，进而也就能心平气和地面对生活中的琐事、烦心事，比较理智地解决问题，才能共同营造美好家园。

（一）客观的选择伴侣

适龄或单身男女，在选择伴侣时，都想找到一个自己理想的伴侣，浪漫、幸福、快乐直至相扶携手到老，这无可厚非。然而，现实生活中没有十全十美的人，往往事与愿违。那么，我们就必须接受现实，由理想回到现实生活来思考问题，去寻找自己现实中的另一半。帅哥美女谁都喜欢，但首先看看自己是不是在帅哥美女行列；金钱是好东西，谁都喜欢，但要取之有道，还要看你有没有福分享用。我不是宿命论者，但我认为，你若有命享用，携手时，家徒四壁，靠勤劳和智慧，日子也会慢慢红火；若没命享用，携手时，虽家财万贯，也会贫穷。同时，还要看你追求的是什么。你若追求物质，可能享受到奢华的物质生活，穿名牌、住豪宅、开好车，迎来令人羡慕的目光，一定程度上会满足了你的虚荣心，但在这个追求和享受过程中，就有可能失去自我。当然，要想达到这个目的，你得有这个资本，甚至要有失去自我的心理承受能力，否则，鱼和熊掌很难兼得。这样的佳偶现实生活中，有吗？肯定的回答：有！但不是草根的你和我。因此，这就需要割舍或降低一些条件。我以为可以降低的条件只有两个：一是外表，二是财富。所谓外表就是身高和五官，对于身高你接受就好，对于五官你看着不恶心就行；财富可多可少，多了多花，少了少花，有多少钱办多少事儿。但绝对不能舍弃的是善良和勤奋。总结一下就是：男人可以不帅、女人可以不漂亮，但不能不善良；可以贫穷但不能虚荣。古语讲：门当户对，我理解，主要是指三观大概一致。即人生观、世界观和价值观。这样的两个人结合在一起，即使贫穷，两个人共同努力，花上个5年8年的时间，相信一定会见到曙光，生活就有了希望，也有了奔头。用自己的双手共同营造的小家，双方都不会轻易放弃，彼此珍惜，只要不是昏了头脑，就会相对稳定，温暖而和谐。

（二）智慧的接纳对方

走进婚姻后，如果因各种客观原因，发现选择错了，或在生活的进程中，不能站在一个平台上进行友好的沟通和交流，或没有共同语言，不管怎样，必须交流。交流的方式可以：吵、闹、哭，但不能长时间冷战。在一个屋檐下生活，最忌讳相对无语，这是最危险的信号。因为，两个陌生的人，因各种机缘，走进婚姻，组成家庭。从那一时刻起，就要有责任和担当，更要坚定呵护好、经营好婚姻和家庭的信念，不受外界形形色色的干扰。如果你想试试，奉劝你不要跨进这个圈，在圈外玩玩算了，不要害人又害己。如果说，谁结婚也不是为了离婚，那么结婚之后，就要彼此珍惜，不要任性，学着接纳对方的优点和缺点。在生活中，遇到问题自己解决，千万不要让双方父母参与，尤其现在的年轻夫妇大部分都是独生子女，试想哪个父母不心疼儿女呢？遇到开明的父母还好，反之，不但解决不了问题，还会使矛盾激化。咱中国人过去不叫谈恋爱，叫找对象。为什么？我理解就是，两个互相不太反感的人，搭伴过日子。当然了，如今大多数人是经过相识、相知、相爱，到携手走进婚姻的。然而，婚姻不同于恋爱，多了些元素，在柴米油盐酱醋的过程中，难免有这样或那样的磕磕碰碰，忍一忍，让一让，慢慢融合，相扶相持，逐渐由恋人变成了亲人。两条平行线上的人，关系和感情处理好了，有时候，为了一个共同目标，超越了父母及兄弟姐妹情，这才成为真正夫妻。婚姻，它就像我们一个人的成长历程，小时候，懵懵懂懂，什么也不懂，长大后受外界约束，到了中年看到结果了，人生也就定型了。成功也好，失败也好，都要欣然接受。可怕的是，有些人到中年，由于网络虚拟世界的出现，人们在那里找到了自己心灵的慰藉，突然间，觉得自己身边这个人不是自己要找理想的那个人，于是想入非非，懊悔当初要不是自己处于困境，也不会选择他（她）呀！如此可怕的念头。在此，我奉劝一句：这才是上天安排到你身边的人，换了谁也不会接纳你的，要珍惜眼前人。试想，真的跳出去又会如何？

（三）温情的交流沟通

婚姻中，无所谓谁强谁弱。遇到通情达理、知冷知热的人，我们要存感激之心，俗话说：偷着乐吧。不要认为对方是应该的，有些傻气。其实，我们都心知肚明，谁也不傻，只是有人善于表达，有人善于沉默而已。说明你们，思想相通，能够达到共鸣。那么好上加好，彼此珍惜。女人不要动不动就使小性子，偶尔使一使，可能会给平淡的生活增添一点色彩和乐趣，但要时不时来一场，让忙碌的对方还要动脑筋去猜你的心思，岂不更加累心，给本就疲惫的生活，带来沉重的负担。当然，生活十有八九不如意，也可能真的遇到性格不合，斤斤计较的人，咋办？既然选择了彼此，有能力改变对方，和你一起携手向前走更好，没能力就尝试改变自己，做这样的改变不是一味地委曲求全，要动脑筋，讲方法。改变就需要自我修修剪剪，需要勇气和忍受痛苦，这些你都准备好了吗？准备好了，就去做，无怨无悔。没准备好，带着怨气，就不要做，人生苦短，何必委屈自己呢？既改变不了对方，又不愿意改变自己，那只有放弃，免得双方都痛苦。这跟老师教学生是一样的，遇到聪明又主动学习的学生，老师教的省力，还有成就感；遇到愚钝但肯下功夫的，虽然费点力气，也会有收获，劲儿没白费；万一遇到个既愚钝又不肯用功的，只能顺其自然，也不惋惜。我们常说走路不能总低着头，还要抬头看，等撞上电线杆子就晚了，要时不时环顾四周，避免意外发生，造成不必要的损伤。大到国家，小到单位及家庭，都要看方向。方向错了，一切努力都白费了。夫妻之间也是如此，你要明白对方想要的是什么？尤其女人，不能盲目，以为自己全身心为家庭付出就大功告成。同时，既然付出了就不要抱怨，抱怨还不如不干。而且，要巧干，要抬头看看，你做的是不是对方想要的，不要做无用功。埋头苦干，失去了自我和尊严，到头来，被冷落或被抛弃时，还一头雾水，甚至怨天尤人，哭天喊地，像个祥林嫂似的，可怜兮兮的，一无所获。

（四）欣赏的呵护感情

男女双方，切记不要嘴上总挂着别人家的男人或女人多么有本事，多么能干，男人多会挣钱，女人多漂亮，好与坏都是自己选的，人家的男人、女人再能干再漂亮，跟你一点关系都没有。话又说回来，人家能看上你吗？人家再好，牵手的是眼前这个你看着不顺眼的人，人家没有选择你，你也没有选择他（她），不管你当时是出于什么目的和什么境遇，选择了眼前这个人，就要感谢彼此的接纳，吵也好，闹也好，是你们相扶走到了今天，贬低对方就等于贬低你自己。如果觉得选错了，自我调整一下，能调就调，调不了，冷静下来，试着与这个人分开几天，看看你还想不想他或她。要有一个平和的心态，相信一切都是最好的安排，不攀比，不奢华，真心善待彼此。俗话说：家家有本难念的经。每个人都会把自己最光鲜的一面呈现给别人，你看到的只是外在的，那些不为人知的苦楚和缺憾，没有人告诉你，你也看不到。同样，你的苦楚和缺憾，你自己不说，谁又会知道呢？如果真的心里憋屈的难受，就找一个懂你又值得信赖，且能够认真倾听的朋友，诉说一下，心里痛快痛快也就行了。这样做不会帮到你什么，因为决定权在你自己手里，一切由心而定。尤其女人，在遇到婚姻危机时，不要把孩子当成挡箭牌，把孩子挂在嘴边：什么？我要不是舍不得孩子早离开他了。这只是借口，嘴上骂着，心里想着，分开几天还想，那就别再说分开了，你认命吧，说明你离不开这个人，他也离不开你，一生捆绑在一起了，给彼此一些尊重和空间，多挖掘对方的好，笑一笑，打开心灵之窗，让温暖的阳光照耀彼此，驱散心中的雾霾，相信生活会越来越好的。

（五）冷静的规避隐患

谈及婚姻和家庭，就不可回避私房钱和婚外情问题。我以为如果对方够宽容，就大可不必留私房钱，但执意要留，认为有必要，也未尝不可。现代人交往广泛，礼尚往来的事情多，应酬多，花钱也多，但什么事都要有个度，俗话说得好，凡事都要摸着自己的兜来办事，不能打肿脸充胖子。女人不要太精明，当对方说的不对自己心意时，不要反应那么及时，反应及时的后果就是对战，整的面红耳赤，甚者恶语中伤，会伤感情的。沉淀一下，也让对方自我消化，当时说的对与不对，如果有用就都好好思考，再做结论也不迟啊！值得注意的是：如果发现一方，突然在家怨气冲天，看哪都不顺眼。作为另一半，就要细心观察，认真倾听，有可能在外压力大，跟外人没法发泄，只能把情绪带到家里来。因为家是温馨的港湾，如果另一半不理解，有可能使之崩溃，造成婚姻破裂，有甚者还会失去这个人，那时，家也就不完整了。所以，要互相理解互相支持，珍惜彼此，感恩有你。什么是幸福，简单即是幸福。幸福不是谁说的，是自己内心的感受，不管你选择什么样的生活方式，在不违背道德，不影响他人生活的情况下，只要你自己感觉幸福就好。不要瞻前顾后，如果你选择孤独的恬静，你就活的优雅、洒脱一点，不要再向往他人那其乐融融的家庭生活，否则，你会纠结和痛苦，甚至人格扭曲。如果你发现对方有私房钱，没必要大惊小怪，只当作不知道，恰当的时候，家里添置电器或办大事时，你说家里钱不够，看他是否能帮到就是了。如果对方真的帮不到，也不要急于下结论，就算是提个醒吧！还有，当你听到关于对方在生活作风方面的风言风语，或自己察觉到什么的时候？不要急于找到答案或当面质问，要学会克制自己，给对方留点面子和余地，要给冲动的自己，留点思考的时间。或许，事情不是你想象的那样？不要一副盛气凌人的架势，考虑好，如果情况真的属实，你怎么办？想好了，是否真的不值得跟对方过下去了，还是割舍不了。如果只是吓唬一下，或是为了表现出你不傻，那就更没必要了。先观察一下，借此机会，也反省一下自己。古人云："一日三省吾身。"这不只是用在仕途上，怕走弯路或犯错误。在日常生活中，也尤为必要。如果常反省自己，就不会以为事事自己都对，别人都错了，在不知不觉中，挽救了婚姻，挽救了彼此，这样心情也就舒畅了，家庭气氛也就轻松和谐了，岂不皆大欢喜。

结尾

婚姻是家庭的基石，没有美满的婚姻，就不会有和谐稳定的家庭。因此，作为婚姻主体的男人和女人，肩负着延续生命和推动社会发展的双重责任。在此，温馨提示大家：理智的选择适合自己的生活方式，从自身做起，传递积极健康的语言和行为。在酸甜苦辣中，非不得已，不要动摇婚姻信念，坚守下去，并不断自我总结和提高，不断进步和成熟，不断完善和升华，可能会是不一样的结局。营造属于自己的那份甜蜜、幸福和快乐，守住属于自己的那份孤独、宁静和优雅，激发属于自己的那份心动、灵感和辉煌！让平淡的生活，大放异彩！

最后，祝愿平凡的你我他：婚姻幸福美满……

婚姻招惹了谁？

我们说：爱情是甜蜜的，婚姻是五味的。人们由爱情甜蜜到了一定的黏稠度，也可以说达到了极点，自然就要转向人生的下一个流程—婚姻。于是，一对相爱的人，在父母、亲人、朋友的祝福声、掌声和鲜花的陪伴下，携手走进了婚姻殿堂。也就意味着，由单一的甜，尝试着苦、辣、酸、咸。在这个转变过程中，可想而知，其中的味道，五味杂全，这就看你，有没有智慧或欣赏能力了。

苦、辣、酸、咸，任何一种味道，一般人都感觉不到它的鲜美，但任何一种与甜搭配，是不是就不一样了呢？一个智慧，并懂得欣赏的人，会从中品味到婚姻的幸福和乐趣。反之，就会感到乏味，甚至痛苦。

据统计，在北上广及一线城市离婚率居高，北京38.9%。有人说，主要原因就是房价上涨。如在北京购买一平方米的住房价格，可以在三四线小城市付个首付款。请问：在决定结婚，携手走进婚姻殿堂时，没有考虑到吗？也许，大家认为，在大城市，流动人口多，年轻人有文化、留过洋、受过高等教育、思想开放，物质需求过高，贫富差距大，离婚还情有可原。可如今，在广大的农村，也频频传出离婚的信息。据不完全统计，年轻人离婚率也不低于大城市。如果你不了解农村，不常深入农村，是难以接受这个现状的。而且，离婚的理由很简单：钱不够花。可不可以，这样理解，大多数稳定的婚姻，生活还算过得去，或是他们耐得住寂寞、守得住清贫呢？

我有幸接触一些由农村走出来的孩子们，也经常陪爱人到老家走走，在与兄弟姐妹们聊天中，了解到一些真实的情况。前些年，没有考上大学的农村女孩，纷纷进城打工了，向往城市生活。尽管挣的钱不多，但风吹不着，雨淋不着，小脸、小手也细化了，打扮得跟城里人一样，回到家左邻右舍都羡慕，家长脸上也增光。可年龄不饶人，一晃由十六七岁，到了二十几岁的姑娘，该出嫁了，家长着急，上门说媒的人也络绎不绝。可姑娘们想找个城市男孩安个家，命运捉弄人，自己没文化，也就初中毕业，学业又不精，又没有个稳定工作。即使在城里，也只能谋个超市、理发馆、饭店等工作，工资也不高。城里的男孩，即使看上了女孩的容貌，但迫于家庭的压力，传统观念认为，农民没有劳保，有病有灾的承受不了，家庭负担重。那么，女孩子大了，只得放弃洁净而舒适的城市生活，回到农村老家找个婆家。俗话说：人往高处走，水往低处流。在城市待习惯了，再回到老家，冬天冷，夏天热，苍蝇蚊子飞舞。从此要像自己的母亲那样，面朝黄土背朝天，当个农村妇女，心理难以接受。于是，找对象的首要的条件是：不要耕地，进门后，当个专职"太太"，生一两个孩子，在家看孩子做饭，上网聊天或打麻将。过着休闲自在的日子，美哉！

新时代新生活

近些年，在农村，父母省吃俭用盖起的大瓦房，等着迎接新媳妇，可就是没人愿意进门。据说，现在农村娶媳妇的价码又高了，不要耕地是自然地。还有这么个说法：万紫千红一片绿，一动一静。意思是6万—10万元彩礼钱；一套楼房、一辆车。在老家，盖多华丽的大房子也不住，必须到镇上或城里买楼房。两个年轻人，谈恋爱时，高高兴兴，到谈婚论嫁，在彩礼上达不成协议，没二话，告吹！不知大家算没算过账，把父母一辈子的心血都搭进去，东拼西借，满足了儿女的愿望，那婚后的生活怎么办？靠男孩子一个人打工，来供养楼房水电、煤气、物业费、养车，还得吃喝、走人情，这些费用从哪里来？是啊，年轻人向往美好的生活没错，可也要切合实际，并付之劳动才行啊。在国家没有放开二胎政策之前，农村就允许生二胎，一般第一胎是女孩，第二胎就大胆地生，男孩更好，女孩也行。可第一胎是男孩，在考虑要第二胎时，忧心忡忡，再来一个男孩可怎么办，负担会多重？尽管带着这样的疑虑，人们还是铤而走险。直到呱呱落地，是女孩全家高兴，儿女双全，是男孩满面愁容，天天嘴上念叨：两套楼房上哪里去找啊！

压力是显而易见的。人们说：现在的女孩都现实，不如过去单纯了。其实就是贫富差距大些，加之攀比思想在作怪。谁家的姑娘出嫁时，周围的朋友，七大姑八大姨，都会关心地问一问：婆家给多少彩礼？最起码也得是个平均数吧，或是差不多，别让人家笑话。说咱家闺女，不缺胳膊不缺腿的，也不比谁家的差，干吗比人家少，或是倒贴呀？面对这种情况，可不可以这样认为，我们的男孩子没有足够的吸引力，不能赢得女孩子的芳心呢？比如你的优秀品质、你的坚强毅力、你的聪明智慧等等，哪怕有一样，让女孩子及家长看到希望，也不至于让女孩子望而却步。或是换个角度，女孩家长，你不能养孩子一辈子吧，因为房子、车子、彩礼，眼睁睁看着自己的女儿失去幸福，思想能否开放一点，宽容一点，如今都是大数据、云计算的信息时代了，火车都提速了，我们为何不尝试资源共享呢？不管男孩、女孩，两家商量着来，谁家经济实力强点，就多出点。反正每家就那么一两个孩子，在孩子最需要的时候，解囊相助。或是，男孩子及家长态度诚恳点，不要没钱还挺硬气，让人感觉不舒服。

当然，这种变迁，可苦了上一辈人，千辛万苦熬成婆，盼着孩子长大成人，自己年龄大了，可以松一口气，没成想，又赶上了信息时代，为钱而奔波。由于年龄大，没文化，女人只得在小饭馆刷盘子，当保姆等工作；男人在小区物业看门打更，身体好点的干点苦力活。一次与朋友聊天，她给我讲了一个真实的故事。某村一退休工人，每月2000多元退休金，家有一儿、三女。儿子娶媳妇结婚要求在县城买楼房，两个年轻人没有工作，生有一个女孩，三口靠父亲退休金为生。为了供养儿子三口，退休的老父亲，还要继续给人家打零工。秋收了，谁家出花生、收玉米、捡栗子、打核桃等农活，这位父亲都要争着抢着去干，为的是那点微薄的收入，自己省吃俭用，却要贴补孩子。听了这个故事，我们难以判断是家庭教育缺失，还是孩子自身的认知能力不足。

望着乡亲们那疲惫的身影，听着他们无奈的诉说。我在想，女孩子要不要自尊、自爱、自立；男孩子要不要争口气，变压力为动力，自己努力些，再努力些，白手起家，用自己的勤劳和智慧，筑起自己的小巢呢？让劳累大半生的父母，停下忙碌的脚步，颐养天年。让中华民族传统美德，在你们这一代继续好好地传承，为和谐社会添砖加瓦……

守护婚姻之冷静

前不久，一天中午，正在午睡，突然，我的旧手机响了，本不想接，既然醒了就看看吧，拿起手机来电显示的是本地号码，出于礼貌，我接听了电话，电话的另一端传来一个久远又熟悉的声音，一位老家的亲戚。几句寒暄之后，我问她过的怎样？回答的有些勉强，放下电话，我无法入睡。由她不禁联想到，如今，不管是城市还是乡村，年轻人还是中年人，抑或老年人，对婚姻困惑的人不在少数。按说，婚姻自由，无须评说，但在追求个性解脱的同时，是否想到，婚姻的解体，伤害的不仅仅是两个人，尤其年轻夫妇的分开，直接影响到孩子的健康成长。为了孩子，我们可否换个角度看待或处理婚姻中出现的这样那样的问题，也

新时代新生活

许会是不一样的结局……

我的这位亲戚,生长、生活在农村,初中毕业,经人介绍认识了距她家不远的男人,并成家有了孩子——一个可爱男孩。孩子小的时候,男人有一技之长,在外打工,虽然挣得不算太多,但一家三口其乐融融的。待孩子长到6周岁时,该上学了,为了孩子的前途和将来,夫妻俩找到我们,想让孩子到市里的学校上学。当时,我们问:一家子从农村老家迁移到市里,生活怎么办?他们回答得很干脆,租间房子,让孩子吃小饭桌,夫妻两人都打工。望着这对夫妻期盼、热切的目光,我们没有理由拒绝,带着疑惑和期望,我们帮孩子联系好学校和小饭桌。开学在即,一家三口欢欢喜喜的来到他们向往的城市。然而,好景不长,不到一年,经济滑落,打工挣钱也不容易了。于是,男人的一技之长难以用武之地,找不到活干,没事在出租屋里闲着,女人一会儿倒腾点这个,一会儿又倒腾点那个,一个人忙不过来,希望男人帮忙,男人虚荣,怕他的朋友们见到丢面子,仍闲在家里,无所事事,慢慢地有了矛盾和分歧。男人在家闲得无聊,上网聊天,与一女子打得火热。我这位亲戚偶然发现,男人与那位女子的聊天记录有些暧昧,也没什么实质性的进展,可要强的她,心里不舒服,也容不下,决定离婚。她跟我说时,没有愤怒,没有痛苦。淡淡地说:"我要离婚。"当时,我还以为她在说笑话,没有太在意,只是回了一句:"别胡闹,好好过日子吧,事情也许不像你想的那样。"但没过几天,她告诉我:"离婚了,已办手续。"更令我惊讶的是,她还"高姿态",净身出门,直到此时,我才意识到问题的严重。我问她是否还有回旋余地,她说男方不同意离,而且,要离必须把孩子留下,家里仅有的几千块钱也留下了,问她怎么想的?她说:"我不能容忍他对自己的不忠。"为了让男方同意离婚,她答应了男方提出的条件,孩子她随时可以回来看,那点钱是留给孩子用的。听着她的讲述,我哭笑不得。

她的行为犹如飞蛾扑火,为了得到自己追求所谓纯洁的爱情,亲手毁了自己和自己的孩子。

离婚后,她也渐渐离开我们的视线,为了证明自己是对的,拼命地打工挣钱。因为文化不高,也只能在一些小超市、小饭馆等地方打些零工,本想自己做点儿小生意又没有资金。偶尔有事，来找我们，再次见到她，不免有些苦涩，让人心痛。多么纯朴的女孩子，如今像换了个人似的，打扮得花枝招展，穿的离奇古怪，像是证明着什么，又像是招惹着什么？左一个又一个男朋友，换来换去，最终找到一个，年龄相仿，丧偶、有个小女孩的男人，婚后，为这个男人再生一女，生活似乎安定下来。而就在这时，由各种渠道传来，离婚不久，那个男人也再婚了。开始孩子的亲爸对孩子还算不错，慢慢地后妈也生了孩子，由于条件的限制及各种原因，孩子弃学，正在青春期的孩子多少有些不听话，与后妈的矛盾激化，打闹中，孩子跑来投奔亲妈，可她已为人妻，又是个男孩子，对方无力也不愿意接收这个孩子，无奈这个十四五岁的孩子只能到处流浪。回想起来，当初她要是冷静，两人好好沟通，多些体贴，少些抱怨，给对方一个机会，也给自己一个机会，说不定不会分开，孩子也不至于流浪。说到这儿，处在婚姻门口，或正准备往外溜达的你有何感想呢？不管你有没有独立的经济，分开后，都会或多或少留下伤痛。遇到意想不到困难，原本的夫妻，因为突如其来的事件，没有得到很好的解决，背向而驰，有啥儿为难招窄的事，没人商量也没人倾吐，孩子更没有了完整的家，缺失了父爱或母爱。

我们常说：好离好散。这多半是理想化，或者说，那是极少数思想、灵魂、文化及经济都达到一定水平和境界的人。而我们大多数人是平凡的，试想，哪一对离婚的男女，不是闹的鸡飞狗跳，筋疲力尽，甚至两个家庭打得狗血喷头呢？真的说放下，只不过是一时的气话，佯装表现出来的洒脱，无外乎掩盖内心的痛苦罢了。即使两个人真的过不下去，解脱了，可对于孩子，不管跟谁，如果再婚，不是后妈就是后爸。我们不能否认，生活中有后妈、后爸把前夫、前妻的孩子视如己初的事例，但仍然是极少数，且都有前因。比如：一种是经济条件优越，第三者介入，有心计的人，为了赢得婚姻的主导地位，她或他为了享受优厚的物质带来的快乐，会从关爱孩子入手，一味地宠着孩子，要什么给什么，反正钱也不是她或他的，对于年幼的孩子，有句老话：有奶便是娘；一种是困境中的人，夫妻的另一方逃避责任，离开你，而你的辛劳和付出感动了善良的人，或是原本就默默喜欢你，碍于你已为人妻或人夫，此时，愿意和你一起承担的人，才会对你和你的孩子真心好。所以，我们在生活中，当遇到类似问题的时候，是否冷静地思考一下，分开之后将要面临的各种困难，你都准备好了吗？如果通过沟通，真的无法挽回了，再做决定也不迟啊！

　　守护婚姻需要冷静，给自己创造一个完整的人生，给对方一个改过的机会，给孩子一个完整的家。

婚姻中不可割舍的那点"痛"中之爱

　　婚姻是人类得以延续和发展的一种生活方式，我们既然选择了这种生活方式，就有责任和义务，共同来维护好、经营好，并使其和谐、稳定、繁荣。

　　我们每个人都是带着亲人的祝福和对美好婚姻的向往，携手走进婚姻的。婚姻就是实实在在的，也是起伏不定的。在婚姻发展进程中，有幸福和快乐，也会有烦恼和痛苦，这是必然的，任何人都不能回避。夫妻就像碗和筷子、炒锅与铲子、菜板与菜刀、面板与擀面杖等等，共同奏响家庭交响曲。这需要夫妻二人，相互协作，互相依托。磕磕碰碰，敲敲打打，张弛有度，才能奏出和谐的音符，美妙而动听；否则，就会出现刺耳的声音。比如，炒菜的锅不慎烧焦了，如果你盲目地或带着怨气，用力使铲子铲。想一想，金属之间摩擦的声音，是多么令人难以忍受。如果你动动脑筋或耐心一点，先用水泡一泡，是不是很容易就把粘合在锅内的焦碳物铲除了？也不会产生异样的声音了？由此，不难发现，婚姻中出现问题，需要冷静处理。思考一下，炒锅为什么烧焦？是谁造成的？然后，采用什么样的方式方法，去除掉锅里烧焦的东西，恢复原样，光亮如初，继续使用，仍能烹饪出，色香味俱全的佳肴。否则，就越积越厚，或者，出现漏洞，不得不把锅扔掉，令人惋惜。

　　如今，人们对离婚不那么恐惧了。主要是，随着社会的发展，思想的解放，男女经济的独立。有些人，为了追求个人幸福，勇敢地从不幸的婚姻中走了出来。然而，还有一部分人，留恋那一份，捧在手里烫手，又舍不得放下的"痛"

中之"爱",相互折磨、煎熬着。

离婚,对于年轻人来说,司空见惯,一句话不中意就有可能成为离婚的理由,各奔东西。一位朋友告诉我说:有一对年轻人,结婚不久,就因为,凭什么我就该洗碗的问题,不欢而散。大家听了,可能感到不可思议。可现实生活中,诸如此类的事很多。这样的事,若发生在三岁孩子身上,小孩子过家家游戏,还可以理解。殊不知,竟然发生在有知识、有思想的青年人身上,不免有些肤浅和令人担忧。是啊!现在的年轻人,有自己的工作,有一定的经济基础,又有父母做坚强的后盾,离婚后的生活,没有任何障碍。不像过去,嫁出的姑娘泼出的水,家里还一大堆人挤在一起,哪里有离婚姑娘的容身之处。为此,没有什么原则问题,忍一忍,让一让,也就过去了。话又说回来,如果那对年轻人,都反问一句:为什么我不能洗碗,而非要对方洗碗呢?这样,问题不就解决了吗?

与年轻人的果断,不带一丝牵挂和留恋,挥挥手走了相比。那些,一起生活了十几年、二十几年的夫妻。由相亲相爱,相敬如宾,到吵吵闹闹,相互冷漠,冷言冷语。最后,闹到离婚的地步。是多么的纠结、痛苦!有的,一气之下就把离婚手续办理了。过后又后悔,复婚者有之;有的,各自寻找自己的另一半,绕一圈没有找到合适的又转回来;有的,嘴上说着,脚步却迈不开。种种因素,千姿百态,彼此折磨,精疲力尽。为什么?

我以为,这取决于你的站位和角度。如果你走进婚姻,就是为了让另一半呵护你、照顾你。继续享受在父母面前的待遇;既享受对方的帅气、美貌和优越条件给你带来的满足感,又渴望对方受制于你;或是,用对方的优点填补你的空白。那你的出发点就错了。也可以说,异想天开,痴人说梦。婚姻本就是两条平行线上的人,因为有爱,才走到一起。那就应该围绕着婚姻,思考问题。对婚姻有利的事就去做,不利的就不要去做。那么,什么算是对婚姻有利或不利呢?比如,一方因为对事业的追求,忘我工作,从而,忽略了另一半及家人。那么,作为另一半的你,应该理解与支持,而不应该扯后腿或是报怨。甚至以此为由,另辟奇径,寻找安慰。又如,一方家中有困难,作为另一半应该主动帮助,不要以各种理由阻止。有时候，对外人我们还伸出援助之手呢，何况是你爱人的家人，也就是你的家人，为了你们的幸福也应该鼎力相助啊！当然，人的思维方式不同，但在婚姻中，要跟上彼此的思维，不要太自私了，总想让对方围着自己转，要想对方之所想。最起码，脚步跟不上，思想要相通，达到共鸣。否则，相背而行，会越走越远。

简单而言之，出现问题不可怕，可怕的是，没有选择正确解决问题的方式方法，更没有坚定的决心和信心。而是，相互埋怨，互相指责。如果你有不可割舍的东西在婚姻里，要想挽救婚姻，就要明确方向，坚定信心，不屈不挠地走下去。并敞开心扉，勇敢地检讨自己，放下包袱，不再纠结。要以宽大的胸怀，去接纳对方的缺点，甚至错误。有道是：海纳百川，有容乃大。如果你感觉婚姻没有依恋，只有伤痛，那就快刀斩乱麻，放弃这段不幸的婚姻，开启新的生活。当然，选择怎样的生活方式，取决于你自己，无可厚非。重要的是，在不违反法律和道德规范的前提下，你不再困惑或纠结于婚姻带来的不幸和痛苦，能够获得自由，感到幸福和快乐！这才是解决问题的目的。

为此，希望我们每个人都争做婚姻的捍卫者和护花使者，不要做破坏者。多一个和谐美满的婚姻，就多一个幸福的家庭，社会就多一份稳定。

让我们的生活像花儿一样绽放

时间过得真快！转眼就要到国际三八妇女劳动节了，为纪念这伟大的日子，每年的3月8日，单位都要给女同胞们放半天假，各大商场也会抓住商机，搞一些促销活动，让女同胞们放松一下，潇洒一回。想象着，姐妹们在自己的节日里，三五成群，带着愉悦的心情，嬉笑着，叽叽喳喳，出入在商场、公园、美容美发店等各种场所，真是美美的！在自己的节日即将到来之际，我祝姐妹们节日快乐！同时，对男同胞们道一声：辛苦了！

自己的节日，就要多聊一些自己的话题。作为女性，如今赶上这样美好的时代，我们应该感到幸福。因为，我们能够同男人一样刻苦读书、自由恋爱、努力工作，使我们有自己的思想、幸福的家庭和独立的经济，往大了说，还享有一定的政治地位。但同时受传统文化的影响和生理的限制，女人不论在家庭还是在工作上都要比男人付出的多。那么，我们在繁重的家务和快节奏的工作中，如何发挥女人的温柔、细腻等特点，营造和谐幸福的家庭，在工作岗位上承担起半边天的作用，愉快地工作和生活呢？在此，我与姐妹们共同探讨，说的对与不对，好在大家同为姐妹，不会介意。目的是敞开心扉，打开心结，让我们的生活像花一样绽放。

做好本职工作是第一要务。 既然社会赋予我们女人与男人在一个舞台上竞技的机会，那么，我们就应该珍惜。有道是：巾帼不让须眉。我以为事业不分大小，不分行业，只要是靠自己的勤劳和智慧，努力了，并享有独立的经济地位，就算是成功的事业。董明珠只有一个，大多数人还是在平凡的岗位上，默默无闻奉献着。现在网络时代，有的姐妹利用网络，做微商或到山区养鸡、养猪等等，这都叫事业。在此，我想说的是，有固定职业和收入的姐妹们，更要珍惜自己的岗位，勤勉工作。别的不说，单就工作环境，风吹不着，雨淋不着，太阳晒不到，冷不着热不着，坐在宽敞明亮的办公室里，真的令人羡慕啊！而且，又都受过高等教育，可以说是知识女性。尤其是近些年参加工作的年轻人，都是经过层层选拔，有的甚至是百里挑一的佼佼者。所以，年轻的小妹妹们，要积极主动，争着抢着干，领导分配给你的工作多，说明你有能力，而且能够干好，让领导放心。不信你尝试一下，哪天把领导交办的工作，由于你的不负责任办砸了，下次领导肯定不会用你了。我想这样的尝试还是不要做的为好，轻者认为你没有能力做好事情，重者将毁掉你的一生。趁着年轻把你的学识，在实践中，提炼升华，积累经验，锻炼自己分析问题解决问题的能力。谁也不知道将来的结果是什么？如果知道了，谁也不会努力了，社会也不会向前发展了。正因为不知道，所以，在年轻的时候就要努力，做好储备等待时机。女人没有特殊情况都要经历恋爱、结婚、生子等阶段，尤其在抚养孩子方面，作为母亲，可以肯定地说是很辛苦的。看着现在的你们，时常会想起年轻的我们，因此，不仅理解你们，而且，还很心疼。尽管你们有双方父母的帮忙，但你们是独生子女的一代，自己还是孩子，何况现在的孩子也真的不好带，就是少的缘故，话又说回来，这是大家普遍面临的问题，就自觉克服一下吧。越是在这种情况下，越是要学着处理好家庭和工作的关系，我们都年轻过，咬咬牙，坚持一下就会过去的。这是每个女人必须经历的阶段，不要惧怕，要勇敢地面对，愉快地享受这个忙碌的过程。同时，还要接受新事物的考验，不断地学习新业务新知识，掌握新技能，跟上时代的步伐，发挥你们个性张扬、思想活跃的优势，在竞争中脱颖而出。老姐妹们，要做好传帮带，把自己好的经验做法毫无保留地传授给年轻人，像大姐姐一样，关怀年轻人，在照顾好自己身体的同时，把分管的工作，做实做细，做到极致。姐妹们！齐心协力，发挥好半边天的作用，为使我们的工作迈向新台阶，贡献自己的一分力量！

学着做一个智慧的女人。有人会说，大姐你也太土了吧，我们国家实施九年义务教育，大多数人都接受了教育，而且，大多数还都受过高等教育，哪个没有智慧？其实不然，智慧是一个人掌握、运用知识程度，智商是一个人的聪明程度，智商有助于掌握更多的智慧，单智商并不代表智慧。智商*努力程度=智慧。从这个公式，不难看出，智商是天生的，而智慧是后天形成。有了智商你可以考大学、上研究生、读博士甚至博士后，但不代表你有智慧。所以，我们要学着在生活中，增长智慧。这尤为体现在家庭生活中，我们常说，家庭需要经营。可有人却说，那样累不累，就应该顺其自然，随心所欲。正是因为这样的思想驱使，现在离婚率比较高。而我以为，在不同家庭环境中长大，互不相识的两个人，因缘走到一起，俗话说：百年修得同船渡，千年修得共枕眠。本应彼此珍惜，相互扶持，和睦相处。但在柴米油盐中，难免会有些磕磕碰碰，这就需要动脑筋，相互磨合调整，在这个磨合过程中，犹如我们烙饼需要和面一样，女人就是水，男人是面。要想让面和的又软又筋道，需要水和面的比例，稠了加水，稀了加面，直到正好为止，需要反复操作，并在每次操作中，不断总结经验，最终会一次成型，烙出外焦里嫩，松软香甜的家常饼来。这对于刚刚走进婚姻家庭的两个人是尤为必要的，如果你用心了，这个磨合的过程就会短些，尽早进入生活正轨，享受幸福的家庭生活。反之，就会更长，可能会耗费一生的精力，甚至半途分道扬镳。生活中，这样的例子在我们身边皆而有之，在此，我就不一一列举。既然成为夫妻，恋爱时所考虑的家庭、学历、工作及外貌等各种条件，都将成为过去，夫妻之间就是在同一起跑线上，是平等的。从此，牵手向前走，彼此尊重，不要遇到点不如意，就唠叨个不休，非要男人道歉或承认什么？以示自己的强势，这样的举止，我建议，非不得已，不要使用。遇上通情达理的不会计较，遇到心胸狭隘的男人，嘴上不说，也会渐行渐远的，久而久之，悄没声的离你而去了，而你还蒙在鼓里，不知道为什么，岂不悲哀！夫妻之间，不是谁征服谁，也不是谁怕谁，处理好了，说到底，是自己征服了自己，说明你是一个智慧的人。

做一个温柔超脱的女人。 在社会学的调查统计中，关于女人最吸引男人的优点排在第一位的既不是美丽也不是聪明，而是温柔。温柔是女人的天性，以柔克刚是一种至高境界，懂得并善于去运用温柔的女人是可爱的。发挥女人的天性，再加上超脱，这样的女人活得会更加精彩。如果说，女人在事业上赢得精彩，那需要付出常人难以想象的艰辛和努力，但在家庭中则不然，温柔是女人得天独厚的资本，在此基础上，超脱一点你就会得到幸福，宛如你登上世界屋脊，跷跷脚就可以摸到云朵一样美好而惬意。如果你遇到一个大男子主义，且又孝顺父母善待家人，有一种积极向上的男人，悄悄地告诉姐妹们，应该倍加珍惜。这样的男人有主见，可以替你分担，可想，一个不孝顺父母，不善待家人的男人，还值得你信赖吗？对于你这个没有一点血缘关系的人也不会好到哪去？嘴上你可以不承认，但在心里一定要偷着乐。我想，作为普通人，在处理家庭关系上，无外乎是物质利益多少的问题。我有一位年轻的朋友，前些年夫妻之间经常吵架，听了听也没什么大事，每次鼻涕一把泪一把地跟我诉说完，我在劝她时，她都会破涕而笑。有一次，她说：男人的侄女结婚，她问给多少贺礼。男人说：给2000元。于是，她生气地说：给那么多？瞧！是不是没事找事。当时，我告诉她，要么你不问，谁给都代表你们两个人的心意，给多少，各自挣钱，又没让你拿，你急什么？要问了，听了之后，你应该这样说：亲侄女，给的少点吧！这多好呀！对方也高兴，何乐而不为呢？听了我的劝说，她说也对，从此，她不再计较这些琐事，全身心地投入工作，不仅不再吵架，而且，事业上取得了可喜的进步。所以说，超脱一点，愉悦他人快乐自己，更会得到对方及其家人的尊重和爱戴。生活中是这样，工作中更是如此。

做个独立坚强的女人。前面说道："女人是温柔可爱的，但同时也是可怕的。"女人的柔性背后蕴藏着巨大的隐忍与坚强，所以，女人常常在其特有的背景下，创造出一些男人无法望其项背的奇迹来。女人的坚强体现在各个方面，小鸟依人、风情万种固然可爱，但挑家过日子，不是每天都浪漫，那样就得喝西北风了。莎士比亚说过：女人是被爱的。那你得先把女人可爱的地方发挥出来，如果男人还不疼你、爱你，那是他有眼无珠，没命享受。生活不可能一帆风顺，在日常生活中，我们应该消除依赖思想，磨炼自己，能自己做的自己做。有人会说，嫁男人是干什么用的，脏活累活体力活就得男人做。我不否认，男人的体力要比女人强壮，这要看情况，如果他愿意干，且有时间，做做家务也没什么？比如说家里水管爆裂了，男人正忙工作或出差了，难道你还等着他去打电话联系找人修？你可能说，原来都是他或这活就应该男人做，可在特殊情况下，为谁应该不应该纠结，岂不有些强词夺理了。往大了说，女人的另一天性是母性，这是本能的，也是无私的，但有的人做得不够好。如在婚姻中遇到不幸，有的姐妹为了再嫁不受拖累，竟然丢弃自己的孩子。在此，我不敢妄加评论，因为每个人都有自己的苦衷。而有的朋友是这样说的：我离婚不是为了再找，而是过不下去了，但我必须要抚养孩子。这令人敬佩。我补充一句："遇到相知的更好，遇不到，就顺其自然，安静而优雅地过属于自己的生活。"近期，中央电视台董卿主持的朗读者节目中，杨乃斌的妈妈陶艳波令我敬佩。1993年，一场高烧让陶艳波8个月的儿子杨乃斌因耳膜出血失去了听力。为了教会儿子说话，陶艳波毅然辞职专程跑到北京学习唇语。在陶艳波的不懈努力下，小乃斌在5岁生日时，忽然抬起头喊出一声"妈"。这更坚定了陶艳波的信心：儿子能说话，将来也能像其他孩子一样读书、工作。于是，她从小乃斌上学第一天起，就成为他的同桌，直到乃斌考上大学。期间的艰辛，常人难以想象。妈妈的陪伴，使杨乃斌像正常人一样学习、生活，并以优异得成绩毕业，走上工作岗位，回报社会。杨乃斌和自己的"同桌妈妈"陶艳波也被评为"感动中国"2014年度人物。有首歌唱得好：世上只有妈妈好，有妈的孩子像块宝……在此，我为从不幸婚姻中走出来，用她们充满自强、自爱、自尊的母爱的光芒，照耀孩子健康成长的单亲妈妈们，点个赞！她们宁可舍弃自己的幸福，也要陪伴孩子，使孩子不受伤害和委屈，健康快乐地成长。平日里，常听姐妹们，为孩子不好好学习，而发愁、苦恼。殊不知，我们的孩子只是一时有些贪玩、调皮，不想学习，我们却纠结，失去了耐性。看看那些妈妈，我们是不是有些惭愧呢？抑或是身在福中不知福呢？把耐心和爱给予孩子，他们会感受得到，只是相比之下时间有点长而已，坚持住噢，因为，你是女人，是妈妈啊！

女人齐聚了母爱、温柔及以柔克刚于一身，天性加上修身，女人就是伟大的。所以说，无论自己在家庭生活中，遇到怎样的困难和不愉快，都不要把不良情绪带到工作岗位上，因为，同事之间谁也不欠谁的，同时，也会影响工作。尤其是窗口服务岗位，你代表的不是个人，而是一个部门甚至是一个单位的形象，我们每个人都有责任和义务维护集体的形象。相反，在工作中的不愉快，也尽量不要带到家里，你可以向家人倾吐，但不要莫名其妙地耍脾气、发火。大多时候，女人是家庭的晴雨表，因为家是温馨的港湾。

古往今来，赞美女人的诗句有千千万，我们要无愧于这个伟大而美丽的称号。都说女人如花，那就让我们像花一样绽放，装点世界，呈现美丽，散发芳香吧！

最后，祝姐妹们节日愉快！生活幸福，工作顺利！感谢男同胞给我们的支持与帮助，辛苦了！

第四节　亲情如歌

小年的思念与祝福

一场雪，扮靓了城市，滋养了万物，洁净了空气，同时，也阻断了我回家的路，但却不能阻止我的思念和祝福。望着天空耀眼的阳光和地面刺眼的积雪，显得那么的不协调。我多么渴望阳光能施展魔法把积雪快快融化，或是积雪知趣地隐藏起来，渗透到大地里，为回家过年的人们，提供安全的出行道路。

今天是农历腊月二十三，又称小年，它不仅是中国传统文化中祭灶、扫尘、吃灶糖的日子，在我的心里，它更是对天堂父亲的祈福与思念。

由于腰疼病复发，算来该有一个月没有回家看望老妈了。虽然有哥哥、嫂子们的悉心照顾，但作为女儿多日不见，还是有些想念。本来盘算着腰疼好些了，就回家看望老妈，依偎在老妈身边，享受母爱的温暖。可昨日的一场雪，造成路面湿滑，使我没有勇气出行，只能无奈地看着厚厚的积雪，任由寒风吹打，也吹凉了我的心。

腊月二十三，过去对我来说是喜悦的、幸福的，因为在这一天，恰巧也是父亲的生日。从父亲退休回到老家的那一年开始，我们相约，只要没有特殊情况，都要各自携全家大小和父母的至亲，聚在老家的小院，在给父亲过生日的同时，相互拜个年。因为，父亲怕给亲戚们添麻烦，也怕他们破费，所以，祝寿与拜年合二为一，更多的叙叙旧情，联络感情。亲戚们在这一天会从四面八方喜气洋洋地奔到小院儿来，向我的父母叙说一年里各自的喜怒哀乐，相互间送上安慰与祝福。看着一张张笑脸，听着他们说不完的话，我们兄妹几个端茶倒水穿行在他们中间，分享着他们的喜悦。这一天，也是我们兄弟姐妹与亲戚们增进了解、加深感情的机会，大家相互问候，热热闹闹地围坐在一起。这一天，不分男女老少，都可以在饭桌上"放肆"一把，推杯换盏，乐不思蜀。欢笑间忘掉过去一年的烦恼，带着亲人的祝福和关怀跨向新的一年！那温馨、热闹的场景难以忘怀，仿佛就在昨日……

父亲离开我们之后，它却成了一种纪念。小院儿已没有了往日的生机，小院儿上了锁，交给邻居看管，母亲到我们身边生活。只有在春种秋收的时候，哥哥、嫂子及侄儿们才前去种些好经营的植物和蔬菜，采摘一下父亲种下的花椒和香白杏。父亲离开我们已经四年了，父亲的音容笑貌时常浮现在脑海，有时在梦里。我们写给父亲的书，至今我没能看完，拿起书还没打开，泪水已经止不住地流淌了，不能继续读下去，只得又合上，把思念深深埋藏在心里，封存起来独享，在心里、在灵魂深处与父亲对话，它就像一个不可触碰的软肋，不能谈及……

老家的小院，虽不是父亲从小生长的小院，但那周围有父亲本家长辈及儿时的玩伴。父亲办完退休手续，一刻也没有停留，便回到老家的小院。父亲是个正直、刚毅、智慧、勤劳、善良的人，虽经磨难和挫折，但他从没有动摇过一个共产党员的理想和信念，反而更加乐观而积极地投入到工作中，为把失去的时间夺回来，他拼命地工作，累坏了身体，却毫无怨言，他的坚强与执着深深地影响着我们。停下忙碌的脚步，他重回小院儿，把荒芜的小院收拾得干干净净、生机盎然，每个角落都种植了适合生长的花草树木，草莓、樱桃、葡萄、枸杞样样兼备，豆角、黄瓜、白菜、生菜等蔬菜品种齐全。以至于每个季节都有适宜吃的蔬菜和水果，节假日我们回到家，走进花园般的小院，看到父母慈祥的笑脸，是那么的温馨与幸福。由于早年父亲忙于工作，小时候很少与父亲亲密接触，那几年，在忙碌之余，我都抽空儿回到父亲身边，努力把儿时缺失的父爱补回来，也真切地感受到了父爱的博大。父亲当过领导，喜欢唠叨和教育儿女及子孙。而母亲则温柔体贴，少言寡语，默默地用她的宽容与善良，引领和感染着我们，那样的温暖而厚重，是我们一生都读不完的书。父亲的严厉和母亲的宽容，完美地融合，使我们每个儿女都健康地成长，积极地工作，快乐地生活。遗憾的是，今天失去了父爱，我们只有把对父亲的思念化作一股力量，倾注到在母亲的身上，让已到暮年的母亲，不会因为失去父亲的陪伴而感到孤独。我们每个人都尽己所能，让母亲开心快乐，使她老人家幸福地安度晚年。

孝顺不能等待，在外忙碌和远在他乡的朋友们，平日里，抽时间给家中的父母打个电话，一声问候、一句嘱托，让我们不至于留下遗憾。过年了，回家看看，与家中的父母和亲人团聚，唠唠家常，或趁着父母年轻，带上他们出去走走，一家人沐浴阳光雨露，享受亲情与快乐。

小年到，福就到。在此，我祝天堂的父亲生日快乐！

祝母亲笑口常开，幸福安康！

祝亲戚朋友们，小年快乐！

让我们一起甜甜蜜蜜、欢欢喜喜迎大年吧！

妈妈比我"矮"了

"妈妈比我矮了"这是我演绎妈妈在一次无意中说的话。

记得是我老爸去世后不久，我和钱妹在三哥家，一起陪老妈到楼下花园去晒太阳，在等电梯时老妈说的。当时，妈妈已经80岁了，出入还不用轮椅，只是由于膝关节有严重的骨膜软化、时常积水，加上一次脑血栓，造成行动不便，需要拄拐杖。在我们等电梯的时候，老妈突然望了我一眼，微笑着对钱妹说："我比你二姐矮了。"说这句话时，老妈下意识地挺了挺她那弯曲的脊背。因为妈妈年轻时身高一米六五，我只有一米五几。

此情此景，我上下打量着妈妈那老态龙钟的身躯，回想着妈妈说的话，看着妈妈的表情，一股无奈和幸福感涌上心头。无奈的是，我无力阻止妈妈变老；幸福的是，我人到中年还有妈妈，在妈妈面前感觉自己还像个孩子……

望着眼前慈祥的妈妈，我快速地搜寻了自己的记忆。已记不得，多久没有认真地端详妈妈了，不免心中有些愧疚。于是，那个遥远而清晰的身影，便浮现在我的脑海，令我惊讶的是，记忆中的妈妈与眼前的妈妈形成了鲜明的对比。那

第一篇　生活是多彩的梦

遥远记忆里的妈妈：清秀、高挑，留着那个年代妇女特有的短发，两耳边，发髻用小黑卡子别着，显得淳朴、干练。在漫长而艰苦的岁月里，妈妈在家，孝敬老人、抚育儿女、支持丈夫的事业，为我们全家奔波、操劳，在妈妈的心里，满满的都是家人，唯独没有自己。在外，妈妈勤奋工作，善待亲朋和邻里，与大家和睦相处。如今，勤劳、善良的妈妈终于关注自己了，忽然间，竟然发现原本高挑的自己，没有自己娇小的女儿高了。可以想象，妈妈内心是怎样的酸楚，这种感觉与妈妈看着儿女们长大的心情是不一样的。小时候，需要妈妈的呵护，对妈妈就有全面深刻的印象。年轻的妈妈纯朴善良、勤劳勇敢、正直坚强，给幼小的我留下深刻的印象。她不善言辞，但身体力行感染并影响着我。

记得上小学的时候，每周四下午老师们政治学习，学生放假。有一次，我在家和小伙伴们写作业，中途我去供销社买橡皮（当时两分钱一块），路上无意中捡到一个钱包，我没有动，而是等妈妈回来交给了妈妈。当劳作一天的妈妈，带着疲惫的身体迈进家门时，我迫不及待地扑向妈妈，兴奋地说：妈妈，这是我捡到的钱包。当我把钱包交到妈妈手里时，急切地盼望着妈妈打开。妈妈接过钱包，看着我问：从哪里捡到的？在外面的路上，我回答着。妈妈一边询问着，一边打开钱包清点，发现里面有钱、全国粮票，还有一张发票。看到钱和粮票，在一旁的我，怯生生地对妈妈说：咱家困难，留下用吧。妈妈却说：孩子，丢钱包的人一定很着急，咱再困难，不是咱的东西也不能动。于是，妈妈忘记了劳累，顾不上给我们做饭，便风尘仆仆地转身离开家，消失在暮色里。时间不长，妈妈带着欣慰的笑容回来了。我急切地问妈妈去哪儿了，钱包哪去了？妈妈平静地说："怕丢钱包的人着急，刚才把钱包送到乡政府去了（乡政府离我家不远）。"恰巧，当晚值班的是一位张姓工作人员，听说正是乡政府会计丢失的钱包，急坏了。第二天清晨，乡广播站播报了我拾金不昧的消息，班主任老师也在班上表扬了我。懵懂的我，是唱着《我在马路边捡到一分钱》《学习雷锋好榜样》等歌曲成长的，对于老师的表扬，当时没有什么特别的反应，但心里还是喜滋滋的。这只是妈妈优秀品格中的一个小小缩影，却在我幼小的心灵里留下了深深的印记。那就是：不是自己的东西，再好再需要，想都不想，看都不看。这使我在今后的学习、工作和生活中受益匪浅，乃至恪守一生。

在我长大上学、工作和成家之后的数十年间，由于奔波、忙碌，而忽略了对妈妈的关怀。时光流逝，我的孩子也已长大，我要放慢脚步，好好的端详妈妈、抚慰妈妈，把妈妈的每一瞬间都记录在手机、相册和脑海里。妈妈比我矮了，妈妈真的老了，我要陪伴、呵护妈妈。

也是从那一刻起，我在心中默默告诫自己，让已走进暮年的妈妈，不会因为失去爸爸的陪伴，而感到孤独和寂寞。因此，只要有空儿，我都要陪妈妈唠嗑，给妈妈拍照，留下美好的每一瞬间。时不时，也会让"80后"的老妈潮儿一把，用手机微信，让老妈与不在身边的儿女及子孙们视频聊天，陪老妈一起欢笑，直到永远……

雨中记忆

今天，上午还有些闷热，中午下班，刚进家门，还没坐稳，就听到窗外噼里啪啦的声音，望了望窗外的天空，没有下雨的迹象，还以为是楼上空调排水管滴水的声音。有些怀疑，走到窗前，看着外面，真的下雨了，庆幸自己是幸运的，没有被突如其来的暴雨淋着。

雨也是有灵性的，时断时续，好像在给路上的行人，以避雨的空间。吃完午饭，照例午睡了。正在睡梦中，隐约听到雨声很大，犹如倾盆直下的感觉。于是，起来去关阳台窗户，走近时，发现已经有人关上了。折回准备继续睡，顺手拿起手机看看时间，1：30左右。正巧远方的朋友发来视频，说她所在地下雨了，而且，雨量不小。我俩依依不舍地聊了几句，困意不减，决定再睡会儿吧。

听着雨声，隔着玻璃窗向外望了一眼，天阴沉沉的。又有人在朋友圈发来一张照片，乌云滚滚，像是张牙舞爪的狮子，盘踞在上空。躺在床上，我不禁想起小时候，经常阴雨连绵的景象，耳边响起那首：大雨哗哗下，北京给我来电话，让我去当兵，我还没长大的歌谣。这已然成为遥远的记忆。

第一篇　生活是多彩的梦

记得上小学时，也是这个季节，周日休息，下起了大雨，吃完午饭，睡觉了。因为雨在不停地下，天阴得像铅一样，吃晚饭时，妈妈都没叫醒我。等我自己在睡梦中醒来，顾不上洗脸，急忙拎起书包，就往外跑。妈妈在后面喊了一句：干啥去？顾不上回答，一路小跑，睡眼惺忪地，朝着学校的方向走去。幸好上学要穿过一条街道，傍晚雨停了，难得的清凉，晚饭后人们在外面乘凉。叔叔婶子们见我大晚上一人在街上走，忙叫住我："小丫头，这么晚干啥去？"我回答："上学去。"善良的人们又说："快回家吧，学校关门呢？"我煞有介事地说："今天阴天。"引得大家哈哈大笑，这丫头睡懵了，快回家吧！看看灰蒙蒙的前方，我半信半疑地回家了。回到家，妈妈问："你跑哪去了？"我答："上学去了。"哈哈，多幸福啊！小时候可以睡个连轴转，美美地睡上一大觉，如今可不行了，醒醒吧，别做梦了，到点了，该上班了！

小时候，我可以吃饱饭，还可以美美地睡个踏实觉，这比起我爱人来，算是幸福的。他家在山区，本就土地稀少，土制贫瘠，加之父母身体弱，孩子们小，粮食不太够吃。他说："小时候，就怕下雨，每天吃一顿饭，还是稀粥。"妈妈为了省一顿饭，遇到连阴雨天，就让孩子们睡觉，饿醒了，把脑袋按下接着睡，不睡就打屁股。每次听着他声情并茂的描述，看着他那痛苦又滑稽的表情，我真想笑，可又不忍心。于是，我只当一个忠实的倾听者。也许他说的有些夸张？反正他说我就听着。想一想，饿得前心贴后心，又是个孩子，怎能睡得着呢？现在大家为了减肥，晚上少吃或不吃饭，睡晚了肚子还咕咕叫呢。那时，没有油水，饭又不管饱，可想而知是多么的难受啊！

如今，我们赶上了好时代，吃饱喝足了，应该感到幸福和快乐，可是有的人却失眠了。究其原因，就是思虑过多，欲望过高。我们说："金钱什么是多，什么是够，没有一个标准，钱是永远也挣不完的；好事不可能总落在你一个人身上，坏事也不可能总落在一个人身上。"所以说："兵来将挡，水来土掩。"

外面的雨还在淅淅沥沥地下着，打断了我的思绪。地面低洼的路段，积水成河，造成道路拥堵，有的汽车搁浅，出行的人们注意安全！

写在教师节

秋高气爽，秋风习习，秋意浓浓，瓜果飘香。我们又迎来了教师节，在这收获、感恩的日子里，让我们祝老师们：教师节快乐，身体健康，心情愉快，桃李满天下！

我们小时候上学没有教师节，但我们对老师的尊敬，发自内心，是一种淳朴的爱。众所周知，我国有悠久的尊师重道传统，古代就有"人有三尊，君、父、师"的说法。《吕氏春秋·尊师》云："生则谨养，死则敬祭，此尊师之道也。"《师说》中："师者，所以传道授业解惑也。"在中国几千年的历史中，"师"，总是受人尊敬，被人爱戴的。老师，是人类文化得以传承的功臣，他们的贡献巨大。1985年1月，我国确立了教师节。同年，9月10日第一个教师节活动启动，光阴似箭，今年已经是第33个教师节了。教师节的宗旨就是提高人们对教师为教育事业所做贡献的认识和评价。有了法定教师节，这是国家对老师这个职业的重视。尊师重教，是老师的骄傲，更是中华文明传承的体现。

英国哲学家弗兰西斯·培根说："教师是知识种子的传播者，文明之树的培育者，人类灵魂的设计者。"因此，老师，不只是简单的教书，还要教授学生为人处事的道理与主动学习的可贵品质。正如家喻户晓的一句话：三人行，必有我师。出自于《论语·述而》。子曰："三人行，必有我师焉；择其善者而从之，其不善者而改之。"孔子说："别人的言行举止，必定有值得我学习的地方。"选择别人好的学习，看到别人缺点，反省自身有没有同样的缺点，如果有，加以改正。所以，老师从另外一个角度，不单指在学校里，在日常的工作和生活中，我们的父母、兄弟姐妹、领导、同事及朋友，凡在自己人生道路上，对你有过帮助，或是，有意无意之间让你跌过跟头的人，都是你的老师。之所谓经验和教训嘛！只不过教授的方式方法不同，一个是从正面，积极向上，怕你走弯路、跌跟头，引导你，帮助你；另一个是从反面，拌了你一脚，使你从中吸取教训，悟出人生真谛。不管从哪个角度，都可称其为老师，使你成熟、进步，都值得感谢！

　　近些年，我对老师的感情越来越浓，除了随着年龄的增长，自己对学生时代老师的怀念外，还有父母最初都是老师。更主要的是，各位老师在我孩子的成长道路上，给予了极大的帮助和关爱。记得：孩子小时候，性格内向，不爱说话，更不愿意在众人面前发言。在一个幼儿园，有位李老师，鼓励孩子在"六一儿童节"活动上，当小主持人。回到家，我帮孩子背好主持词，第二天到幼儿园，又打退堂鼓了。老师知道后，对我说：大姐你走吧，交给我了。小小男子汉，第一次化了妆，在眉中心点了小红点、抹了红嘴唇。上台后，很镇定，表现很好，老师表扬了孩子。从此，孩子不再怯场；上小学时，孩子的数学运算总是马虎，老师告诉我，在运算题上总是丢分，老师没有时间，让我在家里帮着练习。于是，我在家里给孩子出题练习，看着孩子一步一步地做，感觉做得不错，就去忙自己的事。转过头来检查时，发现步骤正确，结果得数是错的。检查发现，在草稿纸上运算结果正确，往卷子上抄写答案时，串位了。对此，及时调整，告诉孩子，草稿纸也要规范使用，不然前功尽弃。就这样，孩子使用草稿纸也和卷子一样，写上题号，对号入座，就不会张冠李戴了，考试自然也就取得了好成绩；刚上初中时，由于我们未征得孩子同意，强行转了两次学，这给孩子造成很大压力，陌生的环境、陌生的老师和同学，正直青春期的孩子，上课听不进去了。期间，有多位老师，课余时间帮助孩子补习功课，一位李老师更是陪伴左右。高中时，也是一位刘老师，苦口婆心，与孩子交朋友，无话不说。使孩子在人生的十字路口，思考自己的人生，选择了努力方向；尤其在孩子高考前的半年时间里，得到各位老师的悉心教导。邻近高考时，孩子感觉自己基础知识掌握不牢，模拟成绩没有明显提高，心情有些急躁。此时，一位张老师把孩子带到操场边缘，对着小草说：你看这些小草，你能看到它成长吗？但它却在长，过两天咱们再来，就会发现小草长高了。一席话，使孩子茅塞顿开，不在盲目着急，而是，扎扎实实，跟着老师的节奏努力学习，最终取得好成绩，考上了理想的大学；最难忘的是，在孩子大学毕业前夕，备战择业考试期间，与孩子一起奋战的老师们，可以说亦师亦友。遇到这样优秀、年轻有为的老师，是孩子一生的荣幸。不仅从各位老师身上学到了知识，老师们积极向上，目标远大，追求卓越的精神，使孩子受益终生，更是孩子学习的榜样。一路走来，正是老师们的一个微笑、一个鼓励、一个陪伴，才使孩子增强了信心、迎接了挑战、实现了自己一个个小目标。在此，谢谢各位老师！孩子的点滴，都有你们的汗水。真诚地道一声：辛苦了！在今后的人生道路上，还离不开各位老师的支持与鼓励，你们的才学和优秀品格将激励孩子奋力前行，你们就是孩子人生路上的航标和指路明灯。当然，在孩子成长的各个阶段，还会遇到像你们一样关心、爱护孩子的老师们，那是孩子的福分，我们会倍加珍惜和感恩。

教师节，也是个感恩的日子。在教师节到来之际，我还想到了，至今战斗在教师岗位一线的同学和我熟知的同事、朋友们，我为有你们这样的朋友而骄傲！感谢你们对我及家人的关爱、牵挂与帮助！你们的每一个进步、每一个跨越、每一份喜悦，对于我们来说，都比自己获得还高兴，发自内心地为你们祝福！我们的心与你们相连、相通、相知、共荣。

再次，祝老师和朋友们：

家庭幸福，事业有成！祝好人一生平安！

雪中倩影

今天早上还没起床，手机里就收到了来自微信朋友圈的温馨提示：外面下雪了，出行注意安全。一股暖流瞬时涌上心头，按捺不住喜悦的心情，快速起床，拉开窗帘，见外面真的下雪了！望着地上的积雪和空中飘舞的雪花，一道道车辙和串串脚印，一个遥远的画面，浮现在我的脑海里……

那是我刚上小学一年级，我邻居家的二女儿是学校的代课老师，她高中毕业，高高的个子，长得端庄大气，尽管她比我大十六七岁，可不知为什么，我俩却很投缘。

听大人们说，由于我的家乡地势低洼，雨水多的年份容易发水，给人们的生产和生活造成严重的影响。政府为治理河道，建议方圆十几里的居民往外迁移，可祖祖辈辈生活在那里的人们，不愿意离开。政府虽然在防区以外的安全地带做好了安置，有的人家也在新址盖了房子，但大多数人家没有响应。最终迁到新址住下的只有几户人家，我家算是其中之一。学校却没有搬迁，就这样，按照行政区划，我到了上学的年龄，只得跑老远的路去上学。开学的第一天，便是她骑车带我一起上的学，这一年冬天下了大雪，大概有膝盖那么深，对于幼小的我，根本无法行走。看着厚厚的积雪，妈妈说："今天不要去上学了，老师自己走到学校就已经很累了，怎么带你啊？"可我哭着喊着非要去，妈妈拗不过我，只好同意了。老师看着倔强的我，微笑着，一边蹲下身子，一边说："小丫头比我还倔。上来吧，今天我背你上学。"我趴在老师的背上，她深一脚浅一脚地朝着学校的方向走去，可以想象当时行走的艰难。我在老师的背上，随着她的脚步左一歪右一歪，生怕滑到雪地上，被大雪覆盖，便紧紧地搂住她的脖子。老师似乎感觉到我的恐惧，喘着气，给我讲故事，使我放松了许多。

也是因为那场大雪带来的不便，经协商，我转到了离家较近的学校。而她从此不再是我的老师，可仅仅几个月的师生情谊，令我终生难忘。后来她继续上学深造，我也随父亲的工作调动搬走了。她虽然学的还是师范类，但毕业后没有从事教师职业，而是走上了仕途。这样有坚强毅力和爱心的人，不管从事什么职业，都是佼佼者。再后来我们见过面，我提起此事，她说不记得了。是啊，对于她来说，这件事可能就像留在雪地上的脚印，随着岁月的流逝融化了、消失了，可在我的心里却留下了深深的记忆和无限的感动。如今她已经退休，不知道她现在过得好吗？下雪了，天冷了，老师要注意保暖和出行安全。

雪再大，终究会融化，而后蒸发。而感恩的心会慢慢渗透到血液里、灵魂里，并随着时间的推移，越加的醇厚、香甜，正如这飘舞的雪花，把万物装扮得洁白美丽！

雪还在下，掩盖了人们出行的足迹，却抹不掉我心中的记忆……

晚　秋

　　树叶更黄了、更红了，地上的落叶渐多、渐厚，这是季节的更迭，这是自然的规律，这是初冬的风把树冠抚摸……

　　这个周末的空气清新，阳光明媚。躺在沙发上，太阳隔着玻璃窗照射进来，洒在身上，暖暖的。享受中，突然，听到哗啦啦的流水声，细细的、时断时续，像一股清泉，传给耳朵，流进心里。开始，我以为是哪个水龙头忘记关掉了，懒懒地起来，巡视一圈，没有发现异常。转身又回到沙发上，才意识到，是暖气里发出的声音。噢，降温了，要加压供暖了。政府及相关部门，对供暖前，加压、注水等各项准备工作早已做好，正式供暖的时间表，也已公布。静待冬天的到来，相信这个冬天，一定会更加温暖。

　　赖在家里，躺在沙发上，两天了，就这样肆无忌惮地躺着。孩子们来家，给我送来，老家种的大葱、菠菜、白薯、小米，还有柿子、鸭梨等，都是纯天然、无公害的蔬菜、谷物、水果。孩子们的到来，给我带了欢乐与温暖，与孩子们聊天更是我的快乐，却想不起来，给孩子们做饭。也是我的懒惰，把家里弄得一塌糊涂，除了客厅，厨房和餐厅，都没个插脚的地方。故此，一般也不热情地留孩子们在家吃饭，而我又不愿意去外面吃。看着我实在的掉渣儿，就这样，相处久了，亲戚、朋友们，也都理解、宽容我了。

　　可喜的是，又有一个孩子，收获了爱情，不日即可走入婚姻。亲眼看着孩子们，一个个长大、成熟，有了幸福的家庭，稳定的工作，并在各自的岗位上，取得了好成绩，真的为他们高兴。

　　令人欣慰的是，这个亲人大家庭，人丁兴旺，队伍越来越大。孩子们都很懂事，不仅孝顺，还积极乐观，工作不甘落后。在此，我祝成家的孩子们：家庭幸福，事业有成，身体健康；祝还没找到归宿的孩子们：在勤勉工作的同时，早日赢得爱情！在适合的年龄，谈恋爱、成家，生孩子，经营好家庭，干好事业。

做一个对社会有用、对家庭有责任、有担当的人，怀着一颗感恩的心，愉快地工作、快乐地生活！

　　望着窗外，摇曳的树叶，暖暖的阳光。要不是腰疼，这样好的天儿，我一定会去看老妈。或是到郊外走走，沐浴阳光，欣赏晚秋的浓重色彩，告别秋天，与落叶一起迎接初冬的到来；要不是腰疼需要去按摩，想尽早修复，还我自由身。我还想就这样静静地、自在地、悠闲地猫在家里。看看书，写一段文字，抒发一下，自己的心情；朗读一段，精美的散文或诗歌，感受一下，作者和诗人的意境；闭目养神中，想想知心的朋友，回味一下，相见或聊天时的快乐场景；看一集抗战大片，体味英雄们的勇敢和智慧；饿了，做一碗疙瘩汤，热乎乎的，吃下去，暖暖的，好不舒服，也乐在其中。美美的！

　　临近中午，做完按摩。我执拗地坚持到附近的小区，寻找几棵叶子黄透了的银杏树。仰头观赏了凉风中，仍挂在枝头，强壮的叶子；又俯下身，触摸一下那些脆弱的落叶。有的已风干，有的刚刚落下，体内的水分尚存。我与她们话别，相约明年再见！

　　一叶知秋，秋叶如歌。秋，就这样隆重地来，悄悄地走了。带着收获，带着颜色，带着不舍。我仿佛看到她，一步一回头的身影，向着远方走去……

遥望中秋

　　秋日的清晨，薄雾笼罩，阳光有些冷色。站在厨房里，环顾小院，对面一家阳台上，盛开的三角梅，显得更加娇艳，左右草坪上的两棵山楂树，挂满了淡红色的果实，压弯了枝头，像一个个可爱的娃娃，扬着粉红的笑脸，拱着小手，张着小嘴，咏诵着中华传统文化。

　　噢！中秋快到了。望着秋日的风景，我的思绪飘到了老家的小院。父亲在世的时候，每到中秋佳节，我们都齐聚在小院，看着满园秋色，硕果累累，那是父亲栽种的各种蔬菜、果树。小院甬道两侧，翠绿的白菜、油菜、香菜等，门庭前的甬道上一棵葡萄和几棵枸杞秧，盘绕在父亲带领我们搭建的架子上，串串紫红色的葡萄和橘红色的枸杞子垂下来，像一串串、一个个彩色的风铃，在秋风里摇曳，奔走相告，传递着丰收的喜悦。此时，平静的小院，热闹非凡。满园的收获，满园的欢笑，满园的亲情。那场景，父亲、母亲看在眼里，喜上眉梢。望着眼前晃动的儿女、子孙们，脸上绽放出幸福的笑容，多么希望这情景定格下来，直到永远啊。然而，随着父亲的离去，往日的热闹已成为过去，成为一种思念，成为一个奢望。

那时候，清晨，我们早早起来，趁着阳光还没来得及赶走晶莹的露珠，小精灵们还没有苏醒。我们到附近的稻田里，去捕捉蝗虫，也就是通常说的蚂蚱——天然高蛋白。望着星罗棋布的稻田和橙黄的稻穗，踏着晨露，吮吸着阵阵稻香，像采摘棉花一样，把依附在稻秆、稻叶、稻穗上的蚂蚱放在瓶子里、塑料袋里。有的孤立一只、有的成双成对、有的三五个排着队，就像一个个家庭，有单身，有刚成家的夫妻，有人丁兴旺的大家庭。抱歉，我们多少有些残忍，在你们睡梦中，打扰了你们的美梦，毁灭了你们的未来。太阳升起时，你们的伙伴，摆脱了露珠，晒干了翅膀，展翅飞翔了，我们也满载而归了。回到小院，把蚂蚱从塑料袋、瓶子里放出来，用水泡上一段时间，让蚂蚱有充足的时间，把腹中的杂物吐出来，然后，从水中捞出，把水控干，用油一炸，中午就多了一道美食。欢笑、祥和中，不知是哪位乡亲，送来一条活蹦乱跳的大草鱼，又可以尝到大姐的清炖鱼了，那鲜美的味道，令人回味无穷。更难忘妈妈亲手做的肉饼，外焦里嫩，油而不腻，香溢满口，那是妈妈的味道，难以忘怀。如今，妈妈老了，再也吃不到妈妈烙的肉饼了……

中秋是家人团聚的时刻，如今，父亲不在了，老家的小院已成为我们的回忆。然而，有妈妈在，家就还在，我们还会围坐在妈妈身旁。变的只是时间、地点、成员，不变的是血浓于水的亲情，而且，随着时间的推移，愈加的紧密、浓厚。

中秋佳节倍思亲，让我们把怀念深藏于心底，凝聚成努力工作、快乐生活的不竭动力！

佳节将至，祝亲人、朋友们中秋快乐！工作顺利，阖家幸福！

写在母亲节

今天，2017年5月14日，又一年的母亲节，这是个平凡而伟大，亲切而温暖的日子。在此，我祝我的母亲及天下所有的母亲，节日快乐！

据悉：母亲节（Mother's day），是一个感谢母亲的节日。这个节日最早出现在古希腊；而现代的母亲节起源于美国，是每年5月的第二个星期日。母亲们在这一天通常会收到礼物，康乃馨被视为献给母亲的花，而中国的母亲花是萱草花，又叫忘忧草。

我想每个母亲，盼望的不是收到什么礼物，尤其是年迈的母亲，她们是想借这个节日，看看整日忙碌的儿女。有母亲在，家就在。兄弟姐妹们以母亲为轴心，形成一个大大的同心圆，围坐在母亲身边，这才是年迈母亲的最大心愿和幸福！也是儿女们的幸福，我有母亲，我幸福。我有儿女，不止一个（侄儿、侄女、外甥、外甥女），我为有这些优秀而懂事的孩子们骄傲、幸福、快乐。

母亲之所以伟大，是因为她默默无闻。在家里，尤其中国传统家庭，除了工作之外，母亲管的大多是茶米油盐，吃喝拉撒，是家人的日常起居，琐碎而无味，也很难见到成果，所以，容易被人忽视。但母亲的一言一行，就隐含在这柴米油盐中，隐含在这吃喝拉撒中，隐含在日常起居中，潜移默化地影响着儿女，她像一味中药，一点一滴渗透在你的血液里、骨子里，难以抹掉，终身受益。这就是母亲的伟大精髓所在。

母亲的伟大、辛劳、无私，那是年轻的母亲，她们用柔软的双手、温暖的怀抱、挺直的脊背把儿女养大。而年迈的母亲，像个孩子似的，却没有了孩童般的活泼，有的只是"天真"；没有了孩童般的啼哭，有的只是病魔伤痛的低吟；没有了挺直的脊背，有的只是弯曲的背影……

此时的母亲，就像一抹西下的阳光，有一种渴望，却又无力挽留。当你望着那孤独、无助的眼神，你是否感觉到，母亲真的老了，像一根燃烧殆尽的蜡烛。我们该怎么办？羊尚有跪乳之恩，鸦有反哺之义，何况我们这些文明人类，更应该懂得感恩，十倍百倍地回报母亲，让操劳一辈子的母亲，颐养天年，享受天伦之乐！不让年迈的母亲感到孤独、寂寞和恐惧！

我有母亲，我快乐，我幸福！我是母亲，我骄傲！我为我的母亲祈福，我祝我的母亲福寿安康！我祝自己，也祝天下的母亲，节日快乐！

我"教"妈妈学说话走路

看到这个题目，大家一定会有些诧异。因为，常规情况下，都是妈妈教牙牙学语的孩子，而我却说，要教妈妈。

殊不知！我老妈今年八十五岁了。前不久，刚刚过完生日，由于脚部感染，为了安全，我们把老妈送进医院，进行了全面检查调养。由于年岁大，加之在住院期间染了一次重感冒，发高烧39°，造成免疫力急剧下降，使原本的记忆又下降了许多，说话也言不由衷；眼睛因白内障，看东西模糊；腿脚更不好了。只能坐在床上，或是，两个人搀扶着，移到客厅的沙发上坐一会儿。有时忘记我们是谁，张冠李戴，已然表达不清了。看着妈妈痛苦的样子，我们急在心里。

于是，老妈出院后，回到家，我们姐几个、哥几个，为个让老妈能够与我们交流，不会忘记我们。大家不约而同地，想各种办法，极力挽留妈妈的记忆，也让老妈，尽管蹒跚，也能自己行走。

先是三嫂，把我们姊妹及家人的名字、电话号码，汇总成《家庭主要成员名单》，用大字打印在一张A4纸上，每天只要有空就让老妈大声地念，强化记忆。我们每天见到老妈，都有意识地考一考。老妈：我叫什么名儿，是您的什么人等等。大多时候，老妈都是答非所问，把我当成她的侄女或是什么人？对此，我们就启发、引导老妈。有一次，我和三嫂在家，三嫂问老妈：老妈我叫啥？跟您啥关系？老妈答：姓王。三嫂竖起大拇指！经过启发，又说出中间那个字：

素。第三个字说什么也说不出口，老妈此时，准备拿那张有些发皱的家庭成员表看。见状，三嫂在老妈面前，做了一个展翅飞翔的动作，老妈脱口而出：飞。引得我们哭笑不得，老妈自己也在笑，此情此景，女儿心里不免有些酸楚。老妈自己也说：嘴上说的跟想的不一样了。有时老妈也像个孩子似得，不愿意练了。无奈地又好像自言自语：有啥可练的，记不住了！每当听到老妈这样说，女儿的眼泪充满了眼眶，却又不敢掉下来，转到卫生间，偷偷擦拭，转过脸，对着老妈又面带笑容。

前些日子，老妈生日时，我们照的合影洗出来了，20寸的，让老妈看。老妈欣喜地说：这个看得清楚。于是，趁老妈对这张照片感兴趣，有新鲜感时，我们让老妈对着照片，指点着，并要求说出每个人的名字，谁和谁是一家子等等。或是通过微信视频，让老妈与不在身边的儿女及晚辈们聊天，一起欢笑。就这样，变换着方式，轮番着教老妈学说话，为的是，让老妈把我们忘记的慢些再慢些……

只要有空儿，我每天都给老妈捶捶背揉揉腿，尽量让行动不便的老妈舒服些。钱妹，让老妈扶着家中那把木制椅子，练习走路，一个人在前面拉着，老妈扶着两个把手，一点点往前走。从卧室到客厅沙发，大概十来米的距离，老妈挪挪动动，需要半个小时，脸上沁满了汗珠，腿和胳膊在颤抖。短短的几米，在老妈眼里是那么的遥远，又是那么的艰难。看着老妈吃力的样子，尽管有些心疼，但还是鼓励老妈坚持。给老妈喊着口号：抬脚、慢点、站稳……

经过我们的努力和老妈的坚持，如今老妈不仅又能较清晰地说出儿女们的名字；用她那滑稽的英文"Hello"与她的大外孙子打招呼；用她那仅存微力的左手与孙辈们击掌鼓劲，勉励他们努力学习，勤奋工作；还能清晰记得前来探望她的老朋友的名字，行动也灵活多了。老妈又恢复了往日那灿烂的笑容，真可谓：兄弟齐心，其利断金啊。老妈，加油！老妈，真棒！

望着老妈那近乎弯曲成九十度的背影，吃力而蹒跚的脚步，听着那言不由衷的话语。尽管心里明白，人老是自然规律，可看着老妈在自己眼前渐渐地变老，女儿的心在滴血、在流泪。女儿多么希望时间停止，让老妈好些再好些，与儿女们一起欢笑，一起出游啊！让我们为老妈祈福吧，愿慈祥、善良、坚强的老妈康复如初！

快乐重阳节

九九重阳，又是一年重阳节。我们没有去登高望远，也没有去赏菊花，而是，团聚在一起，陪老妈过重阳节。我和老妹提前到达，目的是陪老妈多待一会儿，和老妈同睡一张床。睡觉前，二嫂我们从婚姻、家庭、亲情、友情聊了很多。自然也想起远在天堂的老爸，想起与老爸最后一次共度重阳节的温馨场面，令人难以忘怀。祝老爸在天堂，重阳节安好。

晚上睡觉时，搂着老妈那宽大的脊背，尽管愈加显得我弱小，但看到老妈会心的微笑，我仿佛回到了童年。记忆是模糊的、温暖的、快乐的。老妈怕黑，睡觉时，窗帘总是不让拉严实，留个缝隙，外面的月光、灯光照进房间，加上老妈夜里起夜，只要老妈一动，我就醒。因此，一夜睡得不实，似睡非睡。

于是，为了缓解疲劳，早上，围着小区转了一圈。借着晨光，欣赏一下金秋的美景。瞧！金黄色的树叶、顽强的爬山虎、成熟的大柿子，还有盛开的夜来香等等。秋天，就是收获的季节，由橙黄、金黄、乳黄、红色及墨绿组成的水墨画，给人以无限的遐想。吃罢早饭，感觉今天天气不错，征求老妈意见，推着老妈去逛商场。坐着电梯，由四层往下，闲逛中。服务员搭讪：您多大岁数了？老妈诙谐地问：你看我像多大的？服务员友善地说：我看您也就七十多岁。老妈自豪地说：我八十多了。是啊，虽然老妈老了，但似乎又增添了几分童心，不失幽默、风趣、可爱。

二嫂和钱妹，一大早就在厨房忙乎，大姐早早过来，与老妈打了声招呼，由于我们去逛商场，就告辞了，回家侍候儿媳妇月子了。尽管辛苦，但心里美滋滋的。

三哥他们被堵在路上，不知什么时间能到。不管怎样？中午是要大吃大喝的。酒过三杯之后，势必又要打开心扉，畅所欲言，一派神聊。哈哈……

祝天下老人重阳节快乐！

早安·中秋

今天，2017年10月4日，农历八月十五，是中国传统的节日中秋佳节。每逢佳节倍思亲，国庆的喜悦，还荡漾在每个中华儿女的脸上，带着喜悦的心情，我们又迎来了中秋。在这团圆的节日里，不免思念远方的亲人和朋友。

清晨，我依旧按照工作日的作息时间，按时起床，做饭、吃饭。站在厨房，习惯地环顾小院，对面一家阳台上的那盆三角梅开放的更加鲜艳，院内两棵山楂树上的果实比往日愈加红了，给人们增添了节日气氛。尽管空气清凉，阳光也有些冷色，但不能阻挡人们与亲人团聚的渴望和出行的脚步。看着小院来往的人们，手提水果、月饼、美酒，满脸的幸福和喜庆，不用问，都是看望亲人的。看着眼前的场景，脑海中，不禁回荡起那两首脍炙人口的歌曲《回娘家》《常回家看看》。于是，我加快了做饭的速度，中午还要携家人，陪出游归来的老妈过中秋节呢！

噢！对了，我的一位好朋友，昨日从外地回来，还没到家，她就约我，相约今天见上一面。想象着见面时，亲切的感觉，发光的眼神，心里美美的。哈哈，今天真是个喜庆的日子。

由厨房，转向阳台。楼前的小公园，不见了往日晨练的人们，空荡荡的。公园一角，人与狗和谐友好的画面进入我的视线。一个勤劳的人，在与他的爱犬一起玩耍。不！是在训练他心爱的大狼狗。瞧！只见主人抛出去一个木棍模样的东西，大狼狗立即追赶着，以迅雷不及掩耳之势，扑过去，并准确地接住。主人紧随其后，上前与其争夺，那场面，不管是主人，还是猎犬的一招一式，俨然像专业人员。只是这是公园草坪，不是的训练基地，仅此一次啊！

因为，这个洁净的小公园，是附近居民锻炼、休闲的场所，不容任何人践踏。在这里，每天晚上，有两组人，伴着不同的音乐，跳着不同的舞，还有沿着蜿蜒甬道散步的人。但他们的目的相同，都是为了愉悦身心。所以，来到公园的每个人，都要爱护这里的一草一木，保持清洁，共同营造一个美丽和谐的环境。

天气尽管日渐清凉，绿茵茵的草坪，也开始发黄，但顽强的蒲公英，仍然生长旺盛，给人以生命的力量。小小的牵牛花也争相绽放着，迎风招展，像小小的号手，为更加美好的幸福生活，为中华伟大复兴之梦，为迎接十九大的胜利召开，吹响前进的号角。

"但愿人长久，千里共婵娟。"中秋是团圆节，给予人们对亲人团聚、家庭幸福的期盼，更希望自己思念的人平安长久，即使相隔千山万水，都可以一起看到明月皎洁美好的样子，祥和、幸福、安康。那是一幅美丽的画卷……

在此，祝远方的亲人、朋友及世界各地的华人：中秋快乐，阖家幸福，身体健康，万事如意！祝伟大祖国繁荣富强！

致情人节

情人，严格意义讲，我们大多数人没有。我以为，大多数人都是凡夫俗子，无论从观念还是思想境界都没有达到这个层面。据载：所谓情人，指有爱情的男女。它是介于朋友、红颜知己、爱人边缘的一种情，比爱人多了一份浪漫，比朋友多了一份知心，比红颜知己多了一层亲昵！但进入现代社会以后，尤其21世纪以来，广义的情人也包括妻子和老公。因为，只有有情人才携手走进婚姻，成为夫妻。所以，我们大多数人又是有情人或就是情人。好了，不纠结了，不管是不是情人或有没有情人，谁让我们赶上了好年代，赶上了这个好日子，那就先给自己点个赞，再送给自己一朵玫瑰花吧！

如今，人们热热闹闹期盼的2月14日情人节，其实，这只是舶来品，它是西方人的节日。而我们中国早就有自己的情人节，即七月七日，七夕节，又名乞巧节、七巧节或七姐诞，发源于中国，是传统民间重要的节日之一。2006年5月20日，七夕被中国国务院列入第一批国家非物质文化遗产名录。也是东亚各国的传统节日，在农历七月初七庆祝，来自于牛郎与织女的传说。牛郎织女传说是四大中国民间爱情传说之一，也是在中国民间流传时间最早、流传地域最广的传说，在我国民间文学史上具有十分重要的地位。牛郎织女的神话传说，可以说家喻户晓，在此，我不再累述。

　　我要说的是：现在我们生活条件好了，每个节日，恋人、夫妻、家人、朋友等各种关系，都可以相互送点礼物，烘托一下氛围，给平淡的生活增添点情趣和色彩，这是无可厚非的。然而，过着过着，美好的愿望被扭曲了，形成了一种攀比之风。在网络上、见面闲聊之中，都在有意无意地炫耀自己收到的礼物。这在年轻人当中，尤为突出，如你收到一朵玫瑰花，我收到999朵，她又收到一枚钻戒等等，相互晒一晒，与大家分享幸福和快乐，这无可非议。可收到收不到，或买什么样的礼物，都要根据自己的条件，我们常说，说话办事要摸着自己的兜来，也就是说，有多少钱办多大的事儿。本应愉快的节日，因为一个礼物，而闹的不愉快，那就得不偿失了，也有失尊严和身份。大家说，对不对呢？记得多年前，也是情人节，傍晚下班，与一个同事同行，突然他停下来，说："姐妹儿，现在花该打折了，你不给姐夫买一支？"我本无意买，同事又说："买两支可以搭价儿。"于是，我说："好吧。"当时，运输还不方便，据说，得从南方空运过来，所以，价高些，大概十五元两只玫瑰吧，为了好算账，我出了八块钱。我神神秘秘地把花带回家，待忙碌一天的爱人一进门，我把那支玫瑰花送上，谁也想不到他说了句啥？让人哭笑不得。爱人说："哪如买个大面包呢！"瞧！这是我有生以来，第一次送人花，本就木讷的我，怏怏的，没有说什么，也没有生气。但从那次以后，我不再买礼物，反到后来，随着年龄的增长和工作稍轻松些了，每到节日，他却主动给我买礼物，或发个红包什么的。那么今天我也俗一下，晒晒我收到的礼物：13.14元的红包和一幅网上下载的图片。生活就这么简单，没必要看别人，自己感觉幸福就行。哪怕一起吃烤玉米或烤白薯，香甜就好。在炫耀的同时，有没有想过，这是真情流露，还是流于形式？如果是真情，哪怕一句话，发自内心，都是值得珍藏和回味的。又有谁知道，厚重的礼物背后，隐藏着多少心酸呢？有甚者，因为礼物不如意，或是没收到礼物，恋爱中的两个人分道扬镳者有之。在这种心理驱使下，可以想象，今天，又会有多少人因为礼物问题，心情愉悦或悲伤呢？又会有多少对情侣或夫妻吵架呢？真是如此，便失去了节日的意义。

其实，大家所向往唯美的爱情，古今中外，不是传说，就是短暂的。如：牛郎与织女是个传说，每年只见一次面；罗密欧与朱丽叶的爱情悲剧等等。长久的爱情就是在柴米油盐酱醋茶中，磕磕碰碰，吵吵闹闹，相互尊重，相互关爱，经过一次次的考验与升华，最终成为长久的友情和亲情，直到永远。幸福不幸福，单从礼物上看不出来，它是内心的流露与关怀，更确切地说是彼此的包容——你的幼稚、你的愚笨、你的懒惰等等一切，在闲情逸致中增添点小小的浪漫，开一开只属于你们两个人的玩笑。不管在家人还是在朋友面前，绝对维护双方的尊严。俗话说：给足面子。时间久了，双方形成一种习惯或默契，自然而然，感情会逐渐加深，这样慢火炖出来的生活味道，才会香醇、持久。在双方交往中，要适度的自尊、自爱、自强，这里不能发挥极致，否则，会伤到对方。在无私的奉献中默默地收获——尊重、爱戴和关怀。同时，也只有自己珍爱自己，把自己当作情人，别人才会尊重。试想，连你自己都不爱自己，还能期望别人爱你吗？

俗话说：强扭的瓜不甜。尊重和爱不是争来抢来的，要靠自己的勤劳和智慧去经营、去创造、去付出。其实，我们的生活，这就像开春浇灌麦田的渠道，土地经过寒冷的冬天冻结了，春天来了，浇灌第一次水时，渠道上堆积了杂草、尘土，水量不能过猛，那样会冲破小小的渠道，水溢出去，达不到目的，还浪费。它需要细水慢慢把渠道冲开，浇灌者必须跟随着水流清除杂物，才能使水顺利到达每一块麦田。这样既浇灌了麦田，又不至于因水流过大，冲坏了渠道。这需要浇灌者，从头到尾，精心引领，相互依存，相互滋养。等再次浇灌的时候，就不用那么费心了，浇灌者只是沿着渠道观察，有堵塞的就及时清理，没有就让水沿着渠道流。所以，精心浇灌之后，麦子成熟了，你想吃什么就吃什么。如：饺子、花卷、馒头等等，带有浓浓麦香味的美食。那么付出在前，享受在后，说的也就是这个道理。

朋友们，中国传统的情人不仅包括拥有亲情、友情和爱情的人，也指有情有义之人。这从南朝·宋·鲍照·《翫月城西门廨中》诗："回轩驻轻盖，留酌待情人。"和唐代诗人张九龄的《望月怀远》："海上生明月，天涯共此时。情人怨遥夜，竟夕起相思。"的诗句中不难看出。

所以，我愿把心中那999朵玫瑰，送给自己、送给他（她），也送给有情有义的你！

在此，祝有情人终成眷属！

祝家庭和睦幸福！

祝友谊地久天长！

七夕畅想

小时候，听大人们说：每年的七月七日，在黄瓜架下，放一盆清水，借着月光，就能看到天上的织女下凡，与地上的牛郎相聚。这是人们对忠贞爱情的向往，尽管凄美，但给人一种渴望。

七夕到来之际，天空下起了小雨，给这个节日增添了几分浓浓的情调。美丽的西子湖畔，断桥上，白娘子与许仙那美丽动人的爱情故事，那唯美的画面，令人心旷神怡。《新白娘子传奇》主题曲：《千年等一回》那醉人的歌声，时常萦绕在耳边……

然而，望着窗外，烟雨蒙蒙的世界，我兴奋不起来，不免有些惆怅。是啊！一场秋雨一场凉，炎热的夏天挥一挥手，毫无留恋地告别了。此情此景，在这甜蜜的日子里，也许人们都在计划着以什么方式，过好这个中国人自己的情人节。而在我的脑海里却浮现出："更年期"和"抑郁症"这两个大煞风景的词来。大家不要笑，我们都是凡人，不是神仙，理想属于精神世界，生活就是这么现实又残酷。一个人的成长，首先体现的就是生理变化。之前的变化，都是由弱变强，令人欣慰、兴奋，给人以生命的希望。而到了更年期，却是由强变弱，仿佛是倒计时，这个变化本身，就难以让人接受。加上，面临退休，停下忙碌的脚步，生活方式和生活圈子的改变，有些人没有做好准备，一时难以适应。生理的变化，导致心理上的更迭，对于这种变化，有的人回避，甚至掩饰。其实没有必要，我们只有面对，深入了解，并承认自己的变化，才能寻找到修复和调节的正确方法，使自己健康快乐，而不受其困扰。

多年以前，作为女职工代表，我参加过一个讲座。专家说：更年期不是女人的专利，男人也不例外。而且，严重者，在乘坐公交车时，突然叫停，要求下车，如若车不停，就要从窗户跳下去。当时，听着就像听笑话一样，不以为然，但在脑海里有了概念。专家告诫：当家里人出现反常现象时，要多加关心、理解。那时还年轻，自己带孩子又忙于工作，没工夫多想这些事。工作累了、烦了，就拿"更年期"当说词。警告我的大、小情人：别惹我啊，我更年期。不料，大情人一笑，说："我也更年期。"这可难为了小情人，于是，去问他的姥姥。问："姥姥，啥是更年期？"答：不知道呢？问："那我妈妈说不让惹她生气，犯更年期呢？"答："我没犯过。"姥姥之所以这样回答，是因为姥姥宽厚、善良，不管遇到什么样的困难，都以积极的态度面对。因此，更年期的反应不明显，即使有一些，也在不经意间消失了。

光阴似箭，一晃二十年过去了。大情人变成了老情人，不变的是依旧地忙碌。小情人长大了，成了大小伙子，当年的小尾巴，脱离了母体，有了自己的生活圈子。而我，真的更年期来临，好在我找到了舒缓的出口，每天愉快地放飞自己。真可谓：我心飞扬。常听老情人说：在过去，哪个村都有几个家庭主妇，因为小心眼儿，家里生活困难，神经兮兮的。时常自言自语或是莫名地哭闹。人们错误地认为她们被什么"精灵"迷住了。现在想想，就是更年期生理发生变化，生活压力大，又好面子，无处发泄，导致抑郁。

如今，吃穿不发愁了，可有的家庭因病致贫，有的因工作压力大不能排解，有的因婚姻破裂走不出来，等诸方面的原因，困扰着人们。有些困惑又找不到倾吐的对象，长此以往，积压在心里，导致情绪低落，甚至暴躁。而且，有年轻化的趋势。

我不是心理医生，日常生活中，听其言观其行，大凡症状突出的都是工作压力大、生活不如意或身体出现了滑坡。此时，轻者，情绪低落，容易发脾气。

严重者，对生活失去信心。这就需要家人、朋友的理解，并给予关爱。而不是漠视，强行给予纠正，或以烦治烦，以暴治暴，那样会雪上加霜，把对方推向危险的边缘，越走越远。

过去的人们，由于家里孩子多，随便抓住一个调皮的孩子，训斥一顿，情绪就发泄出来了；有些在领导岗位上的人，借手下工作失误，训斥一顿，也就把不良情绪排解了。可我们大多数还是普通人，家里又都是一个孩子，无处发泄。这也不妨，现在娱乐活动很多，参加一些自己喜爱的集体活动，分散注意力，说说笑笑也就过去了。总之，要找到一个适合自己的方式，平稳地过渡更年期，不让抑郁在自己身上发生，快乐地工作和生活。

祝朋友们！七夕节甜蜜快乐！过一个属于自己别样的七夕节！

饺子的情怀

清晨，几束阳光，穿过两道玻璃窗，照在屋顶上。无疑，今天又是一个阳光明媚，天空晴朗的大好天气了。

伸个懒腰，起床吧。今天是周末，我穿好衣服，准备去买早餐——豆腐脑。此时，当家的也起来了。说：想吃一碗热汤面。这可难为了我，家里什么菜都没有。这么早，楼下的超市还没开门。于是，我到厨房转了一圈，泡了一把栗子菇，又从冰箱里拿出半截胡萝卜，就算是做汤的菜吧。吃饭时，看着他把蘑菇和胡萝卜剩下了，知道不爱吃。我便说，把菜都吃了呀。别小看这两样菜，虽不适宜做汤，但都是有营养的呦！经过我的鼓励和诱惑，尽管不情愿，但最终还是把菜吃了。瞧，思想疏导很重要！

吃罢早餐，心想，当家的一会儿又要去加班，中午我自己做碗西红柿疙瘩汤，这在冬日里，喝下去，由内而外的温暖。谁成想，当家的今天有点感冒，好像是我传染给他的。不得已，只好在家遥控指挥了。见他没有去加班的样子，中午要在家里吃饭，我无法偷懒了。于是，就问中午想吃点什么。答：想吃纯白菜

新时代新生活

馅的饺子。这样，我必须要出去买点菜了。

走出家门，看见院内的银杏树，光秃秃地站在那里，失去了往日的辉煌，但不失干练。旁边两朵盛开的小黄花，迎风摇曳。对面粉红色的花朵，有的绽放，有的含苞待放，给天然的冷色，增添了几分热烈和色彩。

小院门外的花池里，几株月季花在寒风中，傲然挺立，挣扎着。墨绿的叶子有些干枯，独有一只白色的花朵，仍然盛开、绽放。尽管她在角落里，有些淡雅，但不失她的圣洁与美丽。她用自己独特的方式，表达了对生活的热爱，对新时代、新气象的向往和追求。低调而不奢华，坚强而执着地散发着淡淡的清香，默默地给这寒冷的冬天一丝温暖。

回到家，打开家门的那一刻，当家的已经等候在门口，从我手中接过西红柿和大白菜，看我不积极的样子，便说：懒的包就叫外卖吧？要纯白菜馅的饺子。听到此话，我不禁想起孩子小的时候，他跟我说，就想吃大白菜馅的蒸饺子。第一次说，我没有回应，第二次……直到第三次。我竟是这样回答的：想吃，自己不会到外面买点吗？当时，这样回答。一是不会包饺子；二是上班、带孩子，真的很累。也是从那时起，当家的再也没有向我提起过。此后的十几年里，由于工作原因，他不能常回家，也就不常在家里吃饭。随着年龄的增长，想起此事，我多少有点愧疚。为此，我慢慢地，凭着未出嫁时，看着母亲做饭的一些记忆，或上网查询，学着做饭。如今，烙饼、馒头、饺子等家常饭都会做，只是手艺不精，时好时坏。而且，关键时刻总是掉链子。尽管如此，这些年做饭也就不犯愁了，大多时间不想做，多少有些偷懒的嫌疑。也是这些年，自己待着，经常对付一口，越来越懒了。想到这些，本就不愿意到外面吃饭的我，快步走进厨房，把面和好，醒着，做好包饺子的准备。

临近中午，估计面醒得差不多了，把白菜剁好，邀请当家的调馅儿。看见面和馅儿，他说馅儿不够，又加了些白菜、大葱和大蒜，并去掉了白菜的水分。边干边批评我说：你这人一辈子对做饭也没有感觉。我偷笑着说："这不是有你吗？不然怎么显得你水平高呢。"说笑间，我负责饺子皮，他来包，不一会儿，饺子包好，水也烧开。饺子熟了，看他吃着，却没有往日那种老头卖瓜，自卖自夸的得意神情。于是，我咬了一口。问："你这饺子馅儿什么味道呀？苦苦的。"他说："大蒜放多了。"哈哈，这回可不怪我了，馅儿可是你自己调的啊！

生活就是这样，平淡而温馨。柴米油盐酱醋茶，任何一种：多了，味浓；少了，清淡。如何搭配，才能调剂出双方共赏的味道，需要不断尝试、调和。更需要相互尊重，相互理解，相互包容。在自我纠错中，接纳、影响、感恩彼此，慢慢把爱升华，成为不可割舍的亲人！

祝朋友们：身体健康，家庭和睦，工作顺利，笑口常开！

等待也是一种幸福

等待，有时让人感觉漫长、焦急，甚至痛苦，但有时也是一种期盼和幸福……

每当忙碌一天的我，下班路过一家幼儿园，目睹家长们拥堵在门口，翘首以待，随时准备蜂拥而上的情景，不禁想起年轻时的我。那时，多么羡慕那些有年纪人帮忙的年轻父母们，每天都有人替他们早早候在幼儿园门口等着接孩子。而我只是羡慕或想想而已。多少次，奢望着自己也站在其中，让自己的孩子也兴奋一回，不至于总是等着最后一个被接走。孩子坐在小板凳上焦急地等待，眼巴巴地看着小朋友们一个个雀跃着从身边掠过，像小鸟一样扑进妈妈怀里撒娇，撒着欢儿地在幼儿园里骑小木马、坐转椅、打滑梯。然而，那时的我只能把这美好的愿望深深地藏在心里，默默地宽慰自己，只当是对孩子"耐力"的训练吧。

这个等待，虽然可以磨炼孩子的耐性，但对于幼小的孩子来说，是多么的漫长和痛苦啊！在这个等待的过程中，妈妈出现的那一刻，对孩子而言又会是一种怎样的满足和喜悦呢？慢慢地，孩子从失望、无奈到习惯了等待，甚至于逐渐理解。这个等待的过程，让孩子那幼小的心灵早早就懂得了体谅父母的不容易，这也是一种成长。

孩子是天真的，虽然不能用谎言欺骗，但善意和无奈的谎言，在那个特定的时期、特定的地点，实属不得已而为之。那也是我一生唯一说过的谎话，竟然是对自己的孩子。每当面对孩子发出疑问或请求时：我只能告诉孩子："不要着急，明天妈妈一定早点来接你。"可取而代之的却是我一次次的食言。对我而言，早点儿去接孩子放学是一种期盼和幸福。忙碌了一天，下班时，我会像离弦的箭一样，飞速奔向幼儿园。看到孩子的那一刻，工作上的一切烦恼，就全部烟消云散了。这个时候，幼儿园里的孩子大部分都被接走了，剩下我们这些没有长辈帮忙，少数的几个晚接的孩子，这时候我们可以陪孩子在幼儿园玩耍一会儿，独享那别样的快乐和幸福！

因此，生活中，有许多无奈，我们不要怨天尤人，更不要悲伤沮丧。凡事换个角度，将领略到不一样的风景……

美好的回忆

今天，唐山气温6-14度，多云，风力3级。

清晨，我走在上班的路上，微风吹拂，感到一丝凉意。当我走到卫国路与北新道十字路口，在穿行的人群中，突然发现一个骑着自行车，带着小孩儿的人，从我身边疾驶而过时，一种激动，一股暖流涌上心头。于是，急忙从包里掏出手机，快速地拍下了这个镜头。也是这个对我来说，既熟悉又遥远的背影，把我的思绪带到了多年以前……

仿佛看到了年轻的自己。那个时候，孩子小，双方老人因身体等原因又帮不上忙，我就像渐渐远离视线的那个人一样，自行车后座上绑一个小椅子，把孩子放在里面，不管刮风下雨，还是寒冬酷暑，每天骑着自行车，像打仗一样，急急火火的，在上班前必须把孩子送到幼儿园，顾不上孩子在身后的哭闹，推给老师，转身赶着去上班的场景。至今，仍历历在目，虽然紧张而忙碌，但也感到幸福和快乐。

记得有好几次，我照例沿着建设路先去幼儿园送孩子，然后再到单位上班。当时，这个路口还没有红绿灯信号，而是一个大转盘，汽车也没有现在这么多。

有一次，我骑到北新道的十字路口，可能是阴天的缘故。加之早上走的匆忙，工作上的事情也多，脑子不知在想什么，一时间不知道往哪里走了，迷失了方向。突然，我拉住自行车闸，停下来，转头下意识的问呀呀学语的孩子：咱们应该往那边走啊？孩子稚嫩的回答：妈妈，不知道呀。毕竟是每天至少走过两次的路线，按理说，闭着眼也不会走错啊。可当时，脑子一片空白，愣怔片刻，回过神儿，摇摇头，苦笑一下，继续往前走。现在回想起来，有些不可思议，也有些傻傻的。如今，孩子已经长大，不仅用自行车驮不动了，孩子也与自己渐行渐远……

眼下天冷了，穿的多，视线不好，车多人也多，温馨提示年轻的妈妈们：送孩子上幼儿园或上学的路上要注意安全。同时，要加倍珍惜与孩子亲密接触的每段时光，那不仅仅是一种责任，也是一种幸福，更是一段美好的回忆！

腊八情

今天是农历腊月初八，是我国传统的腊八节，这天我国大多数地区都有吃腊八粥的习俗。据史料记载：这一习俗最早开始于宋代，已历时一千多年。每逢腊八这一天，不论是朝廷、官府、寺院还是黎民百姓家都要做腊八粥。到了清朝，喝腊八粥的风俗更是盛行。在宫廷，皇帝、皇后、皇子等都要向文武大臣、侍从宫女赐腊八粥，并向各个寺院发放米、果等供僧侣食用。在民间，家家户户也要做腊八粥，祭祀祖先的同时，合家食用，也有用来馈赠亲朋好友。

今年的腊八粥，我是不方便亲手熬制了。其实，不管过什么节日，吃什么，都是我们老祖宗在漫长的生产生活实践中总结出来的。传统的民族文化不能丢。不管社会发展到什么程度，都应该继承和发展。有人说，所谓腊八粥不就是各种杂粮放在一起，加上水，用高压锅或电饭煲去熬吗？这如同东北的大乱炖，省事方便。是啊，在科技发达的现代生活中，我们有了高压锅、电饭煲等厨具，改变了我们的传统生活方式和方法，为我们的生活提供了方便快捷。同时，也改变了我们生活的味道。

而传统腊八粥，要在白米中搀进较多的食材，如红枣、莲子、核桃、栗子、杏仁、松仁、桂圆、榛子、葡萄、白果、菱角、青丝、玫瑰、红豆、花生……总计不下二十种。人们在腊月初七的晚上，就开始忙碌，洗米、泡果、剥皮、去核、精拣，然后在半夜时分开始煮，再用微火炖，一直炖到第二天的清晨，腊八粥才算熬好了。在这个过程中，寄托着人们对来年丰收、平安、富足的期盼，也包含着制作者的辛劳和对远方亲人的思念与祝福。腊八一过，就开始准备过年了。寒冷的冬日，不论你是在与家人团聚，还是奔波忙碌在他乡，当你端着一碗热气腾腾、五颜六色、香甜可口又黏稠的腊八粥时，是否有一种思乡的感觉呢？浓浓的亲情、友情，都融到这碗五味杂陈的腊八粥里，给人回味无穷……

昨天刚吃了三哥送来的饺子和羊骨头汤、南瓜豆包，还有朋友送的梅菜扣肉和自制面包。晚上二侄儿打来电话，从亲情、友情到人生，聊了一个多小时。期间，二侄说：我奶想你了。听了二侄儿的话，不免有些愧疚，由于腰疼，元旦都没能去看望老妈，也没能与亲人们团聚。子曰：身体发肤，受之父母，不敢损毁，孝之始也。连自己的身体都没保养好，如何孝敬父母呢？今天早上老妹夫又送来了他家熬的腊八粥，我也借花献佛，送给朋友一碗，分享腊八节的快乐。

当我端起粥，心中祝福我的亲人和朋友："粥"到福到情谊到，年年岁岁都有粥。腊八节快乐！

最后，用杜甫的《腊日》表达我对亲人和朋友的恩泽福惠之情。

腊日常年暖尚遥，今年腊日冻全消。

侵凌雪色还萱草，漏泄春光有柳条。

纵酒欲谋良夜醉，还家初散紫宸朝。

口脂面药随恩泽，翠管银罂下九霄。

感恩亲情

感恩是彼此的信任，彼此的关怀，彼此的惦念，彼此的……总之，它包含着丰富的内涵，懂得和学会感恩，它会使你快乐和幸福！

我有一位老朋友，年轻时，自感怀才不遇。于是，经常说："应该"两字应该从字典里抠出去。瞧，他不能自圆其说，也离不开应该两个字。其实，这两个字存在与否，与他的现状没什么关系。所以，我们人与人之间，也就不存在谁对谁应该与不应该，而是，彼此的欣赏与感恩。

在我的家族中，我是最早享受被拜年的人。小妹成家的第一年，妹夫是个讲究人儿，不仅给长辈拜年，还给我们这些哥哥嫂子、姐姐姐夫拜年。那时，我还不到三十岁，我说免礼，没管用。后来，侄女、侄儿、外甥、外甥女相继成家，从此，我也就真成为"小年纪人儿"，虽然年龄小，但辈分高，没办法。此时，我同样说，免礼！可孩子们说，再小也是长辈，何况一年也就一两次，东西不在多少，礼节必须到。是啊，中华民族的传统礼节，也是孝顺的传承。

听上一辈人说，新姑爷、新媳妇拜年，要八碟八碗，可我这个年轻的长辈，也不讲究，这么多年，不仅没八碟八碗，也没专门请请孩子们。谁来了，在小饭店订一桌，吃就吃，不吃就退掉。瞧，我是不是太实在，或是不热情呢。哈哈！再不正式请，对我来说，第四代就快问世了，也真的成为"小老太"，更请不过来了。

正巧，这个周末有时间，召集孩子们聚一聚，吃饭不是目的，主要是与晚辈们单独聊聊天，感受一下年轻人的激情和斗志。真的很开心，看着孙子辈们，你追我赶，嬉笑玩耍，想起了自己的童年，虽然清贫，但无忧无虑；与年轻人交谈，真的是种享受。我要抓住青春的尾巴，抓紧享受自己的美好时光。不然，再过一年半载的，可真的要当奶奶了，也真的又回到"童年"，却没有了无忧无虑，有的则是满满的责任了。

与孩子们的聚会很开心。不过，由于不居住在同一城市，仍没有聚齐，加上还有加班工作在一线的孩子们，辛苦了！难得的人生经历，聚会的机会随时会有，而同样的工作经历不会再有，希望珍惜并坚持，一定会有收获。

这次我只是以姑姑、姨的身份，下次还会以姐姐、妹妹、嫂子及大妈、婶子、舅妈等不同身份，分辈份，分批次进行。哈哈，羡慕吧！我们家就是人丁兴旺，而且，随着国家二胎政策的出台，人还会更多。

拜年，在人们眼里，只是千百年来的传统，越来越形式化。而在我看来，这也是家风的实际体现。殊不知，生活中，又有多少家庭，儿女与父母、兄弟姐妹，因为一点财产，而打得狗血喷头，老死不相往来呢。如今，谁也不在乎吃顿饭，喝口酒，更多的是相知、相亲的人，远离世俗和红尘，坐在一起，聊聊家常，放松心情，增进友谊和感情。

嘿嘿！也不一定，没准儿我运气好，会遇到一位好儿媳，更重要的是会遇到一位"高尚的、纯粹的、脱离了低级趣味的"亲家呢！啥？说我做梦。别笑话，只要有梦想，就一定会成真！哈哈……

昨日兴奋的心情还没平静，今日又以晚辈的身份，参加了长辈的生日家庭聚会。看到亲人们，热情、祥和、无拘无束的交谈，推杯换盏，无比热烈的气氛。为了这暖暖的亲情，不胜酒力的我，情不自禁地端起了酒杯，共同祝愿老人生日快乐，健康长寿！

在此，感谢亲人们彼此的牵挂、彼此的想念！

祝长辈们笑口常开，幸福安康！

祝吾辈们身体健康，家庭和睦，事业稳定！

祝晚辈们健康、快乐、平安、幸福！学习进步、工作顺利、爱情甜蜜！

情意飘飘

5月29日，清晨，拉开窗帘，习惯地向太阳升起的地方，望了一眼。今天的天气，像一张未化完妆的脸，一半阴沉着，有些凝重。天宫是不是要下雨？抓紧收拾，早些去三哥家，等候远方的亲人们。三嫂和钱妹应该早已忙碌起来了，两大桌的饭菜，对于她们来说，虽然已经习惯了，但准备的过程还是挺辛苦的。

走出家门，外面刮起了风，仰望天空，加快了脚步，先到超市买两小菜。出来时，风越刮越大。俗话说：风来雨就到。在我打伞的瞬间，大大的雨点直拍下来，好在不是那么的密实。打车去吧，在我招手时，出租车视而不见，从身边急速而过。突然,一辆私家车停在眼前,犹豫了一下,反正也就起步价的距离,不会有什么风险。何况相逢就是缘分,又盛情难却,上车吧。

走进家门,三嫂和钱妹果然已在厨房忙碌了,三哥和侄女一大早就去看望外地来的战友。这个时候,一般我是插不上手的,唯一的任务就是陪伴老妈,坐在或躺在老妈身边,东拉西扯,我是不是很幸福啊!

闲聊中,不经意地,又想起了在天堂的老爸。算了,别想了,今天,我们一家人围着老妈团聚,也是远在天堂的老爸愿意和想看到的!老爸,中午和我们一起喝酒、吃粽子啊……

老爸离开我们之后的几年间,由于家族人口众多,各自忙碌,聚齐也不容易。因此,兄弟姐妹们相约,把时间错开。平日里,老妈住在二哥、三哥家,我们兄弟姐妹就以他们两家为中心。也就是说,老妈在哪里,哪里就是我们的聚集地。平时,我们的聚会都是在家里。唯独每年的正月初四,大嫂操持的聚会允许在饭店。因大嫂七十岁了,本身也是位老人,我们既要满足她的心愿,又得心疼和体贴她,真诚地谢谢大嫂!端午节在大姐家相聚,这个时期,他们一家由狭窄的楼房搬到平房小院里。

可前几天,大姐提前给三哥打电话。说今年的端午节,还是到她家相聚。听三嫂说,三哥很爽快地答应了。三嫂埋怨三哥:"不征求老妈的意见,就自作主张。"三哥说:"这还用问?老妈肯定愿意去,每年不都这样吗?"当问及老妈时,果不其然,老妈意外地不愿意动了。老妈年岁大了,身体又有些不适,不愿意走动。于是,延续几年的,端午节在大姐家聚会的计划,为了老妈就此取消了。就这样,每家、每户、每个人都根据自己的情况,在不影响工作的前提下,各自前来看望老妈。先是小长假的第一天下午,大嫂在女儿、女婿、儿子及小外孙子的陪同下,率先来了。第二天,二哥一家五口、大姐一家四口、老妹、老妹夫等一共十七口人。总之,能来的都来了,这就是不成文的家风。尽管每个小家庭,平时都是一个独立单元,但在节假日,有父母在,就要以父母为中心。先陪伴"总舵主"过节,然后再各自活动。

亲人们,聚在一起的目的,不是吃喝,而是,借此机会,一家人聊聊天,叙说亲情。早年的端午节,都是妈妈亲手包粽子。记得那时候,妈妈包粽子,使用的是传统、原生态的材料。家里人多,妈妈用一个大大的盆把江米或黄米泡上;把爬豆泡过,煮成糊状,放置不烫手后,用手攥成椭圆形鸡蛋大小,但没有鸡蛋那样饱满,里面还放半块水果糖;把干干的苇叶和稻草煮好、泡开;同时,泡少许大枣,用于点缀。一切准备就绪,才能着手包粽子。妈妈包的粽子,至少三个叶子,三角形,个大、馅甜、米香,还顶个大枣,不仅外形美观,而且口感还好。在煮制过程中,远远地就能闻到粽子的清香。煮好后,先委派我们,送给邻居们品尝。手捧着粽子,轻轻剥开粽叶,吃一口,糯米满口,香甜四溢,每一口都渗透着妈妈对家人、对儿女、对亲朋好友的爱。那味道,至今仍萦绕在心头。

如今,商品丰富,日常超市里就能看到形状各异、味道不同的创新粽子丰富着市场,也调节着人们的口味,但已然品味不出妈妈的味道了。近些年,每到端午节,亲戚朋友也亲手包粽子,拿给我品尝,在此,谢谢亲人们。今年,二嫂又亲手给我们包粽子,为了让我们吃到新鲜可口的粽子,二嫂昨天忙碌了一天,晚上煮熟,今天就品尝到,带着她浓浓的情意和辛勤汗水的粽子,感到暖暖的。

说起每年在大姐家相聚,最开心,也是大家最爱吃的一道大菜,当属大姐夫为我们炖的猪腿肉了,这是他的拿手菜。清晨,他早早到市场上,买来新鲜的猪肉。据介绍,就是猪后腿及其臀部的位置,这块儿肉厚、筋道。经过浸泡,洗干净,切成大块,用水焯过,去除血水,只需葱姜、花椒大料,放在一个大铁锅里煮。炖肉的器皿很独特、简单、古朴,就是我们小时候教室里冬天取暖用的铁炉子、铁皮烟筒,燃烧着干透了的劈柴,大火烧制。听着劈柴噼里啪啦地响,火苗旺盛,铁锅里咕噜咕噜冒着泡,大约半个小时的工夫,就能闻到浓郁的香味,直到水与肉黏稠在一起。真可谓,秀色可餐啊!香味、笑声,融合着浓浓的亲情,弥漫在小院的每个角落。就连平日多加节制的我,也经不住诱惑,吃上两块。咬一口,那入口即溶,香味即刻在唇齿间溢出、萦绕、回荡……遗憾,今天吃不到了,只等哪天空闲,提前通知大姐夫,再辛苦给我们做了。

瞧,就想着吃了。一晃三天的小长假,已经过去两天了,真正的端午节还没到。但亲情却通过每个人小小的举动、辛勤的付出，或是彼此的牵挂，愈加的浓厚。就像那慢工细做出来的粽香、肉香，时刻萦绕在我们每个人的心间、脑海，并代代相传……

值此端午节之际，我祝：我的家人和朋友们，端午节安康！

可爱的小宝贝

可爱的小宝贝，她叫阳阳，我哥哥家的小孙女，今年不满六周岁，长得不像通常人们描述的那样，圆圆的脸蛋，大大的眼睛，像洋娃娃似的。而是，细眉细眼，一颦一笑，透着机灵，开口说话，总是带着甜甜的微笑，那么的惹人喜爱。

由于家里人多，每次去哥哥家看望老妈，人来人往的，小阳阳活跃在其中，大家都争着抢着抱她、逗她、喜欢她，只是觉得孩子很活泼可爱，没能细细观察。今年过年，能与她单独相处，发现小小的她，不仅开朗活泼，而且聪明懂事。

昨日，我去看望老妈，进院后，她第一个发现我们，喜盈盈地从客厅出来，并打开一扇门，一只小手扶着门，笑盈盈地说：二姑奶、老姑奶请进，并用另一只小手做着请的姿势，俨然像人民大会堂里的迎宾人员。尤为难能可贵的是，她对我老妈，她老太的生活习惯和动作是那样的了如指掌。中午快吃饭时，我老妈准备从沙发上起来去厕所。于是，我到身边去扶，阳阳一边看电视，一边侧过头来，笑嘻嘻地说：二姑奶，手放下，我老太自己会慢慢起来的。老妈虽然腿脚行动不便，但也不愿意麻烦别人，每个动作都是自己慢慢嘎呦着起来，不用身边人帮忙，自己就着劲儿起来，身边的人看着别摔倒就行。在老妈站起的这个过程，我观察着小阳阳，虽然在看电视，但她的目光一刻也没离开过她老太，见她老太站起来了，她快速跑去掀起门帘，随即又放下了，像是对我，又像是自言自语地说：不着急呢，我老太走得慢，待会儿再来掀。老妈说是走，其实就是蹭或挪。说人什么时候三条腿走路，就是老了，老妈如今就是这样。

看着这一老一少，老妈在摇摇晃晃、蹒跚而行，小阳阳围着鞍前马后，有一种怕老妈不慎摔倒会砸着她的担心，可心里却是幸福的。瞧！什么是天伦之乐，这就是，一幅多么美好、幸福、和谐的图画啊。

如果说一个人的性格是天生的，那么，小阳阳的懂事，应该说这个融和的大家庭，潜移默化地感染和影响着她。所以说，家长是孩子的第一任老师，也是孩子终生的老师。同样，孩子是家长的一面镜子，说的也是这个道理。

在此，我祝愿小阳阳和天下所有小朋友，健康、幸福、快乐地成长！愿他们的人生像正月十五的元宵，圆润、丰满、甜蜜！

杏 儿

杏儿，不是谁的名字，而是我老家小院儿里杏树结的果子。

这棵茂密的杏树，是老爸离休后，重建小院儿时，亲手栽植的。时光冉冉，一晃二十几年了，杏树在疯长，超过了高高的院墙。它就像一个忠实的卫士，春夏秋冬，无论风雨，默默地守护在那里。

平日里，都是二哥一家常来打理。前几日，二哥打电话说：老家的杏儿熟了，刮风时，熟透的杏儿自然落下了，很可惜。于是，相约周末一起来摘杏儿。

为了给他们一个惊喜，我们没告诉他们要带老妈来。一路上，老妈一言不发。偶尔，问一问，啥时候能到老家。我们告诉老妈，不着急，二哥他们先到了，咱们就等着吃吧。当车缓缓驶进家门口时，远远看到坐在隔壁邻居门口的几个乡亲。我把车停稳，打开车窗，乡亲们簇拥过来，拉着老妈的手，问寒问暖，有的还热泪盈眶。老妈此行的目的，主要是看看对门的四婶。端午节相聚时，听二哥说，四婶患了脑血栓，行动不便。对此，老妈惦记着，一生命运不济的四婶，想来看看。我们为老妈准备了礼品，八十五岁高龄的老妈，不忘嘱咐四婶及看望她的乡亲们，保重身体。

摘杏儿不是目的，目的是寻找老爸健在时，小院儿的热闹景象，满院子的瓜果梨桃和蔬菜，熙熙攘攘的人群，那样的祥和、温馨。

老爸离别时的照片挂在东屋的墙上，下面是老爸健在时用的餐桌。如今，摆放着老爸爱吃的食品，二哥一家每次来，大人小孩都到东屋看望老爸，跟老爸说说心里话。三嫂说：端午节，她和三哥来，给老爸带来粽子。遗憾，只有二哥有房门的钥匙，他俩只从隔壁拿了钥匙，在院子里看看，未能如愿。今天，特意把粽子带来，又拿了些点心、水果。我悄悄地给老爸拿了纯正的意大利巧克力，不那么甜，老爸爱吃。又挑了两个大大的、黄黄的、软软的杏儿，精心洗干净，是专为老爸挑选的，不料，被二哥发现了。二哥说：别放了，都摆好了。不好意思，我只把巧克力放在盘上，杏儿又悄悄拿回来了……

老爸，您自己待着吧，我们走了，有时间，再来看您。

小院儿的杏儿熟了，皮薄薄的、肉厚厚的、甜甜的。这是老爸留给我们的记忆，勤劳、善良、智慧……

《杏儿情》

仲夏的阳光，虽骄阳似火，但烤熟了瓜，烤熟了麦子，烤熟了杏儿，凝聚了亲情。

梦　境

俗话说：日有所思，夜有所梦。

可我今天在午睡的时候，做了一个梦，这是不是，通常所说的：白日做梦，痴心妄想呢？哈哈……

梦大概是这样的：我的一个好朋友，她来接我去她家，不是开汽车来的，而是，赶着豪华大马车。遗憾的是，我没能看到那马的前半身，只看到了马的后半身。更为蹊跷的是，走着走着，来到了我家，她把车停在半空中。看着我家乱得不成样子，我急忙跳下马车，准备收拾一下。此时，有用钥匙开门的声音。门开了，我惊呆了，不是我家那爷俩，却是，不认识的一家三口。就算是上天降临到我家的吉祥三宝吧。谢谢！惊愕中，我从梦中醒来。好像还说了一些话，记不起来了……

也许，真的就是想她了。这几天，空气不好，温度也降低了，我的腰还是不太好。因为，家里尚没有供暖，即使开着空调，也不能温暖我。无奈，晚上早早地泡完脚，我便上床，打开电褥子，钻进被窝猫着了。时间还早，也没有睡意，随手拿起一本书，看了几眼，按捺不住地，又想联系我的好朋友，就是开头梦中的那个她。

由于，怕打扰她，也是不能确定她是否在家。于是，先发了一条微信试探一下。过了一会儿，没有收到，她在大姐家或在朋友家的答复。于是，我讨人嫌地，开启了微信语音聊天。当听到那亲切而熟悉的声音，我不好意思地笑出了声儿。随即我俩儿，又是一通天南海北、海阔天空地聊了起来，总有说不完的话题。由欣赏秋天的红叶，到散文、诗歌。尤其谈到诗歌，她还为我朗诵了徐志摩的《再别康桥》、舒婷的《鸢尾花》和《致橡树》等诗。就这样，她在另一头深情地朗读，我在这一头，静静的倾听，还淘气地，给她录下来，再回放给她听。不经意间，我们就聊了三个多小时，还大有意犹未尽的兴头儿。次日还要上班，不得不说：再见，晚安！

说到这里，大家是不是羡慕我，有这样的好朋友，是不是羡慕我们，有如此的雅兴，更有说不完的话呢？不瞒大家说，我不仅有这样无话不说的朋友，更有一日不见就想念的伙伴和姐妹。彼此想念时，相约聚一聚，不亦乐乎。

的确，我享受着，与朋友们之间的友谊和温暖，更感到幸福和快乐。感谢我们彼此的关爱与牵挂，感谢有你，我的朋友们！

大家不必羡慕，相信我们每个人都有这样的朋友。那么，就请珍惜吧。

即将告别秋天浓重的色彩，不久便步入寒冷的冬天。让我们相互温暖着，和着十九大的号角，阔步向前，一起走进社会主义新时代！

冬日的温暖

今年夏季，我偶然在小区里发现，一种鲜艳、火红的花，却不知何名。对此，我很好奇，经过询问，方知此花叫三角梅。

三角梅是珠海市、深圳市、厦门市、三亚市、江门市和柳州市的市花，海南省省花，三角梅刚柔并济，朴实无华，易于栽植，花色较多，可作盆景。

每当我走在院子里，被花的火热吸引，总有一种拥有的奢望。一天，我无意中与同事谈起此花。同事说：我们家有，哪天让我妈妈给你压一盆。就这样，同事的妈妈、一位慈祥的大姨在院子里见到我。说：有一盆长大的三角梅，先给我。对此，我很感动，连声道谢。过几日，也就是在没有供暖前，同事把一盆盛开的三角梅给了我。我爱不释手，每天欣赏，精心浇水，生怕不善养花的我，伤害到她。一个周末，我去看老妈回来，一夜之间，花全落了。看着散落在地上的花瓣儿，我百思不解，扪心自问，水也没浇大，也没渴着她，怎么会这样？于是，上班后，我按捺不住地对同事说：不如让大姨在帮我养一段，等到过年再搬过来了。同事说：我们家的也谢了，不知道为啥？可能是温度低吧。看着光秃秃的枝杈，不忍心丢弃。我把她的骨架，搬到窗台上，见到了阳光，也是供暖期到了，屋里暖和起来。于是，奇迹发生了，渐渐滋出嫩芽，再后来，开花了……

三角梅生长在温暖的南方，不远万里来到四季分明的北方，尤其在寒冷的冬天，多少有些不适应。但只要有阳光，有温暖，三角梅就盛开。

近日，恰逢全省首家志愿服务组织孵化基地在唐山落地生根。为此，唐山志愿者有了自己的家。在这里，每一位热心的市民，都可以加入志愿者的团队，献出自己的爱心和力量。也希望整日满腹唠叨的人，把精力投入到爱心公益活动中。志愿行为，不仅帮助别人，快乐自己，温暖社会，更会荫及子孙。

资料显示：唐山是我国志愿者行动的发源地之一，二十世纪七十年代末，一场大地震过后，一大批志愿者通过帮孤助残行动，走上了志愿服务的道路。1996年，在纪念唐山抗震救灾和新唐山建设20周年时，唐山市志愿者活动得到党和国家领导人的高度肯定。近些年，唐山市志愿服务组织和志愿者如雨后春笋般在各行各业涌现，目前全市建设志愿服务站3856所、注册志愿服务队3847个，注册志愿者72.3万人。

不言而喻，加入志愿者服务，是我们的光荣。大家会问，志愿者都干什么？简单讲志愿者就是：一、看到困难的人，出点钱，不在多少。二、看到有需要帮忙的，出把力。三、看到孤独的人，多串串门、聊聊天。我是第1151位参与志愿者的唐山人，我为此骄傲！朋友，你还等什么？

有首歌唱得好：只要人人都献出一点爱，世界将会变得更美好……

祝愿唐山志愿服务组织孵化基地，像我的三角梅一样，迎着阳光，走进你我的心房，温暖你我，温暖世界！

第五节　生命如花

生命的意义

生命的意义对于每个人来说含义不同：精彩的，愉悦了自己，照亮了他人；但大多数人的人生还是平淡的。但不管是精彩，还是平淡，由心而定，顺从于自己的良知，努力就好。犹如树木的生长，迎着阳光挺直向上，虽经风雨和春夏秋冬，却永不退缩；虽几近枯竭，却仍留存傲骨。所以，我们每个幸存于世的人，都要坚强而有尊严的活。靠自己的智慧和双手，去耕耘，去拼搏。怀着一颗感恩和善良的心，在自己的世界里散发出柔和的光，不至于惊扰到别人，又能照亮前行的方向，让生活有滋有味，美美的……

对此，我以泰戈尔的一句诗："生如夏花之灿烂，死如秋叶之静美。"与大家共勉。

初春的小花儿

花，能让人赏心悦目，看着绽放的花朵和含苞待放的花骨朵，更有一种别样的喜悦和兴奋。尤其是在春节这喜庆的日子里，家里若有几盆盛开的花，更给人以生机和活力，温馨与浪漫。

说实话，我不擅长养花，也不喜欢养，可我喜欢观赏。所以，每年的春节，我都把已经枯萎的花儿连同花盆请出去，再买两三种应季的花，装点一下客厅，增加点儿喜庆的气氛。但每年过年，买回来时，原本鲜艳、水灵灵的花儿，等我从老家回来，花儿已经枯竭了、凋谢了。尽管如此，仍挡不住我爱花的心。

于是，今年，我照旧买了两盆，但花的品种与往年不同，特意选择了君子兰和蝴蝶兰。君子兰的花尚未开放，只是几片绿绿的叶子，像众星捧月一样，中间托着几个花骨朵；蝴蝶兰的花儿大部分怒放了，还有些含苞待放的花骨朵，没有完全开放，这给我以期待。望着这两盆心爱的花儿，我多少有些惴惴不安。想象着，往年春节，几天不见，那新买的花儿枯萎、凋谢的样子，叶子枯黄，散落一地的花瓣，让人心疼。而今年，我用心研究了两种花儿的习性及浇水的方法。功夫不负有心人，今天回来，打开房门，一股清香扑面而来，好奇心促使我快速走进客厅。咦！君子兰花开了，蝴蝶兰也争奇斗艳，由此，心情格外的好。这是不是，预示着新的一年，身体健康、工作顺利、生活愉快呀！

不怕大家笑话，多好经营的花草，到我手里都是一个下场，用不了几天，就会失去往日的风采。就连我家的吊兰，本来翠绿的叶子，都会让我养成白绿相间，给人变异的感觉，竟然把它的原主人都蒙住了，再次到我家来，看到我养的吊兰，惊奇地问我，你这吊兰是什么品种？我偷笑，并诙谐地说，这就是从你家搬来的呀！你说神奇不？呵呵……。每当我看到别人养的花儿，枝叶茂盛，鲜花盛开时，我总在慨叹、羡慕或自责，而此时，又都在向我传授养花的经验，如一次性把水浇透、见湿见干或宁可汗着也别涝着等等，似乎那么的简单、轻松，我也在扪心自问，我也是这样做的，为什么我却养不好呢？

通过今年这两盆花儿，我总结出的经验是：1.要想养好花，就要了解花儿的习性；2.要选择适合自己养的花儿；3.要用心去养。

这如同我们的工作和生活，不管大事、小事，都要认真对待，而且要一直坚持，不能遇到困难和挫折就轻言放弃。花儿可以选择，父母不能选择，不管是什么样子的父母，都要感谢父母给予我们生命，把我们养大。后面的路需要自己走，让辛劳的父母，因我们的努力，而感到骄傲，从而改变父母的生活。而不是抱怨自己的父母不能像别人的父母那样给我们优越的生活环境。俗话说："子不嫌母丑，狗不嫌家贫。"同样，上司不能选择，无论遇到什么样的上司，都要积极主动地去适应，而不能依着自己的性子。也许，在这个适应过程中，你会痛，但只要坚持,就会有收获。

年轻的朋友们!感恩你的父母,适应你的工作环境,尊重你的上司,认真做好每件事,坚持不懈,即使不能实现自己的目标,但也会得到他人的尊敬和爱戴。何为成功,人生有多种精彩,每个人不同,做最好的自己,你就是最精彩的!

不要因为个别人、个别现象,蒙住你的双眼,阻碍你前进的脚步,积极向上是永远的主流。努力吧,像初春的花儿,在不同的环境、张扬的年龄,勇敢地绽放,散发出迷人的芳香!

春的召唤

今日立春,也是正月初七。上班一族的假期生活结束了,回家过年的人们,各自带着父母、亲人的期盼和嘱托,回味着温馨、热闹的亲情与年味,依依不舍地向着自己的小巢和目标出发,准备开启一年的工作、学习和生活。

立春,农历二十四节气中的第一个节气。立春是从天文上来划分的,即太阳到达黄经315°时。立春是中国民间重要的传统节日之一。"立"是"开始"的意思,自秦代以来,中国就一直以立春作为孟春时节的开始。所谓"一年之计在于春",春是温暖,鸟语花香;春是生长,耕耘播种。

是啊!一年之计在于春。我们要从走亲访友、大吃大喝、晚睡晚起等无节制、松散的生活节奏中走出来,整理好心情,全身心地投入到紧张而忙碌的工作中。

今天早上7:00,家中那三分之二的成员没吃早饭就出发啦,剩下我这三分之一,像往日一样,打扫战场。年前,为干干净净地过大年,茶几上隐藏起来的各路"朋友",又悄无声息地回到茶几上,把代表着年味的"朋友"赶走,好像它们才是这里的主人,那样的理直气壮。我喜欢这些老朋友,有它们的陪伴,才使我的生活便捷、自由、轻松。瞧!是不是有些强词夺理,为自己的懒惰找理由呢!总之,家就是让人随意、放松的地方,我的家我做主,不能称其为"奴隶"！朋友们，你们说，对吗？

　　大约8：00，简单收拾一下，我那一只碗还是没有刷，就走出家门，来到院内，发现车辆比往日减少了，是早班的人们先行了。仰望天空，阳光明媚，空气清新，一路走来，虽然今日是节后第一天上班，但道路上的行人和车辆并不像节前那么多，年就这样热热闹闹地来，又悄悄地走了，没有了节日的热闹和拥堵，心情也格外的轻松愉悦了。走进办公大楼，朝夕相处的同事们，几日不见，亲切地打着招呼，不论是在大厅、在电梯还是在办公室里，到处都是"过年好"的问候声，看着一张张幸福的笑脸，无不洋溢着快乐与满足。按照惯例，公司的领导们要进行团拜，这每年一次的新春问候！虽然简短，话语朴实，但对员工们是个极大鼓舞。带着领导的问候和鼓励，各部门提前谋划一年的工作计划及保障措施。员工们爱岗敬业，珍惜自己的岗位，能力不分大小，各尽所能，把自己的潜能发挥到极致。在这样安定、和谐、向上的氛围中，有这样的领导团体，有这样的员工，公司没有理由不发展壮大！

　　冬日的积雪还没有完全融化，春天的脚步便悄然迈出，大地孕育着松动，柳枝涌动着嫩芽，等待一股春风的吹拂，便破茧而出！

　　亲爱的伙伴们！天上不会掉馅饼，让我们齐心合力，迎着和煦的春风，踏着春天的脚步，吹着集结的号角，撸起袖子加油干吧，新的一年会更加辉煌。

　　记得吃春饼呦！

初冬的小花

　　从立冬开始，人们就想着冬天来了，严寒也要随之而来。可喊了大半个月，喊来的是初冬的温暖和雾霾，迟来的寒冬，给人们带来无限的遐想……

　　今日清晨，我按照天气预报的提示武装起来，外出买早点。刚刚走出楼道门，一股凉风真的扑面而来，凉凉的，手伸出来有些挨冻的感觉。抬眼看看树叶，虽有些发黄但还算茂密的树干，一夜之间秃了顶。树叶被风吹了一地，树冠上所剩无几的叶子，随风摇晃，落下来，被风吹到了墙角，厚厚的。冬天真的来了！清洁工们该辛苦了！

寒风瑟瑟，却还没到刺骨的程度，树叶虽然黄了，落了，但树干仍然傲立于寒风之中，准备迎接真正严寒的考验。在满目的灰色和萧条中，夺人眼球的要数随风摇曳的小花了，尽管手伸出来有些冻得慌，但我还是按捺不住，掏出手机，留下小花那倔强、可爱的倩影。

由此想到，在工作和生活中，我们不可避免地会遇到这样或那样的挫折和坎坷，且都来得措手不及，我们该如何面对？明智之举，应该像那虽被寒风吹落了树叶，却仍顽强傲立的树干；更应像寒风中颤抖的小花，虽然弱小，但在不易被人察觉的路边或高高的树上默默无闻而又顽强绽放，在一片凋零和暗淡中，徒增了几分色彩和温暖。更令我惊讶的是，盛开着的小花周围，还有很多含苞待放的花骨朵，时刻准备着在寒风中绽放，这种前仆后继的精神，难道不值得我们学习吗？我们大多数人就是那寒风中摇曳的小花，前行的路上，不可预见的困难还很多，请你微笑着面对，坚强地往前走，不为别的，只为给子孙后辈树立一个榜样，用积极乐观的人生态度，让他们懂得起起伏伏才是真正的生活。

最后，把俄罗斯的一首小诗《短》，送给奔波迷茫的年轻人，希望且行且珍惜……

一天很短，

短得来不及拥抱清晨，

就已经手握黄昏。

一年很短，

短得来不及细品初春殷红窦绿，

就要打点素裹秋霜。

一生很短，

短的来不及享用美好年华，

就已经身处迟暮。

初冬随想

　　今天，微风拂面，有些凉意。走在路上，树叶随风飘落，让人有了种秋风扫落叶的感觉。一片片叶子落在地上，犹如天神撒落的信件，告知人们冬天真的到了，天冷了。每天出门前观察天气变化，随时添加衣服，注意保暖，保重身体。叶子落在公园的甬道上，给人凋零之感，让人不忍心去踩踏。叶子落在草坪上，犹如绿色的地毯上又铺了一层厚厚的海绵，松松软软的，积蓄着能量，呵护着小草冬眠，抵御严冬的风寒。临近中午，天空下起了小雨，是天公在有意刷洗被污染的城市，也是在给树木、花草浇灌一场上冻水，让它们过冬涵养水分……

　　人生如四季，每个年龄段该做什么，不该做什么，上天都安排好了，谁也不能肆意更改，谁更改了就会走弯路甚至跌跟头。我们每个人都要遵循这个自然规律，用自己的智慧和双手，绘制出属于自己的人生轨迹，这个轨迹犹如数学意义上"抛物线"，开口向下的那种抛物线；或是我们小时候玩的锯锯尺。不管是哪一种都要有坐标或水平线，也不管你是谁，都要从自己亲手绘制人生轨迹的起点开始助跑，经过艰难、曲折的爬坡、攀登，才有可能达到属于自己的顶点。之后慢慢地下滑，这个下滑不能像打滑梯那样，随意顺势而下。否则，你前段的努力就会瞬间消失，而应该是有计划的沉淀和积累，抑或是对前半段人生经历的总结和提炼。因为每个人能力有大小，所描绘"抛物线"的坡度、顶点的难度或高度也就不同。如果超出了自己的能力，起点高了，你登不上第一个台阶，就无法继续攀登，再努力也达不到顶峰。达不到目标，就会有挫败感、失落感，甚至纠结、困惑，调整不好还会扭曲，偏离正确的轨道。或如锯锯尺，以水平线为基准，上下起伏，但不管你怎样折腾，都不能超越这条水平线，折腾大了就有可能折断。如果你玩世不恭，低估了自己的能力，起点低了，或是漫无目的，像个无头苍蝇似的到处乱撞，永远也抵达不到目的地，你的人生价值就难以体现。所以，我们每个人都要按照自己的人生轨迹，该努力时必须努力，天上掉馅饼的好事可能有，但概率太小。即便是有也不一定就砸到咱的头上。闹不好，还会被砸个头破血流，到头来两手空。正常情况下，对于大多数人，大多数事，应该是努力了就有希望。相反，不努力，只是空想，就一点儿希望都没有。有一点，我们要正确对待，不管成功与否，都要以一颗平常心，坦然接受。

在此，提醒处于爬坡或起跑的亲人们，不要左顾右盼，要结合自己，量身订制，并按照自己既定的方向和目标，踏下心来，努力拼搏和奋斗。有首歌唱得好：……三分天注定，七分靠打拼，爱拼才会赢。相信坚定而顽强地往前走，一定会见到曙光，迎来属于你自己的春天！亲人们，加油啊！

小　花

人们常说：雨后天晴。

可现实生活中，人们往往望雨兴叹，让雨水遮挡了双眼，有甚者，等不到雨停，更看不到雨后的彩虹，而被雨水淹没。与其悲哀，何不把雨当成是一帘瀑布，做一个悠闲自在的看客。那样，你的视野里，就不只有难耐雨水，飞帘如玉的瀑布下面必然有一潭清澈的水；抑或瀑布后面，有让你无限遐想的山洞及意想不到的惊喜：美景、宝藏、失传的武林真经……

昨日傍晚，突如其来的一阵狂风吹得门窗，噼里啪啦作响，让乘凉、散步的人，一点儿防备都没有。狂风过后，随之而来的，是乒乓球大小的雨点儿，直砸在地上。有的地方下起了冰雹，低洼地段，积水较深，把出行在外的人们挡在了外面，让家人惦念。朋友圈里，发来冰雹的照片，更是夸张，吓坏了小伙伴们。请大家不要夸大事实，要实事求是，那样会扰乱民心，不利于社会安定。正值麦收的季节，把未来得及收割的小麦，砸"晕"在地里，我们岂不又要吃发霉的面粉了？为了维护正常生活秩序和网络环境，请自觉遵守网络规章制度，不谣传、不转发不良信息。

清晨，阳光不仅没有被吓倒，反而，愈加的光明磊落。没有往日的雾霾笼罩，清亮亮地直照下来，那样的奔放、火热，让人难以招架。道路两旁茂密的树木上，那些脆弱的树叶被打落在地上，给清洁工们增加了工作量。空白地上，新栽植的小草，被吹打得东倒西歪，像是乱了方阵，无精打采，看似要支撑不住了，让人怜爱。只有那顽强的小花，红的、黄的、粉的、紫的……，顶着晶莹的雨珠，在晨光中挺立着，像个骄傲的公主；饥渴的花骨朵，含苞待放，时刻准备着，绽放美丽。

生活也如天气，随时可变，有时防不胜防，措手不及。就像那茂密的树叶，昨日还与小伙伴们亲密交谈，一阵风雨，有的掉队了，先行告别，没有仪式。要像小花一样，虽然弱小，但不言败；而是，越挫越勇，傲立风雨，绽放风采。

我们的幸福就像轻轻的羽毛，漂浮不定，常伴随左右的是艰难和困苦。因此，不要抱怨，不要悲伤，只要努力了，有没有结果，都要放下，并朝着阳光的方向，勇敢地往前行……

夏 至

仲夏，火热的阳光，焦烤着大地。农作物打了蔫儿，但也烤熟了麦子，阵阵风儿吹拂麦浪，吹来了淡淡的麦香，是不是该收割了？连日闷热的天气，多少影响了人们的休闲，降低了睡眠质量。睡梦中，大雨哗哗下个不停，宛如一帘幽梦，那样的幸福、香甜。

闹铃声，叫醒了熟睡的我。懒懒地睁开眼，习惯地，搓把脸、抻抻耳朵、伸个懒腰。起床，走向阳台。望着地面的积水，噢！不是梦，真的下雨了。阳台铁罩子上的雨滴，依附着铁栏杆，是那样的难啥难分。

走出家门，雨渐渐停了下来。雨星儿随风飘浮，撑着伞，走近沐浴后的那棵山楂树，一簇簇青青的果实挂着雨珠，显得那样的可爱；旁边的小花，忘我地吮吸着雨水。突然，一滴水掉进了嘴里，小花绽放了笑脸，更加显得水灵娇艳。

仰望天际，天依旧阴沉着脸，看样子，暂时没有晴的迹象。算算月份，是到了人们常说的：连阴雨季节了。由此想起，我爱人常说：小时候家里困难，最怕连雨天，一天就吃一顿饭，还是稀粥。为了节省一顿粮食，大白天的，家长总是让孩子们睡觉，肚子咕噜噜直叫。饿醒了，懵懂的孩子们，揉着惺忪的眼睛，只知道喊：饿！但无济于事。被家长强行按下，接着再睡。那难受劲儿，别提了……。说完，随即大口地吃食物，给人一种被饿怕的感觉。每次听着他讲述的口气，看着他那痛苦而滑稽的表情，不免有些心疼，心中一颤。可还是难以想象，他当时饥饿的感受，何况现在的孩子呢？

如今，你若是讲给吃着汉堡、肯德基或是提拉米苏的孩子们听，他们只当作笑话，或是被他们羡慕。闻听此言，他们会兴奋至极，眼睛冒光。雀跃地说：那该多好，睡上个三天三夜，不用被家长催着学习，参加各种培训班啊。瞧！吃饱的人与饿着肚皮的人愿望是不一样的。

我们每个时代所处的环境不同，不一样生活方式，不一样的追求。好的教育方法，不一定让我们的后辈，效仿或重走老路。但要让他们从中感悟，时代不同，不是懒惰的借口，不是自由散漫的理由，更不是铺张浪费资本。不管时代如何变化，不变的仍是：孝敬父母、尊师敬长、团结友爱、立志勤学、艰苦奋斗、勤俭节约、诚实守信等等，这些中华民族的传统美德。这是一个人、一个家庭、一个民族的灵魂和精神支柱。需要每个有良知、有血性的中华儿女，从自身做起，脚踏实地的践行，不容置疑地传承。

孩子是每个家中的宝贝，自己的孩子自己爱，这无可厚非，但绝不可溺爱。过去我们常说，穷人的孩子早当家。可如今，有的家长，为了不让孩子受委屈，自己省吃俭用，也要让自己孩子吃好、穿好。却忽略了，对孩子的教育。更不要纵容攀比思想的滋生。因为攀比，不仅不会带来任何好处。反而，潜移默化地把孩子引向错误的方向。我们应该在孩子第一次有攀比念头的时候，及时遏制住，而不是顺着孩子的思路纵容他、认同他。久而久之，孩子会认为，自己物质、精神的贫瘠是父母造成的，会理直气壮地报怨命运的不济。试想，这样的孩子还会努力，还会有积极向上的正确思想吗？还会孝顺父母，回报社会吗？还会懂得感恩回报了吗？因此，我们要教给孩子的是：在各种艰苦条件下，面对生活的信念、勇气和技能，是一颗感恩的心和乐观向上的心态。

哈哈，我是不是又扯远了。还是打开手机，翻开日历，看看今天是什么日子吧。

今日，2017年6日21日，夏至，是太阳的转折点。它是北半球一年中白昼最长的一天，标志着盛夏即将来临，预示着北半球白昼日渐缩短。它也是中国最早的节日，民间有"吃过夏至面，一天短一线"的说法，唐代诗人韦应物的《夏至避暑北池》也写到"昼暑已云极，宵漏自此长"。

小伙伴们，记得吃面哦！

对了，今天也是中考的日子，又一批孩子长大了，即将升入高中。祝孩子们考出考成绩！

小蘑菇

今日是周末，家中吃饭的人比平日多了，我准备换个口味，买点早点——豆腐脑。

走出家门，虽然刚刚6点28分，但夏日的阳光已升得高高的，有些刺眼。仰望天空，阳光明媚，晴空万里。时间还早，我到卖早点旁边的小公园散散步。这个小公园几经周折，二十年沉浮，终于落地尘埃。面积虽不大，但给密集的城市增添了一点绿色，给苦于没有休闲场所的居民，增添了一块活动的绿地。

小公园由于是去年新建的，没有茂密的树木，主要以草坪为主，中间几棵修剪得球状矮棵植物，整个公园都暴露在阳光下，没有遮阴的地方。我从东入口走近公园，阳光把我的身影映在甬道上、草地上。首先映入眼帘的，是那几朵高傲的小黄花，浑身上下已被太阳晒得干爽；放眼望去，小草上的露珠，尽管小，像满天星，在阳光的照射下，显得格外晶莹透亮，闪闪发光。刹那间，我被小草地的素雅所吸引，禁不住伏下身拍摄，留下小草的美丽瞬间。当然，也不忘留下自己修长的影子。正在我欣赏着晨露和自我陶醉中，主街道上，一队结婚的车队缓缓驶过来，我没有留意几辆车，只看到最前边录像的是辆白色SUV，后面紧跟着的是黑色轿车，每辆车上，都披着大红花，今天是个喜庆的日子。祝一对新人，白头偕老，早生贵子，孝敬父母，努力工作，比翼双飞！

沿着用两种颜色的砖砌成的小路，背对着阳光快速行走着。晨练的人们比晚上少了许多，不至于发生碰撞。于是，我肆无忌惮地走走停停。前方甬道上，一个推着电动小摩托的人停在那里，看他从挎包里掏出纸，弯腰做着什么。走近时，发现他在用纸抓甬道上的狗粑粑。抬头看见不远处的草坪边，一只可爱的小泰迪，在自由玩耍。如今，人们条件好了，家中人口也不如过去那么多，为了排除寂寞，养养宠物，无可厚非。也是人与动物和谐的表现，但不要放纵自己和宠物，要像眼前这个人那样，自觉维护公共场合的环境卫生。转过来迎着阳光，只见几只蜻蜓在做低空飞行，那动作宛如技术高超的飞行员，那样的娴熟，就像欣赏一场高水平的表演。看着它们自由飞翔，并寻觅着，伺机落下，然而，这里没有水，恐怕令它们失望了；几只麻雀目中无人地在草地上蹦蹦跳跳，时而窃窃私语，我想走近，拍下它们悠闲自在的生活，却惊吓了它们，蹦走了；突然，发现草坪上有几朵异样的小生命，它们穿着暗土色的外衣，在草中屹立，伏下身细看，原来是几个小蘑菇。它们不怕孤独，不怕被人多势众的小草欺负，在草缝中生存。腰板挺拔，戴个小帽，整个身体，由头到脚，没有一丝棱角，不仅与周围和睦相处，而且，傲立群芳。

就像我们人类，各色人物都有，你若既要保持自己的个性，崭露锋芒，又要在人群中愉快地生活，游刃有余，就要学习小蘑菇，学着改变自己，适应环境。

蝉 儿

小时候，每到夏日，雨水多了，蝉儿就会在树上不停地歌唱。尤其，在水边的垂柳上、在小树林里，蝉儿们就像是二声部大合唱，那样的和谐有气势；又像是举办歌咏比赛，你方唱罢我方登场，歌声此起彼伏，谁也不甘示弱，好不热闹，给人以美的享受。

如今城市日新月异，虽然也在加大绿化覆盖率，但在居民区里，听不到小时候，蝉儿的大合唱了。偶尔，听到一只半个蝉儿的叫声，很是亲切。我家楼前有

新时代新生活

一棵银杏树,笔直茂盛,树叶墨绿油亮,有如一个年轻的士兵,威武刚毅,又不失帅气。

昨天下午4点多钟,我从外面回来,不顾炎热,走近几株小花,虽然叫不上它们的名字,但很喜欢。正当我投入地逐个欣赏着小花的美丽,忘情地闻着小花的芳香,愉悦地环绕在小花身边时。突然听到"知了、知了……"的叫声。于是,我带着童趣,循着声音悄悄寻找。当我接近那棵银杏树,那高亢的歌声戛然停止了。走到树下,仰头搜寻,不见蝉儿的身影。无奈,我离开那棵树,又返回继续欣赏小花,不一会,蝉儿又高歌一曲。倔强的我,又蹑手蹑脚地走近银杏树,奇怪的是,蝉儿像是偷偷观察着我,又停止了歌唱。往返几次,都是如此。噢!我在明处,蝉儿在暗处,它就像一个身经百战的侦察兵,那样的敏捷,而且,反侦察能力极强。也罢,我不打扰它练声了,让它尽情地歌唱吧,没准儿,蝉儿是准备参加"好声音"大赛呢?

我一步一回头地离开那棵银杏树,不情愿地离开那只隐蔽战线的蝉儿。心想,我也没带什么武器呀,怎么会吓着这只"百灵鸟"呢?摊开手百思不得其解。嗯!原来手中拿着手机,蝉儿误认为对它有攻击危险。对不起,蝉儿。我无意吓唬你,只是想与你近距离接触,交个朋友,我喜欢你的歌声,那样的熟悉、亲切。相信我,只要你不离开,我一定会找到你。

傍晚时分,我准备出去散步,看看天空,有些阴沉。于是,在那棵银杏树下驻足,为了给树拍照,我移动了垃圾箱。此时,围着树转了几圈,却听不到那熟悉的叫声,不免有些失落。蝉儿是练声累着了,还是休息了呢?

回到家里,不一会便下起了雨,听雨声很大,不禁想到那只与我捉迷藏的蝉儿,不知那些树叶能否为蝉儿遮风挡雨。勤奋的蝉儿,你好吗?雨停了,雷公还在发着脾气,夜里你要警惕,照顾好自己啊!

蝉儿的一生,就是在唱歌、演奏音乐,它那么小,歌声却那么嘹亮、给人震撼,竟然唱响一个夏天。它虽然只有90多天的生命,但在有限的生命里,它丝毫没有放弃,而是努力着、拼搏着!给人以鼓舞和力量,永不懈怠,孜孜不倦!

我们人类在漫长而短暂的人生中,应该像蝉儿那样,不管遇到怎样的困难,都要鼓足勇气，勇往直前，不管结果如何？努力了，就不后悔，人生也就有了乐趣。

初春的雪

尽情飞舞的雪花，肆无忌惮地舞动着，给兴致勃勃的春天迎头一棒。于是，有人笑你来得不合时宜，把生命断送，而我说你有些任性，但任性的可爱，给污浊的空气，降降温，洗洗澡，消消毒，杀杀菌！让人们紧促的双眉舒展，露出会心的微笑。

今日，天气有些异常，早上还有些阳光，虽不明媚，但抬眼望去，仍有些耀眼，离开她留下满眼的圈圈点点，让人感觉那么的不舒服，下午便阴云密布。因为忙碌，不知何时外面的雪花飘落下来，临下班时，离开电脑转向窗前，楼顶、地面、停泊的车已被白雪覆盖，本想踏雪回家，体味一下雪花萦绕的感觉，是否有雨中漫步那般的惬意呢？然而，路面湿滑，雪花飞舞，风也在随声附和着，这让我迟疑，便停下了行走脚步，失去了与春雪亲密接触的机会，更无缘体验在雪中漫步的情调……

一路看着不期而遇的春雪，心中有了别样的感觉。虽然春雪的突降，使气温回到了冰点，但没能阻止我沸腾的心，更不能阻止春天的脚步。不禁想起韩愈的那首诗：

《春雪》

新年都未有芳华，二月初惊见草芽。

白雪却嫌春色晚，故穿庭树作飞花。

大自然尚且如此，人生路上，也时常会有这样或那样的雪花出现，可能会模糊你的视线，扰乱你的生活，也会增添一些不必要的烦恼和麻烦，但它也如这春雪一样，稍纵即逝。因为它是那么的不合时宜。所以，无论在工作还是生活中，遇到怎样的困难或困惑，都不要退缩和气馁，要坦然面对和欣然接受，雪会融化，困难也会过去，温暖的阳光仍会照耀你我！

春雪在给人们带来寒冷的同时，也助推了春天的脚步，相信办法也总比困难多……

健康是金

子曰：身体发肤，受之父母，不敢毁伤，孝之始也。意思是说，我们的身体毛发皮肤是父母给的，我们必须呵护它，爱护它。因为，健康的身心是做好一切事情的基石，所以，我们要倍加珍惜。

"五一"小长假，因惧怕人多、堵车，而待在家里，正好，多陪陪老妈。但每天家人聚餐，三嫂把平日没时间做的拿手饭菜，时不时新出锅就让我们先尝一尝，尝着尝着就尝多了。难受了，才感觉吃多了，为什么自己不能控制住嘴呢。哈哈！见到美食，加上三嫂的热情，谁又能左右的了自己呢？于是，这两天，感觉浑身不舒服。别笑我，人之常情嘛！因此，温馨提示大家：要时刻保持心情舒畅，合理饮食，规律生活，加强锻炼，凡一切自己能左右的都尽量控制。老话说：三十之前人找病，三十之后病找人。所以，人从出生，做父母的就要有保健意识，给孩子养成科学、合理的饮食习惯。在生命力旺盛时期，打好基础，而不是消耗它，造成身体透支。当然了，吃五谷杂粮难免会生病，但不节制就会加速病的生成。同时，随着年龄的增长，生理机能的减退，身体越来越差。俗话说：病来如山倒，病去如抽丝。不要等到真的生病了，再悔恨当初没听医生的嘱托，或老人的唠叨。

如今，我们的生活条件好了，物质丰富了，什么时候想吃什么时候都能吃，为什么有的人想不明白？还要顿顿吃、顿顿喝，而且，非吃得沟满壕平，吃完喝完还不锻炼，岂不伤害身体。也许，你会说：谁谁那么注意饮食养生，身体也不好。试想一下，如果他不注意，是不是比这还要糟糕；或是谁谁又吃又喝，身体也挺棒的。这都是特例，不代表大多数人群。如果说你遵循了自然规律，还是不能阻挡病魔的侵蚀，那是天命，我们淡然处之。过去，我们说身体是革命的本钱，那是一种口号！而真正意义，身体好坏关乎自己的一切，没有好的身体一切等于零。当我们听到，某某明星、青年才俊，英年早逝的新闻时，只因，与他们不相识，才只是一声惋惜，却没有往心里去，仍我行我素。抑或，到医院看个重病的同事或朋友，回来，发誓要注意饮食，锻炼身体，可没过两三天，又忘了。当然，食物是用来食用的，但要张弛有度，上顿下顿的吃，五脏六腑都受不了。隔几天让肠胃休息一下，养精蓄锐，为了更好地服务于我们，不为了多在世上多待几日，就是为了提高自己的生活质量，也应该稍加注意，你说是吧？

一个人，生老病死是自然规律，任何人无法抗拒，也不分高低贵贱与老少，但只要你平日里善待它，与它和谐相处，就会得到友善的回报，最起码，活得舒服些吧。

世界发展很快，也很精彩，能有一个好身体，轻松愉快地，看看这个变换多彩的世界，该是多么的美好！

当我们老的那一天，尽管头发白了，走不动了，但望着天花板发呆时，也能回忆起，一些美好的东西，该是多么幸福啊！当我们辞别尘埃，返归无垠，也无憾了。

管住嘴，迈开腿；睡眠足，心情好，剩下的就交给上帝了……

最后，祝大家心情愉快，家庭幸福，工作顺利，身体健康！

珍爱生命

今天，阳光明媚，万里无云。走出家门，感觉空气清新，虽失去了夏日的潮湿，但不乏秋日的干爽宜人。阳光也增添了几分火辣，盛开的小花在阳光照射下熠熠发光。由于外出，身上莫名地生出几十个小小的、红红的、可爱的小疙瘩，有时瘙痒。根据我的经验，有三种可能：一是可能被什么精灵"亲吻"了一下；二是可能对陌生地方的水土不服，由于相处时间短，我们没有足够的了解，不能融合；三是可能劳累，免疫力降低，那就大补呗。哈哈，大家说，我像不像一位有模有样的"蒙古大夫"呀？我想诊断结果，到医院也无外乎这样吧。嘿嘿，就

新时代新生活

当是友情的小红豆，陪伴于我吧。

带着愉悦的心情，当我走向小区大门时，远远地看到，对面小区大门口，赫然屹立着金黄色、有些飘逸的大门上，赫然写着：沉痛悼念……。不必多看了，一个生命从此远离了亲人、告别了这个美丽的世界。同时，我发现头戴孝带的人，面容沉重，一脸痛苦的神情，有甚者泪流满面，从这些表情上，不难看出，是他们失去了亲人。周围有一些帮忙的，还有看热闹的人，他们用同情和好奇的眼神，寻觅着、议论着。逝者，是男人还是女人，多大年龄，什么病？等等。这就是路人、旁观者与亲人的区别。当然，我们每个人，在某个时间点上，都可能扮演亲人或旁观者的角色。因此，我们不管认识与否，都让我们祝逝者安息，一路走好。希望逝者的家人，节哀顺变！

我们常说，生老病死这是自然规律，任何人无法改变。这个道理似乎每个人都明白，可在生活中，遇到点挫折，或是一纸医生诊断书，有的人就糊涂了，或是，病还没闹明白怎么回事，人的精神就早已垮了。试想，你都昏迷了，医生怎么与你探讨治疗方案，这个时候，你只能听天由命了。是不是有点不负责任，你把问题推给了医生和亲人。医生还好说，他们的职责就是治病救人，这点你可以放心，他们会使劲全身解数，把最好的医疗设备、最好的药物统统都给你用上。最后只有一句话，送给了你的亲人：我们尽力了。遗憾的是，你把一生的积蓄都"捐献"给了医疗事业，最后连一句"安慰"的话你都没听到，岂不惋惜？！有没有无可奈何的感觉。既然，终归都是一个终结者的命运，为何不做命运的主宰者？尊重医生，是因为他们是专业的人员，但病没在他们身上，疼与不疼，如何难受，医生只能通过病人的描述。因此，病人作为当事人，首先不能乱了方寸，你要准确传递信息，医生才能精准诊断。说到这，对于有准备的事情，我们还有晕倒的机会，可是对于意外事故，如：交通、地震、洪水等自然灾害，就没有那么幸运了。其实车祸是可以规避的，开车慢行，启动时前后左右看看；行人过马路，养成红灯停、绿灯行的良好习惯。这样，不仅最大限度地规避了个人风险，还无形中成了遵守交规的模范，也为文明城市创建贡献了自己的一份力量。何乐而不为呢？

说一千道一万，身体受之父母，我们要爱护。生命对每个人只有一次，我们更要珍惜。活着就有希望，在不违反法律和道德的前提下，说得通俗点就是：想怎么得瑟就怎么得瑟；说的高雅点就是：活出精彩人生。

关爱老人=关爱自己

关爱老人等于关爱自己。

今天，年轻的你懂得关心爱护老年人，就等于关心将来的你自己。

大家知道，我们每个人不可能永远年轻，都有老的时候。老年人表现出来的唠叨、体弱多病、有时甚至不可理喻，这都是自然现象，也是生理机能减退所致。那些乐观、自立、长寿的固然是少数，而大多数人还是经历痛苦、无助的挣扎后，惨淡地、依依不舍地，且没有尊严地撒手人寰。天堂！只是人们的想象和美好的愿望，谁也不知道天堂是什么样，知道了，也就回不来了。不是我悲观，而是现实就这样，不管你是否愿意，它都一样发生着。所以，我们要坦然面对，欣然接受。

现实生活中，我们往往看到，有些人对自己的孩子呵护有加，可对自己的父母，却呼来喝去，尤其是对那些没有劳动能力，或生活不能自理的老人，他们的言语是如此的不堪入耳。殊不知，言传身教，你对老人的态度，正是将来你所疼爱孩子对你的态度，而且还要有过之。俗话说：人在做天在看。

前段时间，我老妈住院时，隔壁病房里的一位老人的女儿，来到我们这个病房，与一对夫妻聊天。话里话外，对她的母亲，诸多的不满意，有一种敌对的火药味。我不了解内情，但仅从她对她母亲的言语和态度，我有些反感。因此，尽管她的声音很高，但我没有正眼看她，只是用余光瞥了一眼，大概四十多岁，装扮较为时尚。老妈同病室的夫妻，已经住了二十来天了，病友们没事相互串串，他们时常到隔壁房间看看那位老人。闲聊中得知，老人有三个儿女，这位说起自己的母亲，宛如外人的女人，就是那位老人的女儿。咱暂且不说，那位老人年轻时做了怎样让女儿不能释怀的事情，如今她老了，需要儿女照顾，作为女儿也不应该这样吧，她至少给了你生命，把你养大。我想每个有良心的人，都应该让她安享天年吧！

面对这样的儿女，我难以想象老人内心是怎样的酸楚和悲哀！咱们姑且认为那位老人，年轻时也是如此这般对待她的父母或公婆吧。所谓，上行下效。这样，我们的心里多少会好受些，也顺理成章了。

可我还是想说，当你面对无助的老人，不管你对他们有多少误会，抑或你在外面受了多大的委屈，在你对他们发飙、嫌弃他们时。请你静一静，想一想：襁褓中的你，当你饿了，是谁给你奶水；当你拉了、尿了，是谁给你换尿布；当你生病了，是谁以双臂为摇篮；当你牙牙学语、蹒跚学步，是谁把腰弯得像个虾米搀扶你；当你需要学费、生活费，是谁一刻不耽误地，把钱打到你的银行卡里；又是谁为你作嫁衣、娶媳妇……。我想，哪怕你想到一点，就一点，你的态度就不应该这样了。他们现在的样子，就是还原儿时的你。小时候父母是孩子的保护神，长大了你就是父母的保护神。请用你的爱心、诚心和耐心，消除他们的孤独和恐惧，这才是人与动物的本质区别，才成其为人类文明。

俗话说：杀人不过头点地。何况他们又是你的亲人呢，打断骨头还连着筋呢。老年人的唠叨，甚至无理，其实就是无助的表现，也是对自己的不甘心，他们之所以，用极端的语言和方式，就是想引起儿女的关注而已。当然了，如果老年人，不是真的被疾病所困扰，也尽量不给儿女添麻烦，找自己的朋友或伙伴一起玩耍，让忙碌在外的儿女们专心工作。同时，也要接受现实，老是自然规律，不要沉浸在回忆里，更不要动不动就"想当年"。好了，好汉不提当年勇。让我们相互理解，相互支持，相互关爱，共同营造爱巢，使家庭和睦，老有所乐，老有所养，老有所依吧。

家庭是这样，在单位、在社会亦是如此。尊老爱幼是中华民族传统美德，应该代代相传，并发扬光大。

祝愿天下老年朋友，健康快乐，福寿延年！

第六节　生活小趣

新成员

　　lulu是我家新添的一名成员——一只可爱的小狗（Dog）。它是三嫂家的帅帅（泰迪）与另一只白色可爱的小狗所生的宝宝，出生没几天，看着挺可爱的。可能是突然离开狗妈妈和它的兄弟姐妹吧，白天黑夜，除了睡觉就是不停地叫。尽管我儿子关着房门，夜深人静的时候，还是隐隐约约听到，让人怜爱，惹人烦。

　　lulu的到来，酝酿已久了。没出生的时候，三嫂就说给我留一只。说实话，我不是不喜欢，主要是没时间伺候它。人还没养明白呢，还要养狗，不免有些赶鸭子上架。正巧，我儿子放假回来了，他本就喜欢小动物。前天晚上，他回来很晚，神秘地对我笑，我问笑啥？他没有回答。随后，把我叫到他的房间，让我看，寻找了半天，才看到那只小小狗。见到可爱的小狗，我没再说什么？但我告诉他，自己经营，我不负责。

　　小时候，为了满足他的爱心和好奇心。小兔子、小鸡、小乌龟等等都养过，新鲜几天，我就送老家去养。有一年，他养了一只小兔子，养了一段时间，送老家去了。兔子大了，过年时，宰掉吃肉。他听说是他养的那只兔子被杀了，从此，不吃兔子肉。还有一次，老家养了一只小狼狗，叫黑虎。他见了挺喜欢，他姥爷就送给了他。带回家，没有时间管，白天上班、上学，就把黑虎放在家里，谁成想，沙发垫、茶几上的东西都被黑虎叼在地上。我一气之下，把黑虎关在阳台里，更糟糕，烈性的小狼狗，狠劲地抓门，留下片片血迹。这可吓坏了我，狗要是疯了，后果不堪设想。于是，商量着又把黑虎送到他二叔家。烈性的狗，还有点晕车。在他二叔家，养了没几天，黑虎有病了，还输了几天液，但终究没有挽留住黑虎的命。当他二叔打电话告诉我这一消息时，话音未落，我儿子听到了，哇的一声哭了……

从此，我不再让他养小动物。这次，我没有强烈反对，主要是如今他长大了，也想借此，磨炼、启发、教育他。都说：不养儿不知父母心。咱别等到那时候，要提前引导，让孩子感受父母的辛劳和不容易，更加懂得感恩和担当。通过养狗，可以了解和掌握狗的生长习性和规律，什么时候生病了，什么时候需要打什么样的预防针，什么时候拉屎撒尿等等。小狗成长的过程，就等同于养孩子，不仅要给它吃喝，还要观其言观其行，教它本领，发现不良习惯要及时纠正。从中让他知道，只有良好的愿望和善心是远远不够的。干什么事情，都要有耐心、恒信，而且，要用脑去思考，精心揣摩，从中总结规律，不能什么事都大概齐、差不多。也体会到，干什么事情，都不是轻而易举的，需要付出艰辛的努力。

万事万物都是相通的，将来走向工作岗位，更需要用心去观察、思考。在实际工作中，我们常常看到领导愿意把事情交给某某办理，这说明什么？一是领导信任；二是某某有能力胜任。这信任来自哪里？来自你的第一次工作任务，不一定有多艰巨，多复杂。但你要把事情想周全，包括一些不可预知，有备无患。这样办结的每项工作，条理清楚，有理有据，才能让领导放心、满意。日积月累，潜移默化地就养成一种严谨务实、精益求精、周到细致的工作作风。

愿小噜噜在他的精心养护下，健康茁壮成长。并且，训练有素，招人喜爱。

烦　恼

话说：Lulu来我家已经一周了，它俨然成了家庭的一员，不再乱叫。

分析原因，一是环境熟悉了；二是吃饱了。刚来家时，不仅环境不熟悉，而且，还吃不饱。主要是我儿子从网上查说：刚出生的狗宝宝太小，饿点没事，撑着就有生命危险。于是，每天只给它吃一顿饭，还很少，大概也就二十小粒狗粮吧。所以，饿得小Lulu总叫唤。现在改成三顿饭了，就平安无事了。

我告诉我儿子，这与人是一样的，小孩在不会说话前，饿了、拉了、尿了，甚至身体有些不舒服，唯一的反应就是哭，不停地哭。当得到满足时，就戛然而止。

Lulu很聪明，只在我儿子那个房间活动。我不知道，大家都不在家时，它是否偷偷跑到客厅游荡。反正我下班回家，它都在屋里睡觉。招呼它，只欢蹦乱跳地跑到房间门口就停止脚步，再招呼又跑回去了。

通过几天的观察，Lulu原形毕露了，它很淘气，也很"坏"。照此下去，它有被遣送出去的危险。现在，因为它的名字问题，我家的那爷俩个，有了分歧。当家的说："名字得重新起。"我儿子说："不能改。"于是，当家的要行使家长权威，不改我就叫它"嘟嘟"。让它茫然，不知道自己叫什么？就这样，可苦了Lulu，一会儿有人叫它Lulu；一会儿又有人叫它嘟嘟。我呢，也不知道该怎么叫它。可怜小家伙，歪着小脑袋，不知所然。也许，它根本听不懂我们这些人类在干什么？这一家人，倒跟真格的似的。

哈哈，今天早上，小Lulu意外地走出房间，到客厅、餐厅活动，并且撒了欢儿似的，跟我周旋。撕咬我的裤腿、鞋子，知道与人逗着玩了。我追赶它时，它敏捷地跑回房间，再由房间往外冲，由于速度过快，竟然撞在门框上。疼的它"嗷嗷"直叫！真的好疼啊，可怜小家伙。以后可别慌慌张张的，要稳重呦！

三嫂说：该给Lulu剃乳毛了，也该打防疫针了。

瞧！经营小动物，是不是跟养小孩子一样。可笑的是，这个小家伙也特别爱睡觉，真是不是一家人不进一家门啊，我们家都爱睡觉。开始Lulu整日叫唤时，我怕影响当家的休息。我问他：小狗总叫，你睡好了吗？答：我仅次于你，打雷都不受影响。嘻嘻！好玩吧。

小家伙，你要听话哦，提高素质，加强修养，做个规矩、文明的"小宝宝"，不然，这个家可容不下你呦！

身 份

Lulu这几天熟了，开始到处溜达。

可能是长牙，遇到啥咬啥。什么窗帘、电线、椅子腿等，尤其喜欢啃拖鞋、脚后跟、脚丫子。前几天，由于，家中只有我不惯着它，大小便不到指定地点，我就打它。所以，它不爱理我，我回家，它看看就回去，也不敢出来。这两天胆子大了，不仅出来，还与我玩耍。

我在催促我儿子带它去外面。儿子说：还不到四十五天。预防针还不能打，外面的环境复杂，怕它不适应，免疫力低下，患上传染病。无奈，为了小Lulu和家人的健康与安全，只得再忍耐几天吧。

这个小玩意儿还挺聪明，它知道家中谁对它好，谁好说话。我儿子一进家，它就摇头晃脑地迎出来，而且，走到哪里尾随到哪里，并嗷嗷的叫，表示饿了。一日三餐都是我儿子侍候，按照网上说的，三餐都是幼崽专用狗粮，加羊奶。为什么不是牛奶，而是羊奶。据说：羊奶容易消化。

因为Lulu的名字大战，还在持续，由正面之争，转为暗战。当家的更不靠谱，开始叫嘟嘟，这几天又叫毛毛球。而Lulu不管谁叫啥？只要给吃的，陪着玩就认谁。当家的把这宠物狗当成大型狗对待，他吃拌黄瓜、蒜瓣儿，让Lulu尝尝。最可笑的是，他把西瓜、苹果、甜梨等水果也给Lulu吃，我和儿子制止，他还振振有词，说什么：吃水果，避免大便干燥。大家说可笑不？故此，Lulu也喜欢、追着当家的。

这可美了小Lulu，放任自流。尽管我打它，但它好像明白，这是一家人，不管态度怎样？都是为它好。这就与自家的孩子是一样的，越打越抱着家长的大腿不放。

今天，不管怎么争论，这小家伙的名字终于尘埃落定，有了户口，学名：Lulu。其他就算是小名，或乳名吧。我儿子到宠物医院给它建立了健康保健卡，名字就叫Lulu。预防针打了第一针，还有两针，顺便清理了虫子。当家的说：要把Lulu送培训基地驯养，训练规矩了，再领回来。我儿子急了，这是我养的狗，干吗让别人驯养。名字问题就算解决了，可又有了新的问题：谁来驯养。

生活就是这样。发现问题，解决问题；制造矛盾，寻找快乐。曲折着前进，生活才有滋有味。

我的态度是：不管谁驯养，都不要虐待这个小生命。既然来到这个家，就是缘分，愿小Lulu健康快乐成长……

境　遇

Lulu的到来，尽管给我们带来了麻烦，但也增添了几分乐趣。作为中立派的我，更是静观其变，从中找乐。

由于时间差，那爷俩儿基本上不正面冲突，早上匆忙吃饭，各自出门。晚上一个睡了，另一个还没回来。但对Lulu的喜爱，都有各自独特的方式表达。

当家的对家禽、家畜情有独钟。退休后，回老家养几条狗、一群羊、几只毛驴等等，这个愿望从我们成家时，他就常挂在嘴边，我只当作天方夜谭，做个倾听者。他说：小时候，家养的猫了、狗了啥的，都喜欢他。一年，家里养了一头毛驴，他下学回家第一时间先与毛驴亲近，久而久之，毛驴只要看见他进家，就尾随其后，而且，自由地走进屋里。可想而知，他对毛驴是多么的溺爱。如果是高头大马或是老黄牛都跟着这样，这个家会是什么样子？于是，我有一个大胆的设想，攒点钱，争取点扶贫贷款，在坝上草原给他租块地，退休后让他去办养殖场，那场面一定很壮观。哈哈！

现在，他没有时间养这些动物，家中突然来了不速之客，他有些反对，但还是喜欢。一天晚上，他喝了点酒，回到家，见到Lulu跑出来，他躺在沙发上，双手举着Lulu，用带些酒气的嘴吹它。之后，又放在他的肚子上，任由它爬来爬去、舔来啃去。Lulu在他身上，就像一个可爱、顽皮的小精灵。他自豪地说：看这小家伙还是跟我亲，而且，叫它毛毛球反应比较强烈。当他侧过身，小家伙不慎滑落在他与沙发靠背之间，可怜小家伙，怎么使劲地蹦跳，也翻不过他宽大的脊背。还好，小家伙很聪明，知道绕到脚底，怎奈面对沙发与地面的高度，小小的它，跃跃欲试，却不敢纵身一跳。当家的见状，用手轻轻地把它放下来。嘴里还嘟囔着：忒丑、忒丑。

我儿子更有过之。严厉告知我们，不准对Lulu干这、做那，一切由他安排。遗憾的是，他不能经常守候。原来我还充当家中唯一的"坏人"，我也学聪明了，只当个传话人。Lulu随地拉尿、或犯错误时，我不再呵斥它、打它。而是，等它的主人我儿子回来，让他管教。这个温和的主人，每天进家，都用双手举着Lulu面地面的对视一会儿。而且，Lulu犯错误时，总是以它还小为理由给以包容。小家伙与他顽皮，他也只是吓唬：别闹了，再闹我打你啊！要么把它举起来，让它不能动弹了事。

尽管当家的总想把Lulu送去驯养，但他还是照顾我儿子的情绪。这不？这个周末，小家伙差一点就被送去驯养。原因是我无意中，泄露了我儿子外出的消息。当家的问：儿子哪天不在家，我都联系好了，让他们拿走。我说：听错了，不是这周，是大下周。

这样，Lulu才得以在家中，又延长两周。快乐与麻烦并存，每个人都以各自的方式，宠着、爱着这个小家伙！

命　运

Lulu摊上大事儿了。随着一天天长大，食量也见长，一日三餐已不能满足它的食欲，每天早上四五点钟就开始饿了，饿了就得叫唤呗。这下可惹怒了当家的，告知我：抓紧做工作，沟通协商，快送走吧，严重影响了生活质量，上午半天迷迷瞪瞪的。

说实话，这小家伙要是不拉、不尿、不叫唤，没事的时候，逗着玩儿也挺好的，可它毕竟是个小生命，而且还不到一个月，就是个不懂事的孩子，你又拿它怎么样呢？打它吧，它以为与它闹着玩儿呢。更麻烦的是，昨天晚上我喂了它一小块苹果，当家的回来又给它吃梨。我说：已经给过了，别再给了。当家的说：跟人一样，吃点水果没事。受他的鼓动，今天早上我又给小家伙吃两粒葡萄，怕它噎着，还特意剥了皮。结果惹事了，中午回家发现小家伙拉稀了。

更糟糕的是，它的主人回来了。我马上报告：说坏了，Lulu拉稀了，早晨喂了两粒葡萄。答：不能喂葡萄，它会死的。这下我害怕了，那怎么办？给它吃点药吧。不管用的，直接就死了。于是，把网上说的念给我听：什么葡萄、牛油果、干果等都不宜吃，有可能会导致肾衰竭。如此严重，好在是可能发生。那中午就别再喂它了，晚上再吃吧。不行，都饿半天了，再不吃还不饿坏了。结果，小家伙吃完不一会儿，就全吐出来了。见状，典型的消化不良。唉，这个中午没法休息了。抓紧打电话咨询吧，想上医院，人家又休息。无奈，只得观察再说了。借机，我说：快送走吧。一是影响休息，二是没经验，出点啥意外，咱心里都不好受。

瞧！人和动物的饮食结构是有区别的。尽管狗与人类最接近，可还是要科学喂养，以免造成意外。好在吃得不多，不然我就成了"罪人"了。阿弥陀佛，善哉！

俗话说：隔行如隔山。干什么都要深入研究，弄懂弄通，并从中总结经验，日积月累，干啥像啥，成为行家里手。养小动物，就像养小孩，需要百倍地精心呵护。

晚上下班进家，一开门，还好，一颗悬着的心落下了。上帝保佑！小家伙，听到开门声，活蹦乱跳地从房间里跑出来，对着我摇头摆尾，以示它的健康，很是可爱。如此看来，精神状态不错。也从此事，吸取教训，不能瞎喂，要有规律，饿着可能没事，就是多叫唤几声而已。要是撑着了，不仅麻烦，小家伙难受，我们看着也难受，还无能为力。

小家伙，你要管住自己的嘴哟！我可长记性了，为了你的身心健康，不仅我不会再给你吃的，我也会监督别人。尽管有些不近人情，但我们是一家人，真心为你好。请你谅解！

小 别

今天下午，给这个家带来快乐和烦恼的Lulu在争议、沟通、协商之后，终于被送往训练基地。小主人的前提条件：一是告诉他送哪里去；二是名字不要改。他还要领回来自己养呢。

可爱又淘气的小家伙，有时招人喜欢，有时挺烦人的。吃饱喝足跟你一起玩耍，饿了不管什么时候，就汪汪的叫。也正赶上当家的最近工作忙，每天加班加点，早上正睡觉时，小家伙饿醒了，开始叫唤，就像一个闹钟，准时开叫。加上不懂世事，随处大小便，小主人从网上买了专属坐便，对它一点效应也不起。对不起了，小家伙，你得离开家一段时间，你要努力学习，争取早日回家呦！

小家伙走得匆忙，我没来得及与它合影，不知训练基地条件咋样？今晚它能否适应新的环境？你要听话哦，不然严厉的训练师，可不会像我们这样溺爱你啊！从微信里，我把小家伙医疗情况向当家的汇报：1.自身免疫力针需要三针，刚打完一针；2.驱虫药吃过了，不用再吃；3.狂犬疫苗还没接种，要三个月后接种。也不知当家的往心里去没有。对了，匆忙中，它的小窝儿没有带走，到训练基地是不是要睡地板了，明天一定想着给它送过去，千万不要着凉感冒、拉稀呀！

俗话说："多一个人，多一件事。"小家伙就像一个未满月的婴儿，需要悉心照顾。它这么一走，还真有点舍不得。以后一段时间，下班开门时，没人迎接了。坐在沙发上看电视，没有了它蹦跳、娇小、顽皮的身影，听不到了叫声，家里又恢复了往日的平静。我开始默默地清扫房间，眼前总是浮现它的影子，尽管挺烦的，但现在它走了，还真有些不适应。咳！人就是这样。尽管它没事咬我的窗帘、嗑我的家具、叼走我的拖鞋，把房间搞得乱七八糟，到处搞破坏，我还是怜爱它，面对淘气的它，当我呵斥它，或举手要打它时，歪着小脑袋看着我，并发出汪汪的叫声时，被它呆萌的表情逗笑了，我的心融化了……

其实，我的担心和忧虑是多余的，小家伙在家里只会受到我们的宠爱。不说别的，一会儿有人叫Lulu，一会儿又有人叫毛毛球。还不用说它分辨不清，就连我都不知道管它叫什么名字！只得用"诶"代替，你说郁闷不？到训练基地，人家肯定就叫一个名字。没有争议，按照教程训练。这就与小孩子，三岁之前，在家里，爷爷奶奶外公外婆看着，像个小公主、小皇帝，什么都依着孩子，到了三岁就要送幼儿园，学知识、学规矩，学着与小朋友们如何相处是一样的。而且，相信训练基地的训练师要比我们有经验，它在那里可以学到知识，掌握规律，遵守规矩。

我们与动物和谐相处一段时间，尚且如此，都依依不舍。何况自己血脉相连的亲人、一起学习的同学、一起工作的同事及朋友，更应该珍惜彼此，和谐友爱，互相帮助，互相支持，为一个共同的目标携手并进，建设和谐美好幸福的家园。

没有送别仪式，外面下起了大雨。也希望小家伙早日学成回家，我们一起玩耍，分享快乐！

后　记

时间过得真快，一晃小Lulu离开家已经半年了，它可爱的身影，时常在眼前晃动。闲暇时，也甚是想念。它过得咋样？长本事了吗？

不仅我牵挂着它，就连朋友们都牵挂它。随后的日子里，有朋友问：你家小Lulu训练好了吗？啥时回来呀？哈哈，不好意思，愧对大家了。没有送往训练基地，小家伙也没那么名贵和娇气。当时，只是为了让我儿子放心，才那么说的，送给朋友了。

告诉大家，小Lulu挺好的。在朋友的精心养护下，学会了站立、打滚儿等基本动作。朋友时常发来视频，从中可以看出，小Lulu个子长大了些，没有我们期望的那样变俊，依然有点丑。不算太聪明，但也不算笨。憨憨的，蛮可爱的。

谢谢朋友们！我们一起分享快乐。也祝小家伙健康快乐成长！

| 第二篇 |

生活里有诗
SHENGHUOLI YOU SHI

新/时/代　新/生/活

春 雨

悄悄地你来了
在我睡梦时
待我睁开眼
你已亲吻了大地
却是那样的深情

悄悄地你来了
轻轻地拍打着我的脸
凉凉的
是那样的清爽
使我精神抖擞

悄悄地你来了
密密麻麻地洒满车窗
模糊了我的视线
雨刷将你轻轻擦拭
我小心翼翼地行驶在你弄湿的柏油路上

悄悄地你来了
悠然想起那首《雨巷》
遗憾的是
我没有那把油纸伞
也没有路灯映射的身影

悄悄地你来了
拥抱一下
谢谢你
滋润了万物
洗刷了城市

雨中花

迎着春风
踏着轻盈的脚步
春姑娘微笑着向我们走来

匆忙中
道路两旁的花儿
已争相绽放

含苞待放的玉兰
盛开的迎春花
粉红的桃花

每次与你们擦肩而过
遥望你们的笑脸
我的心醉了

盘算着

新时代新生活

闲暇时与你们相聚
怎奈屡屡失约

一次次
在心底勾画着
与你们相拥的情景

还没来得及
端详你们那稚嫩的脸庞
倾听孩童般的心声

一场不懂情调的春雨
无情地打在你们的脸上
却疼在我心里

弄脏了你们的笑脸
强行卸了你们的浓妆
那样的让人心碎

不哭
美丽需要坚强
风雨之后就是彩虹

别责怪春雨
它也有使命
理解万岁

感谢春雨

使你们更加娇艳美丽

呈现了别样的自己

听　雨

傍晚

雨越来越大

像是专给下班人准备的盛宴

接到邀请

我如期赴约了

打着那把蓝花伞

没有约到同行者

正好享受一下

独自雨中漫步的感觉

雨在不停地下

敲打着雨伞

好像要跟我诉说什么

但急驶的汽车

夹杂着车轮碾过雨水的声音

把我们的对话打断

突然

一辆忙碌的宅急送

新时代新生活

从身边窜出来

溅起的泥水撒到我心爱的皮靴上

望着远去的背影

我只好祝他一路平安

雨滴一个接一个

落在低洼地面的积水上

形成一个个美丽的同心圆

还没来得及欣赏

便消失在水中

蹩脚的爱

有一种爱

很蹩脚

但也很温暖

我说去看花

你说哪天带我去

却几度花开花落

我说去看海

你说恐遇台风或海啸

搁着

我说去雪域高原

你说空气稀薄

不可

我说去看冰雕

你说天冷

非去 包裹好

只是今年

你说带我去赏花灯

我说人多

你说那才热闹

入场时

人头攒动

你说危险

仅此一次

厚重的爱

有一种爱

看似

严厉 冷漠 近乎无情

但更显厚重

那是一个父亲对儿子的爱

平日里

新时代新生活

他不苟言笑

像个铁道巡视员

不容你有一丝的懈怠

一经发现 准是一通 说教或训斥

倔强的你

想争辩 也想证明自己

进步时 满心喜悦 本想说给他听

却收不到一句赞美之词

得到的只是一句 这算啥 继续努力

于是乎

你误解了他

错误地认为 与他无法沟通

这让你感到 迷茫 委屈 心冷冷的

好像永远也达不到他的高度

然而 在他的内心

有一种难以言表的骄傲与自豪

你的每一个小小的进步 都令他兴奋不已

比他自己加薪晋级

抑或是抓到彩券还高兴

这就是 父爱

你是他 不竭的动力和支撑

他是你 坚强的后盾

正所谓 父爱如山

应该倍加珍惜 那种外冷内热的爱

温暖的爱

有一种爱

有些唠叨

但也很温暖

那是一个母亲对孩子的爱

自从孕育你

她经受了胃觉的翻江倒海

吐出的是苦水　辣的是喉咙 甜的是心里

为了你　她不怕辛苦　接着再来

因为你的成长

她挺着隆起的肚子　很丑　但很自豪

像袋鼠妈妈一样

骄傲而沉重地带着你一起　做饭　洗衣　劳作

她经常吓唬自己

这个小人　长得什么样　健康吗

直到经过痛苦地挣扎

欣喜地看到你的第一眼　听到你的第一声哭　她的心踏实了

也是从那一刻起

新时代新生活

她放弃了自我

没再睡过一个安稳觉

生怕一不小心　弄坏了小小的你

你哭了

她忙乱了

不知道小小的你是饿了　尿了　拉了　还是病了

如此反复　你渐渐长大　她也随之成熟　并对你了如指掌

她就是那个

你一进家门就习惯了的称呼

也是当你遇到委屈

愿意向她倾诉的人　妈妈

妈妈

一个

多么熟悉又温暖的称呼

她伴你成长　你陪她到老

小蝌蚪

一只小蝌蚪

在妈妈的呵护下

从没离开过那个孕育他生长的池塘

隔着一层透明的防护膜

自由地

仰望天空

仰望星空

看到的是一汪儿没有涟漪的水面

有一天

小蝌蚪长大了

变成了一只美丽的青蛙王子

于是

蹦蹦跳跳

跌跌撞撞

蹦到了荷叶上

结识了青蛙姑娘

初出茅庐的你

误以为自己遇见了青蛙公主

玩耍中

心生好感

可青蛙姑娘

留恋池塘里盛开的荷花

青蛙王子也想

怎奈他有使命

因为

只有在平静的池塘里

他才是王子

选择间

王子有些患得患失

青蛙妈妈

看在眼里

疼在心里

告诉他

那个青蛙姑娘

只是你生命中的一个过客

她不是你的公主

你的公主在宁静池塘的某个角落里

热切地

盼着你

等着你呢

谚语曰

宁当鸡头不做凤尾

这个池塘

才是你的王国

才有你的舞台

而如今

世界大同 千姿百态

池塘只要不干涸

就一定能汇入湖泊

汇入江河乃至大海

夯实基础

练就本领

学会跳跃

跃上池塘的荷叶

自如地跳舞

学会划舟

驶向江河湖泊 放眼世界

学会操纵巨轮

驰骋在广阔的大海

经风雨 见世面

因为

你是青蛙王子

青蛙妈妈

多么希望

不论是从前的小蝌蚪

还是今天的青蛙王子

都永远健康快乐

平安幸福

并能找到那个真正属于你的青蛙公主

一个能与你携手同行

在荷塘

在江河湖泊

甚至在大海里

都风雨同舟 不离不弃的那个她

我与小花对话

千亩梨园里

盛开的梨花

新时代新生活

吸引了
来来往往的赏花人
更少不了
飞舞的蝴蝶蜜蜂

忘情玩耍中
梨园边干裂的土坡上
两只倔强的小花
吸引了我的视线
我情不自禁地上前搭讪
弯下腰轻声地

嗨
小花你们好
你们怎么在这儿
小花歪着头友好地回答
朋友你好
别挡着　我们在晒太阳呢

噢
对不起
我随即转了身面向阳光
接着与小花攀谈
你们小哥俩儿怎么不和你们的小伙伴在一起
那儿多热闹

哈哈　你不也是

离开喧嚣的城市来到这里赏花吗

嗯　我和你们不一样

我只是借着春光与大自然亲近一下

而你们却生长 战斗在这里呀

瞧　风吹日晒的

身后还有条大裂缝

连个遮风挡雨的树叶都没有

我真替你们担心

小花在微风中摇曳着微笑着

认真地回答我 不是说越是艰苦的环境越锻炼意志吗

是啊

多么懂事阳光的小花

听着小花的回答我不禁在想

我们的孩子是否能像这美丽的小花

如此这般独立坚强乐观

不惧风险面对困难勇敢地迎接挑战呢

我的腰和腿有些酸痛

直起腰站在那儿望了一眼明晃晃的太阳

爱惜地说

小花保重　不打扰了

我爱你们就像我们的孩子

希望你们健康快乐幸福并早日成熟

思 念

又是一年清明时

梦里

我遇见了您——我的父亲

却不见您的身影

没有话语

就连相视的微笑都没有

眼前

只清晰闪现您的名字

我知道

您想我们了

于是

兄弟姐妹们相约

带上您平日爱吃的饺子

聚集在您的墓前

用干净的抹布

小心把墓碑擦拭干净

知道您喜欢花

每次把花环更换

点上一炷香

斟上一杯酒

知道您惦记着母亲

请您放心

母亲安好

也祈福您平安

有人说

体质虚弱的人

不宜进墓地

如我

好多人劝阻

而我

不相信

因为

我是您的女儿

您是我的父亲

血脉相连

所以

我不怕

您在天之灵也会保佑我

父亲

每次去见您

还没走近

一种沉甸甸的心情

来自心底

像泥浆 像山泉

一股股

涌动着

当站在墓碑前

新时代新生活

心已在哭泣

泪水早已模糊了双眼

却说不出话来

有多少思念

想对您说

如今

只能是一场隔空的对话

父亲

我和您一样

是一个唯物主义者

原本不相信有天堂

但当您离开我们的那一刻

我愿意相信

而且很坚定

正如

我写给您的信

多少没有说的话儿

留在笔尖

深藏在心里

在此

我祝天堂的您和亲人们

安好

我们把思念当作一种永恒

您的坚强

您的正直

您的善良

您的微笑

都将永远刻在 我们的心里

留在我们的记忆里

并一代代传承 发扬光大

告　慰
——怀念我的公婆

昨日

告别了天堂的父亲

今日

又来祭奠这里的公婆

同样的哀思

不一样的角色

站在公婆的坟前

有一种沉甸甸的责任

有眼泪

也难受

但还能把心里话说出

更多的是 心疼站在我身边的那个人

你们的儿子

我的爱人

如今

新时代新生活

我们的日子好了

你们的儿子 时常慨叹

若是爸妈活着该多好

只要有空儿就回家陪着他们

给他们买好吃的

看着他 每次说这些话的表情

有天真 有幸福 更有无奈

而我 只能默默地听着 看着

公公早已过世

享年只有五十六岁

但您的品格 我却是如数家珍

勤劳 简朴 坚韧

一个令人敬佩的父亲

八岁没了爹娘

用他那稚嫩的小手

牵着两个弟弟

艰难地长大

由于久远

已无法考证他的成长历程

上天恩赐 有缘与婆婆相见

且在一个屋檐下 生活几载

虽话儿不多 但仍很和谐

她淳朴善良 不拘小节

遗憾的是 她没能住上我们的大房子

故此

即使天各一方也常在梦里

还是那个不到三十平方米的小屋

生活拮据 空间狭小

但不失热闹 温暖

常有欢笑萦绕

可喜的是

孩子们都长大了

用不了两年又要添人进口了

在天堂的你们

为我们高兴吧

知道你们惦记着你们的二儿子

我们的兄弟

请你们放心

我们会像你们照顾亲人那样

照顾好他及他的一家

携手奔向富裕 祥和的生活

以此

告慰你们的在天之灵

湖边遐想

谷雨把春夏分开

春天依依不舍地告别

虔诚地把接力棒交给初夏

竞相开放的花儿

新时代新生活

有节奏地退出了舞台

默默地飘向大地的每个角落

宽容者留在了树根下

化作泥土，为来年的花儿更鲜艳

毫不犹豫地

蜕变出：墨绿、淡绿、嫩黄、暗紫色的嫩叶

一些矜持的小花儿

在绿色的海洋里点缀

这个周末

一股暖流悄然而至

给省考的学子和结婚的新人们

加了点油，沁出了汗珠

看着考场外，车水马龙，人潮涌动

我索性来到不远处的湖边

想象着温室里的小花就要沐浴阳光

迈向社会的竞技场，复杂的心情难以言表

愿孩子们像棵参天大树

通过光合作用，释放出新鲜的氧气

为社会发展添砖加瓦——孩子们，加油，你们最棒！

刺眼的阳光

没能阻挡我，欣赏蓝天、白云、湖水、花草

眼前勾画出一幅美丽的水彩画

一条干净的水泥甬道，把繁华与宁静隔开

站在湖边悠长的绿化带上

对面，现代化的高楼林立、错落有致

远处，石拱桥把两岸紧紧相连
微波荡漾的水面，给人以无限的遐想
坐在湖边的长椅上
曾多少次，幻想着有一个幽静的地方
一个人或与相知相爱的人，静静地坐在那里
倾听虫鸟、花草的窃窃私语

今天的风，带着一些温度，也有些强劲
吹乱了我的头发，掀起了衣角，也使彩色的丝巾飞扬
更把湖面摇动
波光粼粼，像神仙醉酒舞动的七彩缎面
岸边的垂柳，伸直了手臂
像顽皮的孩子，趴在岸边戏水
在风的吹拂下，尽情地摇摆
刚要触及水面，风像是故意似的，乍然停止了
没有摸到，柳条嬉笑着，等待风再来
风挑逗着柳条
我的心随之荡漾着

初夏的含蓄
没有蟋蟀的合唱，也没有蛙声
只能听到风一阵阵地吹着
湖水轻轻拍打着岸边
偶尔有骑着单车的孩子们经过
似乎懂得这种意境
没有往日的叽叽喳喳
穿着橘黄色外衣的清洁工

给淡淡的风景画，轻轻地点上色彩

不知何时？

一对老夫妻从我身边走过

望着他们远去的背影

心想，那就是未来的我们

多美……

初夏的雨

初夏的闷热

着实给人们当头一棒

突如其来的热度

成为人们的热点话题

往年没这么热呀

大自然就是这样

正所谓天有不测风云

六月的天孩子的脸

说变就变

不曾有为什么

人们抱怨着唠叨着

温度依旧在升高

于是经不住打击

开启了空调

人类进步的伙伴和克星

隐藏一冬春的空调尘埃
还未散尽
天空又下起了雨
真可谓乍暖还凉
让人感觉是那么的不舒服

初夏的雨淅淅沥沥
毫不留情地打落了
那些脆弱的花瓣树叶
却把晶莹的水珠留给坚强者
还有那含苞待放的花骨朵

大自然就是这样
不管你有无准备
也不管你愿意与否
冷不防地来潇洒地走
留下任何痕迹都要欣然接受

人生亦是如此
你方唱罢我登场
慢了就赶不上这场演出
下一场又不知何时开场
鲜花和掌声已送给有准备之人

雨还在下

新时代新生活

我的思绪又回到了雨水上

看着路面那一汪汪的积水和花瓣上的雨珠

心想　干旱已久的禾苗该喝包了吧

丰收还会远吗

雨后的清晨

雨后的清晨

宛如沐浴的妙龄少女

轻轻地向我们走来

那样的清新 飘逸 甜美

两只似情侣　兄弟　姊妹的麻雀

蹦蹦跶跶地寻觅着什么

时而相视对话

一会儿，便不约而同地飞走了

雨后的清晨

沐浴着花草树木

花儿像孩子们的笑脸

红扑扑，水灵灵

娇嫩得能用手掐出水了

有种向前亲吻的冲动与渴望

然，唯恐弄疼了她们

只能静静地，近近地欣赏

雨后的清晨

有如英姿飒爽的军中姐妹

树干像挺拔的脊背

汗水沁透了衣衫

翠绿的树叶

油亮亮的，闪着麟光

折射出无限的光芒

彰显着青春与活力

雨后的清晨

天空蓝蓝的

像孩童的眼睛

那样的清澈透明

看着她像是一次心灵的洗礼

湿润的土地

散发出落叶、花瓣发酵的芳香

让人看到希望与收获

雨后的清晨

像个慈祥的老人

那样的和善友好

抬头仰望

太阳公公露出灿烂的笑容

尽管有些刺眼

但仍感觉浑身清爽而惬意

走起路来也轻盈了许多……

盼

盛夏
火热闷热
让人喘不过气了
昨夜突起狂风
心想
一定会有一场暴雨
不料
没有雷电相伴
风狂妄了一阵儿
便知趣地停了下来

清晨
望着外边干干的路面
不免有些失望
阳光依旧的火热
尚存的一点风儿
算是给人们的安慰
微弱又无力
像鼻孔里出来的气息

中午时分
太阳像燃烧的火炭
烤晒着大地的每个角落

洒水车
唱着歌在城市的道路上
不知疲倦地走过一个又一个街道
尽管微不足道
但体现着人文关怀
这多少给人带来一丝凉意
更是一种心灵的慰藉

走在十字路口
整个人暴露在阳光下
像在天然蒸锅里
汗水像小溪自上而下流淌
头发凌乱地贴在不宽的前额
脚下热浪翻滚
头上烈日炎炎
嫣然像是即将烤熟的肉夹馍
有些外焦里嫩了

树叶翻白着眼
龙拉着耳朵
无力地站立着
那样的无精打采
躲在树上的蝉儿
在拼命地叫着
像是诉说着什么
如此的撕心裂肺

新时代新生活

只有路旁的小花
不畏酷暑
争相开放着

傍晚
仰望天空
一抹淡淡的乌云
试图遮挡太阳的视线
乌云与太阳公公
在云端翻滚着
斗争了几个回合
太阳也许是真的拗不过乌云
抑或是有些累了
借此小歇片刻吧

于是
天渐渐阴沉起来
树梢开始摇曳
让我们期盼雨的来临

唐山·你好

清晨
欢快的鸟叫声
惊醒了梦中的我
睁开惺忪的睡眼

仰望天花板
一缕熟悉的阳光
告诉我
今天
又是一个艳阳高照

谁说
北京的雾霾来自河北
河北的雾霾来自唐山
无须反驳
瞧
蓝蓝的天空下
呈现着一座现代化城市
干净整齐的街道
秩序井然　车流人流
文明和谐的氛围

曾几何时
百年不遇的大地震
瞬间
这座工业城市被夷为平地
然而
英雄的唐山人民
不仅没有被吓到
反而
更加坚强友爱

新时代新生活

在废墟上
重建了美丽的家园

毁灭性的灾难
没有摧垮意志
面对治理环境
何所畏惧
众志成城
打几次歼灭战
一切烟消云散
还一个蓝天白云
鸟语花香的秀美唐山

今日的唐山
不仅有辽阔的世博园
屹立城市中心的抗震纪念碑
留下记忆的地震遗址
还有神秘的国家矿山公园
更有诞生在这里的
中国第一座现代化煤井
第一条标准轨铁路
第一台蒸汽机车
第一袋水泥
第一件卫生陶瓷

走进社区

绿地公园覆盖

休闲 健身 散步 跳舞

呼吸着新鲜空气

震后余生的唐山人

更加珍爱生命 热爱生活

更加呵护自己的家园

英雄的唐山

正张开双臂

迎接八方宾客

笑迎陶博盛会

喜　秋

秋代表收获

秋是一幅水墨画

秋给人带来喜悦和幸福

于是我们

迎来了国庆

新中国的生日

在世界的每个角落

不同的地方 不同的职业

相同的肤色 相同的方式

唱歌 跳舞 升国旗……

华夏儿女

共祝伟大的祖国繁荣昌盛

新时代新生活

祖国的节日

我们的喜日

家人来团聚

和谐幸福的一家人

围坐在母亲的身旁

美酒佳肴

叙说亲情

面向国旗

敬个礼

感恩伟大的祖国

让我们

安居乐业

幸福安康

借着秋色

借着假期

有人畅游

祖国大好河山

而我陪着爱人

走一走家乡的小路

闻一闻泥土的芬芳

看着满眼的金黄

挂满枝头的果实

农家小院的粮仓

农民兄弟的笑脸

抑制不住内心的喜悦

老家的山

洒过英烈的血

我们不会忘记

傍晚时分

迎着带些凉意的秋风

向着山的方向

站在山坡上

我骄傲

这是英雄的土地

瞭望秋日里的山村

同样的秋日

同样的颜色

不一样的感受

那就是

人民的生活

像芝麻开花节节高

秋　雨

秋雨

似乎懂得情调又善解人意

你在国庆 中秋小长假的最后一天

也是寒露节气日

悄然而至

秋雨

淅淅沥沥

连绵几日

秋季里少见

这就是你的性格

冷峻而守时

把点点秋色连接

增添了秋的韵味

秋雨

嘀嗒嘀嗒

像时钟

加快了秋的节奏

叶子黄了 红了 枯了

离开了滋养你的树干

飘落在地

化作尘埃 泥土 肥料

没有一丝怨言

秋雨

倾诉了心语

停下了脚步

净化了空气

迎来了西边的云彩

美丽而低调

映红了万物

照进了我的心房

也带走了我的思念

秋雨

你的光临

带来寒意

朋友们

记得添加衣服

保重身体

平安 健康 幸福

秋风与小花

听

突如其来的秋风

呼啸着

把树叶吹落

一夜之间

茂密的银杏树

已然像三毛的头顶

残留着可数的几片叶子

黄得透亮

给人希冀与怀念

看

小花

新时代新生活

不惧寒风

傲然挺立

迎风摇曳

有的在绽放

有的含苞待放

只争朝夕

给寒冷一丝温暖

突然

绽放着的一朵白花

吸引了我的视线

走近她

留下她的美丽与坚强

却被守护她的枝刺划破衣裳

像个依恋母亲的孩子

拽扯着我的衣角

那样的渴望与依依不舍

再见

可爱的小花

我喜欢你

却不能久陪

冬天来了

冷冷的

我还是回家吧

暖暖的

秋风

带走了雾霾

迎来了清纯的阳光

还原了蓝天白云

也送来了寒冷

周末猫在家里

躺着沙发上

懒懒的放松自己

享受秋风阳光

|第三篇|

生活里需要幽默
SHENGHUOLI XUYAO YOUMO

新/时/代 新/生/活

变 脸

今天，仍然是个雾霾天气，但没有影响到我的心情，美滋滋的。走在上班的路上，抬眼看哪里都是雾气潮潮的，所以，只顾走路，不再像往日那样东张西望的了。突然，在一个十字路口，一对老年夫妇，男人推着坐在轮椅上的女人，身边蹦跳着一个五六岁的小孩，还有一个女士，细细的腰身，皮裤衩穿在外面。因为是背影，看不好发型，更看不出年龄，这是一幅多么温馨幸福的画面啊！但当我超过他们，好奇的我，再回头看时，不禁使我惊讶：那个女士，满脸的皱纹，描眉打粉，白的有些掉渣。一向文雅的我，忍不住，扑哧笑出了声，好在我戴着口罩，对方只能看到我的笑眼，没能看到我的笑脸和不雅的牙齿！不然，人家也会笑我："有病的……。"

此时，正好是绿灯。于是，我快速离开，穿过马路，自己还在笑。笑，是羡慕那位女士如此年龄还把皮裤衩穿在外面，精气神真好！同时，也在笑自己，太OUT了。原来以为，都是十七八岁的少女这样穿着，没想到后看像少女，前看像大妈的人也这样穿衣打扮！哈哈，借着好心情，特例做了一次不文明市民，看见路旁几棵挂满红豆大小果实的树木，叫不上名，但感觉很好看，顺手折了一小枝，就一小枝！送给忙碌的你，轻松一下！想起来就想笑，笑得肚皮疼……

傻大姐

今天早晨，我上班路过早市，顺便买点菜。往日我买菜时，基本不问价儿，因为问了也白问，人家说多少还是多少，也不会给我便宜。今天可能是天气的缘故，包裹的衣服多了些，一路走来，出了一些汗，可能是外冷内热吧，有点上火，也不知大脑哪根筋搭错了，看到茄子，拿起一个问：多少钱？答曰：4块。我不假思索的说了一句：不5块吗？菜主用异样的眼光看了我一眼，说：大姐，4

块还不好卖呢，5块还不砸手？我没理会他说什么，随手称了2个。嘿嘿！我是不是像个缺根弦的"傻大姐"！

护　腰

据天气预报：今天降温，提醒大家注意保暖。我本就怕冷，于是大棉鞋、大棉裤、大羽绒服，大围脖，腰间还系一个自发热的护腰，唯独没有戴帽子，就这样把自己武装的像一个因纽特人。因为今天我被限号了，正好想走着上班，早上出来尚可，中午就不行了，走了一身汗不说，那个自发热护腰天冷时效果不大，这会儿可极致地发挥了作用，惹得我有苦难言，只得放快脚步，害得我小脚趾直抽筋，一瘸一拐地走到单位。大家可以想象我当时走在路上的形象，该有多滑稽。瞧！我是不是很娇性，冷了不行热了也不行。哈哈，这只是个冷笑话！嘻嘻……

小蛮腰

昨天下班时，在楼道里遇见一男同事，他一手捂着腰，歪着脖子，咧着嘴。"惭愧地"对我说："上午就拧了门上一个小螺丝钉，嘎嘣儿一下，竟然把腰扭了。"我不加思索地说："你太逞强了吧？"一句话逗得他和另外一个同事扑哧笑了。于是，他用另一只手比画着，从他的手势看，那个螺丝钉真是小得不能再小了。真应了那句话：打个喷嚏都扭腰啊！转而在我面前炫耀他的护腰，Look！前后带钢板的，能起到固定作用。看着他痛苦又滑稽的样子，我不屑一顾地说："现在我都不用那样的了，当年大夫也让我用，遗憾的是，腰围不够尺寸，挂不住。"他认真地说："有大小号。"我说："试过，最小号的也挂不住，起不到作用。"同时又开玩笑说："在我这久经沙场的老'腰'面前，你那就是小儿科。"哈哈，我是不是挺气人的？亲们！是不是感觉到我的"小蛮腰"或"A4

腰"了呢？嘻嘻！

温馨提示上班族，尤其有腰椎病的朋友：经常扭扭腰、伸伸腿、晃晃脑；干活要摆正姿势、用巧劲儿；平时注意保暖，特别是在秋冬和冬春交替的季节格外注意；尽量不做剧烈运动，如打球、登山等。在家看电视时，避免"葛优躺"，不要赶时髦啊。时刻记住你是个"坏人"呦！

经验证明，腰痛没什么好的方法，只要发作的频率减少，就阿弥陀佛！姿势好看不好看不重要，重要是疼起来，那不受自己支配的感觉真难受啊！

朋友们，为了减少肢体带来的疾苦，离开电脑，放下手机，忙里偷闲，伸伸腰，喝口水，去趟卫生间，活动活动吧！

祝朋友们：身体健康，工作顺利，开心快乐！笑一笑呗！轻松一下。

轮胎丢了

今天，在一个路口，看见一人弯腰，拾起一个像井盖儿模样的东西，开始我以为是路政或自来水公司的师傅在作业，搬动下水管道的井盖儿。走近一看，发现是一个骑小人力三轮车的人，在捡车轮子。他的小三轮车歪曲着停在路中间，好在速度不是很快，车流量也不是很大，不然好危险啊！

看到这个场景，我不禁想起多年前，我的小叔子，他起早开着三马子（三轮车）去进货，途中遇到我爱人的同学——张先生，一早儿去镇上上班。正值冬天，小叔子见张先生骑着自行车，冷呵呵地。于是，邀请张先生坐他的三马子。开始，张先生并不愿意坐，可小叔子是个热情又善良的人，连拉带拽地，张先生扭不过热情的小叔子，便坐上去了。遗憾的是，当行驶一段路后，意外发生了。自由自在行驶的三马子，突然一歪，偏离了道路，驶向道边的小沟里，吓倒了正巧路过此地骑自行车人。惊恐的张先生，竟然发现小叔子紧紧手握的方向盘脱节了。就是说，开着车，方向盘掉了！好在有惊无险，车没翻了，人没事。惊魂未定的张先生，立马给我爱人打电话说：吓死我了，打死我也不坐你弟弟的车了。

嘿嘿！

听到这里，大家是不是觉得很可笑？咋会有这种事情发生呢？诶！大千世界无奇不有，这可不是我杜撰的呦，真的事儿啊！瞧！多危险啊！朋友们，不管是自行车、摩托车、三轮车还是电动车，行驶起来，都比行走快，出行前，需要进行安全检查，避免意外发生。

由此，温馨提示开车的朋友，要善待自己的爱车，与它和睦相处。一定记得，按时交保费，定期维护保养，行驶的速度慢些再慢些。安全出行，关爱你我他！

祝朋友们：平安快乐！轻松一笑……

串　位

今天，被限号了。走在路上，抬眼看看天空，雾气潮潮的，周围的楼房，被薄雾包裹着，像是"海市蜃楼"，走在路上，仿佛置身于"仙境"一般。

尽管身边驶过的汽车肆无忌惮地喷着尾气，好像在抱怨着什么，我仍旧自在地走着。忽然低头，发现我的腰部鼓鼓囊囊的。心想：最近是长了2斤体重，可也不至于这么明显吧？到班上，我换了外衣，在卫生间对着镜子，前后左右看了一圈又一圈，也没发现有什么变化呀？原来穿也没发现有这现象啊？纳闷的我，有些纠结，下班时，我再次换上那件大衣，低头看看，还是鼓鼓囊囊的。于是，边走边想，是不是里面的衣服没抻平，或是毛围脖堆在哪里呢？摸了摸，真蹊跷，都不是。正在我百思不解的时候，突然发现大衣的纽扣有问题，三个纽扣竟然错位了，大约差半寸吧。忽然想起，本大衣丢了一个纽扣，因配不上原样，只得全部更换，准是我在更换过程中，给订错位了。所以，才出现这般情况呦。

大家是不是觉得我很"巧"啊。哈哈……

瞎白薯

大家知道"瞎白薯"是啥意思吗？我也刚听说，上网搜了搜，没有答案。究竟是啥意思，我也不太清楚，第一次听说。讲给大家听啊，忙碌一天了，放松一下呗！笑一笑，嘻嘻！

这得从我居住小区南门入口处说起，这里经常有卖蔬菜、水果、鸡蛋等小摊儿出现，只要城管队员不来，他们风雨无阻，别看地方小，热闹的时候，也有清明上河图的感觉啊。摊主们早来晚归，挺辛苦的。有一个还是从遵化党峪，开着三马子，天还没亮就出来，晚上七点以后才返回。有他们的存在，方便了附近居民生活。但这个小区里面有一个幼儿园和一个小学校，如果是上下学时间，小区居民或接送孩子的家长，在此停留买东西，由此导致堵车现象时有发生，让人十分头疼。

昨天晚上下班，走到入口处。前面有一对老夫妻，因天色已晚，加之不好意思回头看人家，所以，没能看清他们的脸和装束，只从背影和声音分析，他们六十五岁左右吧。边走边交头接耳地说着什么，从他们身边走过，听到一句半句，下面是他们简短的对话：

……

女：看！那好像是。

男：本来就是，你没看见啊。

女：我瞎嘛！

男：本来就是，你个儿"瞎白薯。"

我当时没反应过来，纳闷？咋还"瞎白薯"呢？白薯本来就没有眼睛呀？回到家，才琢磨过味来，也对，白薯没眼睛咋看不到嘛！我理解的意思是：不仅眼神不好，而且脑子也不好，简称"瞎白薯"。原来是我反应迟钝，哈哈……

"瞎白薯"，笑得我肚皮疼，还直流眼泪！

是啊！多年以后，我们也可能……。还是别笑了，严肃点，安静地看会儿书吧，免得将来也成"瞎白薯"。呵呵……

愚人节

说，前几日，一天晚上十点多钟，我正准备休息。突然，手机滋滋地震动，随即打开手机微信，看是老家一个侄女发的信息。微信是这样写的：借我一元钱，一会儿还你。我在想：这孩子准是发红包玩呢？顺手发给她了。过了一会儿，她回信儿说：大婶，还没睡呢，打扰了，我过愚人节呢，群发的，早点休息吧。

哈哈，今天是几号？看了一下日历，还没到4月1日啊！不禁慨叹，如今的人们该是多么的悠闲自在，大把的时间不去看书，不好好休息。

好了，不管他们了，玩儿吧，我是睡觉了。

对了，今天是周六，你踏青去了吗？我们领导咋通知我上班呢，准是被"愚"了。嘿嘿，悄悄告诉我，你被"愚"了吗？

祝亲们，愚人节快乐！

时尚小伙

今天，太阳公公休息，又偶尔有阵阵小风吹拂，走在绿树成荫的人行道上，望着天空、树木，心情美美哒。

突然，一个帅气的小伙子闯入我的视线，我快速上下打量一番。高挑的身材，戴副眼镜，黑色的太阳帽上有一圈小红边，黑色T恤，显得文静、得体、雅致、干练。可当我的视线扫描到他的裤子时，不禁笑了。我知道乞丐服是在膝盖部位挖个窟窿，或是裤腿不锁边，留着毛茬。今天看到的多少有些夸张，两条裤腿不对称地在前面挖掉了三分之二。不夸张地说，整个大腿都暴露在外面。看到这奇异的牛仔裤,小伙子的形象在我心目中打了折扣。如果说在舞台上,这也不为过,可在日常生活中,多少有些另类。不信?可能我描述的不够精彩,下次再遇到,拍个照片给你看!

瞧!不靠谱的我,走过时,还好奇地回头看看,主要是想看看后面还有没有奇特之处。

哈哈,真是时尚的小伙儿,遇见好奇、迂腐、保守的"老太"了。

我OUT了

话说昨天巧遇一个帅气时尚的小伙子,我对小伙子的乞丐服产生好奇,对其评价不高,不免有些惭愧。

今天晚饭后,照例去看老妈。我边走边想着美事,行走中,旁边有三个人,靠路边低矮的树木走着,擦肩而过时,并没引起我的注意。当听她们说:咱个子这么高,还得弯着腰,快往外走走。这时,我才关注她们。从背影看,修长的身材,秀美的长腿,一头长发,顺滑地飘在脑后,每个人都穿着超短且留着毛穗的牛仔短裤。其中一位,上衣裸着多半后背,显得青春活力。如此看来,我真的有点Out了。

看人看事,不能总用老眼光,以自己的视角,都年轻过。记得80年代初,时兴烫发、穿大喇叭裤、牛仔裤时,我们也遭到过老同志的质疑,渐渐地也都接受了。不能因为你有老寒腿,就看着谁穿少了都冷。三伏天,穿得薄透漏点,总比光膀子文明得多吧!世界是精彩的,人们的穿衣打扮也要色彩斑斓。不管什么样的衣服,都是设计师精心设计的,凝结着设计师的智慧和灵感,也包含着制作者的辛勤劳动和汗水。因此,我们要懂得欣赏和享受艺术给人带来的美感,尊重每个劳动者的付出,把每一件衣服当作艺术品去欣赏!

生活是美好的,需要用欣赏的眼光看待世界,一切才皆为美好!

糗　事

说，昨天晚上，看老妈回来，为了安全，我习惯通过楼前对面的小花园，再到路口等待信号灯。这样，路灯将我的影子折射在身后，自然在我身后的人，我也就看不到了。走在兴头上，见时间已晚，估计路上人少了。我旁若无人地来了个深呼吸，舒展双臂，并喊出声来。恰巧，一位骑电动车的男子，悄悄地从我身边驶过，那一刹那，见男子歪了一下头。这时，我才意识到，差一点用我的拳头，打着无辜的路人。当时，我愧疚又幸灾乐祸地差点笑出声来，好在忍住了，前后左右环顾了一下，没人听到。不好意思啊！

七夕巧遇

今日，空气清爽宜人，两天的秋雨，送走了酷暑，迎来了凉爽的秋天。恰逢七夕节，给本就愉悦的心情又增添了几分甜蜜，脚步轻盈地走在上班路上。临近单位门口时，对面走来一位，长发飘飘的年轻女子，身材轻盈，擦肩而过时，她的眼睛吸引了我。嘻嘻！不是因为美丽，而是有些特别。大大双眼皮下有双鼓鼓的眼睛，乍看，我以为这孩子熬夜没睡好觉；细看，原来是做了双眼皮，只不过这双眼皮有点夸张，而且，超乎想象！无独有偶，中午下班时，又偶遇一位美女。白净的脸上，引人注目的是一双柳叶眉。今天也巧，遇见两位美女，无论从双眼皮还是眼眉看，都是无可厚非。不知为啥？与眼睛组合起来，说不上来哪不对劲，感觉双眼皮或眼眉都与眼球的距离远了些。哈哈！别笑我，可能是我的审美有问题。感谢勇敢追求完美的人，给我创造了观察、辨别、欣赏的机会！不笑啊。

七夕，我理解最起码是具有七种关系的人：亲人、夫妻、朋友、同事、同学、同乡及一切有情有义之人。请珍惜、感恩、拥有。恭祝大家七夕节快乐！

新时代新生活

跑"偏"了

我的"小腰"啊,终于到家了。顾不上换衣服,洗洗手,喝了三杯水,躺在了沙发上,好不舒服……

初冬的小雨,滴滴嗒嗒,有些煽情。感动了天空,感染了风儿。驱赶了雾霾,露出了笑脸,也加快了冬的脚步。

今日,天空晴朗,空气透亮,风尽情地吹,迫使树叶成群结队地洒落,随风而去,有的被风吹到了墙角、树根下,相互依存、相互倾诉、相互安慰着,像是举行一场告别舞会。

今天,原定与老妹儿他们同行,去遵化喝喜酒。大外甥又喜得贵子,儿女双全,全家人团结在一起,为他祝贺!出发前,爱人临时决定,他也去。不过得等他一会儿,手头还有没处理完的工作,因此,时间确定不下来。于是,我让老妹他们先走,只得我开车了。还好,中午十二点多一点,我们赶到了。不好意思,让亲朋好友久等了。大姐一声号令:开席!

立冬之后,夜长昼短,下午五点一刻左右,夜色渐渐拉下帷幕。为此,欢天喜地,推杯换盏,吃饱喝足。各路人马,各回各家了。我们有的开车、有的相拥着,推着老妈回家。在家里,我依旧与老妈躺在一张床上,午睡一会儿。外面客厅一拨聊天的,院里一拨玩牌的,楼上小孩在尽情地玩耍。如此热闹场面,没有影响我们的休息。睡醒后,与老妈唠嗑、聊天、欢笑。一晃下午三点半了,我们便返程了。

一路看着满眼的秋色,一幅幅大自然描绘的水墨画,我和爱人,海阔天空地聊着。沿着社会主义大道,一路向前。真可谓,一直往前走,不要向两边看。目光聚精会神地凝视着前方。无意间,我用余光扫了一眼仪表盘,看见已是五点钟了。不免心中生疑,往常一个多小时的路程,今天怎么这么长时间还没下高速?心中想着,旁边坐着的爱人,也突然发问:媳妇儿,咱这是到哪了?我答:谁知道呢？不约而同地向窗外张望。空旷的原野，没有了绵延不绝的山脉，有的是另一番景象。宽阔的水面，成片的芦苇。前面的路标指示牌：曹妃甸开发区。噢！这下可跑远了……

无奈，只得在前面的收费站下高速，再往家的方向。此时，天色已暗。幸好我戴着眼镜，打开导航仪。高科技真好，要是没有导航，我们真的找不到回家的路。按照导航指示，沿着大碱线及国道，小心翼翼地行驶。看见路边的芦苇，我想停下来，拍几张照片，被爱人无情地拒绝了，专心开车吧。路窄车多，加之对头车灯光耀眼，还有经过村庄路段，时而出现的行人，骑摩托、骑电动车的，更增加了几分紧张。尽管车速也就二三十迈，但还是在踩刹车的一刹那，浑身发热。就这样紧张的行驶了大约三个多小时，当驶上建国路时，提着的心才放下，并坦然地关闭了导航。

这就是，我开头说的，一动不动，又紧张地驾驶三个多小时，可以想象，我的"小腰"是何等的难受啊！

在此，祝忙碌的人们，出行安全，平安快乐！恰巧，今天是双十一节，也祝天下单身和友情人，快乐幸福！

我提前"痴呆"了

话说，今天中午回家，不知是谁的"尾巴"长，忘记把楼道的防盗门关上了。于是，我比往日少了一个刷卡的动作，便畅通无阻地进了楼门，并顺手把门关上。到家门口，本应直接拿钥匙开家的门。然而，却习惯性地将门卡贴在楼道触摸灯的开关上，放了一会儿，见没有任何反应，定神看看周围，才发现放错地方了。好在此时楼道里没有人，不然，人家还以为我在搞什么发明呢！

哈哈！真的是提前"痴呆"了。不过，这也说明我是一个工作认真的人，严格按照规章制度办事，严格操作规程，确保规定动作落实到位。也可以理解，我这个人死板，不会变通，办事一板一眼，一个环节也不能丢，丢了必须补上！

好在，还不算严重，倒是没有"痴呆"到，见门开着，先把门关上，再刷卡进入的程度啊！嘻嘻……

我让秋风"撞"了一下腰

哈哈，自由行走真好！

朋友们会纳闷？前几天，还看你得瑟呢。又爬山，又走玻璃栈道的，不亦乐乎？！今天，怎么有如此慨叹？难道……

不瞒大家说，周末在家老老实实趴了两天，什么也没干成。这不，前些天，突降秋雨，气温骤降，我提早穿上了棉衣，防范被寒气钻了空子，伤了我的腰、腿。可国庆节，单位借着放假刷房子，上班后，淡淡的涂料味道尚存。尽管外面秋风习习，我们为了少呼吸点涂料味儿，还是开窗通风，让秋风把涂料味儿冲淡些。于是，我在开着窗户的情况下，坚持坐在电脑前忙碌。结果，让一股不厚道的秋风"撞"了一下腰。

这突如其来的"事件"，着实吓了我一跳。好在我身经百战，这次没有中招。当天下午，在电脑上插光盘时，我感觉不对，没有盲目地弯腰，而是请我的小伙伴帮忙，避免了一次严重事故的发生。仅小歇了两天，加上我的调养，今天可以行动自如了。要不然，非得十天半月的，自己受罪不说，还给家人添麻烦。遗憾的是，周末去看老妈的计划不得不取消了。

由此可见，身体的哪个部位，有过伤痛之后，都不能大意，要善待自己身体的每个合作伙伴。因为，没有好身体，什么也干不成，更不能孝顺父母。

值此，秋冬之交，各种疾病频发。温馨提醒大家：加强锻炼，合理饮食，愉悦心情。把身体放在第一位，只有身体健康，才能尽孝道，才能做好工作，才能生活幸福。

秋意时光短意浓，冬日脚步跑得急。朋友们，记得添加衣服，保养好自己的身体！

我有那么"老"吗

我有那么"老"吗？哈哈……

昨天，一位60多岁的人，竟然问我：咱俩谁大？我犹豫了一下，答：您大。

事情是这样的：20、21日两天，本地有雾霾，机动车单双号出行。恰巧，昨天我被限了，只能绿色出行。中午下班，在一个路口等待信号灯时，远远地看见一位穿着时尚的人，一摇一摆地走过来。走近时，上下打量眼前的人，个子不高，脸上涂抹的与那张脸有些不相宜。一身暗红色衣裙，头戴同样颜色的帽子，脚上穿着小白袜，一双平底船鞋。她的衣装打扮与她的年龄不相称，走路有些迟缓，可能是腿脚不好造成的吧。她笑眯眯地向我走来，并问：南新道怎么走？嘴里还不住地念叨：60多岁的人了，在这个城市住了30多年，竟然迷路了。岁数大了，不服老不行啊……询问中，红绿灯变了两次，此人还在唠叨。见状，我说：这回没错，往前走就是站点，您快去吧。她连声道谢之后，便出现了开头的问话。

与问路人分手之后，我在想：我有那么"老"吗？不禁心中暗笑，这人啥眼神呀？这么大岁数，咋这不会说话？心中不免有一丝不快。可转念一想，也许就像她自己说的，年龄大了，眼神不好，脑子也不灵光了。将来我到她这个年龄，也许就是她这样，甚至还不如她呢？这样想，反而觉得自己多少有些小气，心中的一丝不快，即刻掠过了。

是啊，大千世界，芸芸众生，性格各异，难免发生碰撞。当有人无意说了你不喜欢听的话，或是真的伤害到你的时候，请不要马上反击。先不生气，再分析判断，最后再做决断。这样，可避免一些不必要的麻烦或伤害。也就少一些烦恼，多一份快乐。

生活中，一切烦恼都源于自己。如果你把它当成烦恼，那它就是烦恼，困扰着你，使你不快乐；如果你把它当成生活的点缀，它就会装点你的生活。像品种不同的花，在不同的季节绽放，呈现美丽。犹如秋冬之交，各种植物，弱者早早地枯黄、滑落，而强者则迎风傲立。

真诚地向问路的老人，说一声：对不起，请原谅我的狭隘。祝您永远年轻！

我的丘比特之箭

我的丘比特之箭，今天给了可爱的她……

事情是这样的，这个周末，本应去看老妈，或出去转转，欣赏一下深秋的美景。可由于腰椎还没好利索，除了早上出去买了两次豆腐脑，两天都在家里猫着。

尤其，今天天空不太晴朗，走在小院，那两棵挂满山楂的树，不知啥时把果实弄丢了，只在树梢处，依稀留存几颗，估计是人们无法摘到，才幸免的吧。从开花、结果，果实由小到大，再由青色到暗红，我一直在关注着它们成长，可一不留神，果实不翼而飞了。

相伴春夏秋三季的伙伴，还没来得及拍下他们成熟、可爱的笑脸，就悄然离去，不辞而别了，多少有些伤感和失落。我知道，这不是你们的本意，而是，好心的人把你们收藏，怕寒霜把你们打落，摧残你们的容颜。而你们甘愿牺牲自己，化作人们的美食，以此来满足人们的味觉享受。

凹陷的头顶，斑斓的脸颊，殷红的外表，青白的果肉，紧凑的内核，小小的尾巴，显得那样饱满、可爱。想着你们，心里不免有些酸楚。于是，打开电热毯，暖暖地躺在床上，小歇片刻。睁开眼，随即打开电脑，准备撰写一点文字。敲打键盘的声音，尽管很微弱，但把我的思绪，通过指尖传递，连同我的思想，记录下来，形成文字。存储在电脑里，也留存在我的心里，留下美好的一瞬间。

虽然是周末，但家里仍静悄悄。因为，我的大小情人，值班的值班，加班的加班，所以，家里仍保持着往日的平静。突然，一个小得不能再小的生灵进入我的视线，也打断了我的思绪。一只会飞的小精灵，是甘甜果实的浓度滋养了她们，使她们飞翔。这只小精灵，也许是飞累了，或许是我的勤奋吸引了她，抑或，怕我寂寞，才落在电脑的键盘上，陪伴于我。不管是什么原因，我都感谢她，这个有情有义的小精灵。

看着她娇小的身体，小的我都看不清她的容颜，小的让人怜爱。正是她的娇小，方显我的高大。为此，我有一种保护她的欲望。遗憾的是，她的生命宛如她的身体一样娇嫩、脆弱，我不忍心触碰她，想把她捧在手心里都不能，只能保持一定距离，看着她，欣赏她。尽管她不像蝴蝶那样美丽，但此时此刻她就是我的"小小情人"，我要把丘比特之箭射向她。我们就这样，彼此享受着，彼此欣赏着，彼此关爱着。

为了让这美好的场面多保持一会儿，我的姿势没敢变化，生怕我的移动，惊吓了小小的她。我们就这样相视着，谁也不说话，大概持续了半个小时，我实在受不了，一走神儿，她不见了，她真的不见了，永远的消失在我的视线里，找也找不到了。命中注定，短暂的相见，是上天的安排，她就是我生命中的过客。谢谢你，小精灵！

人的一生，像这样擦肩而过的人很多。相见是短暂的，美好是永存的。让我们珍惜彼此的微笑，把微笑储存，久而久之，便会在心中发光、发热。不仅可以照亮前行的方向，还会温暖心间。

朋友们，中国特色社会主义进入了新时代，让我们戮力同心，为了中华伟大复兴，扬帆起航吧！